黄莹 著

# 日本媒体的 中国姑娘

RIBEN MEITI DE
ZHONGGUO GUNIANG

南京大学出版社

**图书在版编目(CIP)数据**

日本媒体的中国姑娘 / 黄莹著. —南京：南京大
学出版社，2013.6
ISBN 978 - 7 - 305 - 11521 - 9

Ⅰ.①日… Ⅱ.①黄… Ⅲ.①随笔-作品集-中国-
当代 Ⅳ.①I267.1

中国版本图书馆 CIP 数据核字(2013)第 114319 号

出版发行 南京大学出版社
社　　址 南京市汉口路 22 号　　　邮　编 210093
网　　址 http://www.NjupCo.com
出版人 左　健
**书　　名** 日本媒体的中国姑娘
著　者 黄　莹
责任编辑 黄　卉 蒋　平　　　编辑热线 025 - 83593052
照　　排 南京紫藤制版印务中心
印　　刷 江苏凤凰通达印刷有限公司
开　　本 880×1230 1/32 印张 10.375 字数 214 千
版　　次 2013 年 6 月第 1 版 2013 年 6 月第 1 次印刷
ISBN 978 - 7 - 305 - 11521 - 9
定　　价 29.00 元

发行热线 025 - 83594756 83686452
电子邮箱 Press@NjupCo.com
　　　　 Sales@NjupCo.com(市场部)

# 目　录

## 人文

# 家庭

# 社会

## 风土

## 政经

人文

*Ren Wen*

# 1 | 个个是汉字学家

无论是在中国碰上日本游客，还是去日本旅游、出差，不管场合是公是私，与日本人打过交道的朋友大都有过和他们笔谈的经验。

在与中国同出于一个文化渊源，同样是使用汉字的国家日本，满街的汉字路标和店名，给当年初到日本，还不会说日文的我带来很多亲切感和安心感，还有自豪感。尽管日本也有不少他们自制的汉字，但汉字毕竟是从我们中国

《读卖新闻》刊登中国人电视新闻主持人的出现

传去的,即使谦虚一点,不说是"师"也该是"长"啦。不去追究是师生还是长幼,汉字造福于今天的中日两国人民,依靠一张纸一支笔,在语言不通的情况下,通过写汉字也可以沟通个八九不离十。

然而,问题也往往就出在这个"八九不离十"上。我从日本的大学毕业后,就职于日本电视系列的长崎台放送部,就这个"放送部"三个字足足让我郁闷了半天。以我们中国人的"汉字智商",这三个字并不难解释,不就是放送嘛,放出去送出去,针对前面的名词,如果是广播电台,就是把声音放送出去,如果是电视台,那就是声音加画面。可是,如果仅仅从字面上这样解释的话,它似乎更接近于中文中的"技术部"或者是"总控室"。而放送部的工作内容是采访、编辑、播音,从这一点来讲相当于中国电视台的"新闻部"。但问题又来了,因为我们的工作不仅仅限于每天的新闻,还包括制作专题节目、娱乐节目等等,工作性质上似乎更接近于中文的"编辑部"或者"制作部",不过,这些部门从严格意义上来讲又不包括播音。

我的对面坐着我们台的男播音员榎本。一个声音非常洪亮,人也明朗的小伙子。和我是"同期の仲間(DouKi No NaKaMa)"(同一批进公司的伙伴),因此多了一份亲切。工作上的事大都不得不向前辈请教,那私下里的琐碎,就是我们伙伴中的开胃果了。

有一天,榎本充满成就感地告诉我:"黄莹,我登过你们家的山:黄山。"把黄山说成是我们家的山,他算是说对了,可是接下来他告诉我的他在黄山的一段经历,却把我笑得直不起腰来。

那是他在大学时代,旺盛的精力和好奇心驱使这个年轻人背起了大背包,只身旅游中国。走过几个地方之后,也算积攒了不少生存经验。一日,来在黄山脚下,穷学生的他下决心混入中国人的团队。当时的中国还实行着中外游客不同收费待遇的服务政策。比如在黄山,同样是集队请一个向导,外国人的团队可是中国人团队的十倍价钱。聪明的榎本没有去找外宾咨询处,而是瞄准了一个中国人旅游团,不会中文没关系,充分发挥汉字才能。他在一张纸上认认真真写了几个汉字,恭恭敬敬地用双手递给了那个团队的登山向导。向导这一看不要紧,激动地把那张纸条高高地举过头顶,让团员们共览。这一共览不得了,所有的团员热烈鼓掌,接着是纷纷过来和他紧紧握手。榎本虽然有些摸不着北,但这丝毫不影响他激动的心情,一为自己被如此热烈地接受,二为自己的汉字笔谈能力之强而自豪。心里直感激学校里的汉诗课没白学。

汉诗课上他所领悟的中文文法是:主语＋动词＋宾语。比如:"我想要这本书"和英文"I want the book"文法是一样的。而日文的文法是"私はこの本が欲しい"(我这本书想要)。简单地说,只要把日文中的动词从句尾挪到主语后面,再删去假名,留住汉字,大体就成中文形式了。当然还要注意把第一人称的"私"改成"我"。这点规则对榎本来说简单明了,不在话下。他一丝不苟地写在纸条上的是:"我欲入中国人仲!"榎本如愿以偿,跟着中国人团队登了黄山。是啊,小伙子把生他养他的日本都扔了,一心想做我们中国人,能不让他同行吗。

榎本想说的是:"私を中国人の仲間に入れて欲い(Wa Ta Shi

Wo ChuGoKuJin No NaKaMa Ni YiRette Hoshi Yi)"（请把我放到中国人当中去）。日语中表达愿望的"欲"字是中文"想"的意思。

我呢，郁闷的结果，不再试着把放送部翻译成中文。我的中文名片上端端正正印着"放送部"。我们台和上海电视台、大连电视台等诸多中国地方电视台签署了友好台关系，每次和中方合作或采访中方人士，递上名片后，对方一律边看边点头，没有任何人郁闷过。

是的，"欲"也好"想"也罢，同一个意义领域的字，有充分的连接空间。同时，和拉丁字母可以跨越语言的界限，泛用于世界许多语言中一样，日语和汉语中的汉字，虽然发音、意义、组合因语言不同而有差异，但作为文字，基本是相通的。

都说日本人擅长把从别人那里学来的东西，不仅发扬光大，而且更深度地改良、挖掘。在汉字的应用上也不例外。

有些汉字词，日本人在借用过程中进行了进一步的引申。如挨拶、远虑等。"挨拶"在日语中是寒暄、打招呼的意思，现代汉语中没有这个词。宋代《海琼集·鹤林问道篇》里说：昔者大子登封泰山，其时士庶挨拶。"挨拶"在这里比作推推挤挤的意思，日语意思由此挖掘而来。"远虑"则来自《论语·卫灵公》：人无远虑，必有近忧。是深谋远虑，作长远打算的意思，日语中把其延伸至客气或谢绝对方的意思。请对方接受馈赠时会说："どうぞご遠慮なく(DouZo GoEnRyoNaKu)"（请不要客气）。回绝对方时则说："遠慮させていただきます(EnRyo SaSeTe YiTaDaKiMaSu)"（请允许我谢绝)。

像我的同事榎本那样,日本人对中文和中文中汉字的理解,大都来自于学校的汉诗课,也因此常常会冷不丁地咏出几句来。

春天的办公室里,隔着大玻璃窗射进来的阳光穿透外界的寒意,暖洋洋地洒在空气中,让几乎已被长长的冬季驯服的身体招架不住。我正有些昏沉沉的,突然背后击来一掌,是剪辑画面的静香,嘻嘻哈哈地脱口一句"春眠暁を覚えず"(春眠不觉晓),吓得我一下子从去梦境的半路上蹦回来。

静香是我在公司里最要好的朋友,也是我平生见到过的最"名不副其实"的人。她是家里的独生女,据说,从生下来那天起就天天大呼小叫,没完没了。日本法律规定,婴儿必须在出生后 2 周内去政府部门报户籍,名字一旦填写上,日后想改是要通过家庭法院,走法律程序的。日本人对汉字的讲究,特别在起名字时的认真劲儿,一点儿都不亚于中国人。静香的父母,当年被那个哭闹不停的小家伙弄得手忙脚乱,实在累得不行了,父亲就跑到市政府去匆匆填了个:静香。不知道他填写前是不是忘了双手合十,反正静香爸的祈愿没能如愿。静香如今比公司里的哪一个男人都豪爽,打个喷嚏,其他部署都能听到,那笑起来就更不用说了。就连这个最大大咧咧,不爱咬文嚼字的静香,也会来一句"春眠不觉晓",虽然她不在乎下一句是什么。

试想,不会某个国家的语言,却能对那个国家的诗词朗朗上口,这不能不说是一个奇迹。日语中既有直接引入的汉字词,如国家、人民、聪明、微笑、突然等，也有他们随手拈来，自制的"和制汉语"，利用汉字的音和义，重新配组而成原本汉语中没有的新词，如"出張"(出差)、"目玉"(眼球)、"心持"(心态)等。

还有一类日语单词，我形容它们是"配亲单词"。换句话说，就是给日语假名配汉字，使那些本来只有假名、没有汉字的日语单词更生动形象，如山（YaMa）、水（MiZu）、梅雨（TsuYu）、吃惊（BiKkuRi）等。更厉害的还有利用汉字的音义来翻译外来的词语，如天妇罗、瓦斯、亚细亚等。

我的酒量可以用"惊人"来形容，不是量大得惊人，而是小气得惊人，浅浅的一小口，足以让我面红耳赤、头晕目眩。下班后，不时地和同事们去居酒屋，我当然是没福气喝的，通常只是为了解决晚饭。店里的"妈妈桑"跟我们很熟，每次我们一到，她问也不问就递过各自的饮料来。我的面前，她会取出一瓶"白水"品牌的日本烧酒，给我倒上一杯。我知道说什么也没用，就直直地看定她。她一脸若无其事，只笑眯眯地说"白水！白水而已"，边说边往里加满冰块。

★生动的表达方式，学来就用：

DaiKai No YitteKi No ChiShiKiNi SuGiMaSen

大海 の 一滴 の 知識 に 過ぎません＝这点知识仅是沧海一粟。

# 2 | 一期一会，瞬间因缘

日本媒体在采访某人时，常常会问一个共同的问题，就是"你最喜欢的名言警句是什么"，或者"能分享你的座右铭吗"。我刚刚出现在日本的电视荧屏上时，每每接受各种媒体的采访，面对以上提问，我总回答："一期一会。"

"一期一会（YiChi Go YiChi E）"是日语中的一句成语，意思是：与你相会的这一刻可能不会再次来临，这一刻极为珍贵。"一期"表示人的一生，"一会"则意味着仅有的一次相会。

一期一会原是日本茶道用语，多出现在一些茶室的字画上，出自日本茶道师千利休。茶道辞典里详细记载着千利休对茶道的心得：人生无常，黄泉路上老少不定，要铭记今天这一刻绝对不会再来，今天的茶会是生涯里独一无二的聚会。后来，千利休的弟子山上宗二从师傅的教导中悟出并留下《一期一度的会》一文，记载在《山上宗二记》中。之后，江户幕府的"大老（相当于宰相）"，也是著

1995 年日本电视台系列新人主持人研修会全体师生

名的茶人，井伊直弼，在他的《茶汤一会集》里，对此心得又作了进一步的阐述，他说：即便主客常常相会，但也许这一次就是最后一次，从此再无相会之日，为此主人应尽心招待客人，不可有半点马虎，而客人也应感谢主人的一片心意，并将其铭记在心，宾主皆应诚心诚意，真心相待。至此，"一期一会"广为流传。这种"悟"融会到茶道的仪式里，表现在一系列步骤的一丝不苟、聚精会神，使主客都能静心清志，以达到更高的状态：冥想中的涅槃，由内到外自然涌现出珍惜之感。

"一期一会"与日本禅中的"瞬间"概念有关，富于禅理。人生及其每个瞬间都不能重复，深刻而略带寂寥。日本茶道很大程度上也体现了日本禅的精神，可以说，"一期一会"已成为日本佛道、茶道的重要理念。

开始工作的第一年，我有幸参加了日本电视台系列一年一度的旗下电视台的新人主持人"研修会"(集训)。二三十个朝气蓬勃的年轻人来自全国各地,欢聚一堂。按理,个个能说会道,多才多艺,本应是一个很开心的集会,可是直到最后,研修会结束,摄影留念时,大家才真正舒了一口气,释怀地笑出来。

研修会的讲师们历来由资深前辈主持人担任,是一些之前只在电视屏幕上见过的面孔。我们那一期,是著名播音员、日本电视台播音部部长石川牧子亲自坐镇。她的脸上虽然总挂着一丝淡淡的微笑,但所有参会的新人无不毕恭毕敬,暗暗捏着一把冷汗。新人们被分成几个小组,接受严格的培训。除了绕口令和发声等基础训练外,还会当即发下新闻稿,要求立刻播出;看一段事故、事件的录像,对着画面作实况转播;给你一个主题,让你自由发挥作5分钟演讲,等等。在座的原本都是过五关斩六将,最后拿到电视台录取通知书的精英,也正因如此,别人出色的发挥,无形中又给其他人造成压力,气氛的紧张度可想而知。就连女生们最期待的"化妆课",专家也会毫不客气地指出你的妆哪里不适合电视屏幕,你形象中的弱点又如何用妆来克服,等等。当着所有人的面,也足够汗颜的。

短短的4天时间,就我而言,学到的东西远不止"受益匪浅"。虽然出了很多冷汗,更多的是为自己能有机会接受如此严格、专业的培训感到庆幸。研修会上我是唯一的一个外国人,都说日本人排外,可是从同学到讲师,没有任何歧视,相反,都给予了我极大的鼓励和呵护,唯恐我感到不适。

从经营者角度来看,我当时毕竟是日本电视台系列的第一个外国人播音员，差不多就是一棵培育中的"实验苗"。后来才知道，起先，台里高层为派不派我参加年度新人集训意见不一，担心对我压力太大。怎么说都和其他新人的背景不同，和母语是日语的主持人有着必然的差距，怕让我参加了反倒影响我的自信。最终，上司们决定征求我个人的意见。谁知，我想都没想就表达了热切的参加意识。往好里说：血液里涌动着激情。其实说白了，就是有些不知天高地厚，况且，如果事先好好了解了解研修会的实质内容，或许会有踌躇。好在，基于研修会上所有师生的帮助，结局没有让大家白费良苦用心。

研修会后，学员们依依不舍，互留赠言和联络方式，我在大家的本子上写下了：一期一会！事实证明，打那以后，同一届学员中的大多数，再也没有见过。

不久，各台上层收到了自己"选手"在集训中的表现报告。我们的台长片柳英司笑眯眯地从 7 楼下到我所在的 5 楼放送部，说："黄莹君，(总台)对你的评价很高，你就'人'的主题作的 5 分钟演讲，据说让在场的人都很感动，你倒说了些什么？让我也听听。"当时是即兴发挥，没有底稿和文字记录，我只能简单地回忆了一下演讲内容。

那还是在我上日语学校时的故事。

我所在的城市长崎，是一个依山傍水的山城，学校坐落在一个半山腰。每天早上坐公车上学，公车沿着山路盘旋而上，一直开到学校门口。放学后，我喜欢步行下山。从山坡上的民宅之间穿行，拾阶而下。一天正往山下走,忽然天空飘起了细雨。长崎多雨,雨中的山城别具魅力,放在以往,我会漫不经心。但当天的雨越下越大,我开始在石阶上跳跃而下。忽然一个声音叫住了我:"小姑娘别跑,小心滑倒。"声音和语气中充满了长辈的慈爱。回头一看,一个瘦小的老太太正扶着门框,站在家门口,手里拿着一把伞:"把伞拿去,慢慢下。"她迎着我挥动着手里的伞。我折回去,接过伞,四目相对,相视而笑。要说谢谢的嘴唇张开了,却没有发出声来,她慈祥的面孔居然那么清晰地和故乡的外婆重叠在一起,我的眼泪自顾自地泉涌而出……演讲的结尾我倒记得很清楚:人生漫漫,我永远都会时刻铭记,无论在哪一片国土,跟哪一个民族相处,真情无处不在,"人"都是一样温暖的!

日本人很讲究缘分,一种命运归宿论。包括日式家屋,室内与室外的院子之间,为了便于进出、同来访者聊天、坐下来晒太阳或者纳凉的一方木阶,也被叫作"缘侧(EnGaWa)"。人与人、与自然、与万物之间,都因缘而连接,在以"缘"为基盘的理念中,一切喜乐悲哀都顺理成章,易于接受。是一种消极,也是一种泰然。

多年前,有一个美国女画家,爱日本的国技大相扑到了狂热的地步。每每大老远从纽约飞到日本,单就为了观看相扑大战。她很快成为舆论界的话题,日本媒体纷纷在采访中追问:为什么如此喜爱相扑?奇怪的是,她自己竟然答不出来。后来,她跟她的日本朋友,一个大学教授摊牌说,其实她自己也不清楚为什么,没有答案当然就无法回答。大学教授思量片刻,告诉她:"人与世上一切的连接，在不知缘由的情况下发生的时候，那一定是'缘'而别无定论。"女画家半信半疑，之后，每当被问到同样问题的时候，她一律微笑回答："ご縁なのでしょうね（GoEnNaNoDeShouNe）"（是缘分吧）。神了，对于这样的回答，没有一个日本人不觉得简单明了、无懈可击。而这位女画家，在无数次的照本宣科后，对本来一知半解、学来就用的这句话，越来越有了切身的感受，最终茅塞顿开，把本不可见的"缘"融会到了绘画作品中，并一举成名。

除了"一期一会"，日语中还有一句我情有独钟的惜缘名言：哪怕萍水相逢，和对方擦肩而过，仅仅是袖口和袖口的轻轻碰撞，都不是偶然，乃是前世结下的因缘。细嚼其中韵味，是啊，在地球上70亿人口的芸芸众生之中，每一个邂逅难道不是缘分吗？人生的离别与相聚，难道真的是我们可以左右的吗？既然如此，那我相信无怨无悔的人生，在于珍惜身边的每一个人、每个瞬间的机缘，并为人生中可能仅有的一次相会，付出爱与真诚。

★生动的表达方式，学来就用：

SoDe　FuRi　A Wu　Mo　TaSho　no En

　袖　　振り　合う　も　他生　　の　縁＝

即使陌路相逢，仅仅袖口的碰触也是前世因缘。

# 3 | 做翻译的乐趣

　　长期从事中日间的文化交流活动,积累了不少在正式或非公众场合做翻译的经验。刚开始做现场翻译的时候,还在念大学。一个我尊敬的前辈向我传授:做翻译重在平日多阅读,扩展知识面,临场时要严谨认真,但不能"胸有成竹"自以为是。他毕业于上海名门大学日文系,有着多年的工作经验,是训练有素的专业翻译。即便如此,他也有过许多失败的记忆。可敬的是,他能大度地拿出来跟我们这些后辈分享。我印象最深的是他跟跄在"胸有成竹"上的一次往事。

　　在一场中国部级干部和日本省级官员的会谈中,中方表示:对这一项目的成功我们胸有成竹……他一着急,没有抓到相应的日语成语,翻译成:对于这个项目我们心胸里的竹子已经长成……弄得日方丈二和尚摸不着头脑,满脸疑惑。他自己满头大汗。

　　其实,类似的尴尬每一个做现场翻译的人都曾碰到过。很多

为中日商界晚宴做现场翻译　左二：作者

人误解为只要外语好就可以做翻译。实际上，一个好的翻译，无论是书面翻译，还是现场翻译，首先必须在母语上有较深的造诣，对原作、原话有透彻的理解力，同时具备较高的语言表达能力和广泛的知识面，特别是对所翻内容的专业知识。

现场翻译必须具备临场应变能力。而文学作品等的翻译实际上就是一个再创作的过程。

做现场翻译的人，大都有个"惧点"，怕碰到某一方一时兴起，开始说笑话。通常，每个笑话中都有它的笑点，笑点的背后包含着文化、历史、语音等多种因素。一个语言的笑话如果直翻成另一个语言，大都会失去这个笑点，也就变得没什么可笑，甚至干脆连词义都不通。为了不冷场，不使发话的一方尴尬，翻译人员面临着两个选择：一个是直译，并加以解释；另一个是立即拉一个和原意相同的笑话来充当。

其次，翻译要注意的是成语，特别在中日文间。日本人从小学高年级起就开始学汉诗,受教育越高的人,对汉字、中国的成语、古诗的理解能力和造诣就越深。这自然而然形成本身学识渊博的象征。

握手相见时引来一句:"朋あり　遠方より　来る、また　楽しからずや　(ToMoARi EnPouYoRi KiTaRu, MaTa TaNoShi KaRaZuYa)"(有朋自远方来,不亦乐乎),是常有的事。这类句子不能按自己的理解加以解释性的翻译,必须"文言文"翻"文言文",只有这样才能体会出其中的深奥和韵味。更重要的是,这类句子在日本的教科书上都能找到,存在固定的日文版本,很显翻译人员的功底。

如果是不常见的语句,可以采用意译方法。根据现场的气氛,与其直译,不如带有解释性的意译,以至干脆以寓意十分接近的,更通俗的成语来代替。这种翻译法可以使语句更亲近、生动,以达到活跃气氛的效果。比如"三つ子の魂百まで(MiZuKo No TaMaShi HyaKu MaDe)"。这句日语的原意是:可以从三岁的小孩的言行看到其长大后的形象。根据情况可以意译成:少儿壮志、从小见大。值得注意的是,这种译法,在高层领导人的正式会谈中不被提倡。

对于耳熟能详的古词句,无论是哪一方用自己的语言"先发制人",都难不倒 N 年寒窗苦读过的翻译。值得担心的是一些还没有被"引进",也不常见的古诗词或成语的突然出现。那要是碰到当场吟诗赋句的就更糟糕,再资深的翻译也不免在心里呼天叫地啦。

中国的古典文化源远流长,不仅为我们中华儿女留下了丰富的文化财富,它的韵律也深深地波及我们的邻国日本。众所周知,日本曾派遣大量的遣隋使、遣唐使到中国学习,把中国当时的先进文化带回日本,融入到日本的文化和社会生活中。其中最为突出的是汉字。在古代日本,能识汉字、用汉字作诗是有极高文化修养的表现,是很值得炫耀和自豪的事。当时,被遣唐使们带回日本的汉文,能直接读出来的人属凤毛麟角,于是就出现了"训读"和"音读"这两种汉字的读音方法。

"训读"是把汉字读成日语中原有发音。比如"人"的训读是"ひと(HiTo)",所有的日本人都能理解这个发音的意思,比如"大阪の人(OoSaKa No HiTo)"。

"音读"则遵循中文汉字的读法,是原本日语中没有的发音。比如"人"的音读是"じん(Jin)、にん(Nin)",如果只凭单字读音,很难明白它的意思,通常需要通过前后的汉字组合才能理解其意,"大阪人(OoSaKaJin)"几个字一起读出来。

所以,在日本"音读"也被理解成中文读法。反之,"训读"就是日语读法。家长在向孩子解释"音读"、"训读"的差异时会说:"汉字的读音能够听懂的是训读;光从发音,不通过词组难知其意的是音读。"

日本人对中国古诗词的研究几乎不亚于中国。为了更广泛地供日本人学习赏读,大量的古诗词被译成了日语,这些被译成日语的古诗词在日本统称"汉诗"。汉诗在阅读上,过去也有两种表现形式：一种是用音读的形式直接读汉字，这对日本人难度较高，现在已经很少见了。而另一种是把诗词的内容翻译成日语文言文，今天，在日本的学校里大都以这种形式教授、阅读。

坐落在苏州郊外的著名古刹寒山寺，因张继的千古绝唱《枫桥夜泊》闻名海内外。日本人尤其钟爱这首诗，诗中的境界触动着日本人集淡淡的忧愁和深深的自然于一体的神经，很具备日本"禅"的意境。有记载，寒山寺内大雄宝殿的铜钟，还是由日本人铸造和赠送的。这里每年都吸引着大量的日本游客慕名而来，追寻那幼小时就从书本上接触，从而梦牵魂绕的钟声。对比一下中日文的《枫桥夜泊》：

月落乌啼霜满天 ＝ 月　落ち　鳥　啼いて　霜　天に　満つ(TsuKiOChi KaRaSu NaiTe　ShiMo TenNi MiTsu)，

江枫渔火对愁眠 ＝ 江楓　の漁火　愁眠　に　對す(KouFu No GyoKa ShunMin Ni TaiSu)。

姑苏城外寒山寺 ＝ 姑蘇　城外　の寒山寺(KoSo JaoGai No KanZanJi)，

夜半钟声到客船 ＝ 夜半　の鐘聲　客　船　に　到る(YaHan No ShouSei KyaKuSen Ni YiTaRu)。

我们中国人从牙牙学语时就朗朗上口的诗句，包括《诗经》、《论语》等等，千百年来，对每一代中国人，乃至世世代代的日本人都产生了很大的影响。这无疑归功于留给我们璀璨文化的中华祖先；以及隋、唐时代起，冒着生命危险乘风破浪，来往于中日间的两国使者;近代,为文化交流付出辛勤劳动的志士们。因为他们,我们今天才能在很多场合,做到心与心的更深层次的交流,共享由此产生的愉悦。

一种语言,打开的是另一片世界。

曾为毛泽东、周恩来等国家领导人担任过日语翻译的刘德有先生曾说过:"翻译是一门技术,或者说是一门艺术。就像艺术上的成功取决于一个人的素质一样,翻译的好坏也离不开一个人的素质。"

★生动的表达方式,学来就用:

NaRaU　Wa　Yisshou

習う　は　一生　＝学无止境。

# 4 | 中日的"公"、"私"之别

 

 

2010 年 7 月 1 日,日本政府将发给中国人的个人旅游签证条件再次放宽,原定所需的年收入 25 万元的财产证明,被一下降至 6 万元人民币左右,而且发放对象包括家属。有粗略估计,大约有 3 亿中国人在获得签证范围内。

对此,日本右翼媒体随即抛出一份民调报告,说结果显示:"有 9 成日本人对此表示反对,原因是担心大批中国人的到来,将导致治安恶化,社会秩序紊乱。"右翼媒体以此大做文章,指责政府为了追求一时的经济效益,最终只会增加外国人在日本的犯罪频率。

这当然并非日本媒体的一致意见,也与日本政府和广大民众的看法大相径庭。但是,列举的内容细节却令人深思。比如:飞机刚刚降落,机舱还未打开,中国乘客就开始打手机,提醒了反会遭到冷言相对,搞不好还能打起来;明明卫生间标着禁烟图案,硬是在里面抽烟,我行我素,不守规矩;在宾馆、商店等非就餐的地方,

热闹且不杂乱无章的大型活动会场　右：作者

一边大声说话一边吃东西,缺乏教养;服务行业则反映中国人买东西态度强硬,有钱没礼貌,等等。

每次从海外返回日本,都会因日本的"静"而身心平复。走下飞机,一切有条不紊,人们各尽其职,没有多余的动作和声音。走出机场,各种车辆各就其位,各行其是,人们不慌不忙,各奔东西。日常的街头,除了以高声叫卖为特色的自由市场、庙会以外,商场、地铁、公园……公共场所秩序井然,人们在彬彬有礼中,维护着一份宁静。

对日本人来说,公共场所是平等地属于每一个人的空间,作为社会的成员,个人必须服从社会,服从和遵守公共秩序。公共场所既然是大家公有公用的,那么个人就没有权利糟蹋。

与此相反的是,当你走进普通日本人的家里时,你可能会发现普遍狭小、拥挤甚至零乱。在他们看来,自己的家是属于个人的私有空间,是不受任何外界干涉的自由空间,所以什么样都无可非议。

日本人习惯于扮演"公"、"私"不同的角色。

走进商店,店员笑容可掬地对你说"欢迎光临",迎接你的那张带着甜甜的笑容而嘴角上翘的脸,保不准一天的工作结束,回到家时,一下子能挂长两三公分。另外,日本女人天生都有两种声音,一个是家里的声音,另一个是外面的声音:"外行き声(SoToYuKi-GoE)"(公众声音)。打电话到某公司,电话的那头"您好,这里是＊＊公司",女人的声音一律又脆又甜。拿起话筒,给朋友家拨去电话,话筒那边传来"这里是山田家",同样又甜又脆的声音!可是,当我回答"是我","インちゃん、元気?(莹啊,还好啊?)"声音沉稳厚实!没错,一旦发现你是家人或好朋友,对方的声音会从高八度直落到低音部,判若两人!

男士们虽不至于拥有"公众声音",却都有不同形象。上班族每天穿着西装、打着领带,礼貌地接客,细心地完成一天的工作,互道"辛苦了"走出公司,公车或地铁上,静静地捧一本书,到站后,默默地走回家。到了自家门口,绷紧的弦才彻底放松——开门进屋,解开领带,蹬去鞋子,扔掉外衣,按下电视遥控,打开冰箱,拿出啤酒,歪歪斜斜地倒进沙发里。摆脱一整天的武装,终于在自己的空间被解放,从在公共场所扮演的角色中"卸妆"。

在中国,一出家门立刻会被一种"热闹"拥抱。街道、超市、公车、餐厅……中国人对公共场所的拥挤、嘈杂和散乱大都已习以为常,在公共场所的行为也大都非常自我大方。因为公共场所是平等地属于每一个人的空间,所以自己没有必要小心谨慎。既然是大家共有的,自己亦没有打理的义务。

在路上,开车也好,骑车也好,行走也好,只要能找到一点空间,能闯就闯,能挤就挤,大家都想尽早达成自己的目的。买火车票也好,热门的电影票也好,大家都着急,一旦找到空间就要插队,就是不放心能不能买到。对于大多数中国人来说,公共场所无疑是弱肉强食的竞争舞台。

回南京时,坐姐姐的车出门,坐在助手席上的我总是大呼小叫。明明和前面的车间距离并不大,却有车硬要毫无顾忌地插进来,那声势好像它是坦克,明摆着不怕撞。而姐姐和众多的中国驾车人一样,都能"明察秋毫",在最后头发丝的距离间岔开。姐姐不许我叫,说我的叫声才会是导致车祸的原因。眼看着她该等别人直行过后再右拐,她却毫不犹豫,一个急转弯,闪在了那辆车的前面,吓得我闭嘴瞪眼,姐姐却轻描淡写道:"我不过,后面的车也要骂我弱智。"姐姐在家里、在朋友圈里可是最知道谦让的一个。

在家里散漫的日本人,到了公共场所,马上会行为谨慎起来。开车也好,骑车也好,行走也好,都循规蹈矩,该等待时一律耐心等待。日本人能够服从这样那样的行为规则,却接受不了"私"对"公"的侵犯。如果你在公车内大声说话,周围会射过来一个个冷冷的一瞥。日本人排队的功夫训练有素，整齐的队列让插队的人很刺眼，"犯规者"经不起大家的白眼，也经不起服务员当众礼貌地请其回到队伍的最后面去，很没有脸面。没人把公民道德、做人原则这些词挂在嘴上，大家理所当然地墨守成规。如果你不照章行事，面临的将是承受被大众"排斥"的压力。对于日本人来说，公共场所无疑是相互尊重的和谐舞台。

和日本的情况几乎颠倒的是，中国人的家里一般干净、整齐。这或许与外界的拥挤和杂乱有一定的关系。一方面是对公共秩序的不满，一方面又担心自己老老实实会吃亏受欺。对公共场所的厌烦导致与之保持距离的心理，对自己的小空间也就格外地珍惜，把它整理得干干净净、舒舒服服、漂漂亮亮。

中日之间的"公"、"私"之别还反映在物质上。

有一个笑话，说某驻日机构的中国司机开车到处买便宜菜，花的汽油费比菜钱还贵，不过汽油是"公家"的。还有黑色幽默说：外国有个加拿大，中国有个"大家拿"，不吃白不吃，不拿白不拿。

我曾经工作的电视台，在固定的楼层里设有公用电话，尽管每个人的桌上都有电话，遇到打私人电话时，大家都会去公用电话处或使用自己的手机。信封、信纸等公司物品也只在公务时使用。公司的东西是不带回家去的。

出去采访时，常常要在外用餐，大家各点一份，吃完了排着队为自己买单。这种在我看来天经地义的事，直到有一天，被指出并不一定正确，才引起我的注意。那时，我们的中方友好台来了一个编辑,在我台做短期研修。她随着我们的摄制组外出,看到我们在外用餐后各自付款,很是诧异。她认为,因公在外用餐应该电视台买单,在中国她们就是这样做的。

我的概念是:"是你自己的晚餐,抛开因公因私,你都得吃。"

而她的解释是:"如果不是因公出门,我可以回家吃。"

她把我说倒了,既然因公不能回家,那么餐就是因公而用。可惜,日本人不懂这么多哲理,绕不过这个弯来。他们简单的头脑,成就了相对彻底的公私分明。

> ★生动的表达方式,学来就用:
>
> WuO　GoKoRo　A ReBa　MiZuGoKoRo
>
> 　魚　　　心　　あれば　　水　心　＝将心比心。鱼若有心,水亦有心。指人与人之间所持的态度是相辅相成的。

# 5 | 物哀之美

快乐时欢笑，痛苦时哭泣，人在感情世界里不存在国度，然而感情表露的尺度却因民族、文化背景的不同大相径庭。崇尚武士道精神的日本民族，即使天塌下来也不会在人前捶胸顿足，号啕大哭。

2011年3月11日，日本东北部发生了里氏9级的世纪强震、百年不遇的海啸、核泄露，引发了恐慌。日本抗住了第一波袭击，却被第二波吞没，更被接踵而至的第三波打得措手不及。刹那间，阴云笼罩下的福岛第一核电站成为世界关注的焦点，也成为人类用意志、勇气和生命与核怪兽决斗的战场。

为了监控核电站，冷却反应堆，180多名员工遭受着严重超标的辐射留守现场。他们中多为志愿者，并且多数是面临退休的老员工，挺身保护人生还更长的年轻人。他们奋不顾身地坚守战地，用自己的生命换取了成千上万的生命。在他们的背后，是默默等候着可能永远回不来的勇士们的家人。

位坚守员工的妻子在避难所接受媒体采访时说:"找和丈夫
都做好了心理准备,我支持他,希望他加油。丈夫在回信中说:'我
也许暂时回不去了,但你要好好活着。'"被访妻子神态镇静,没有
激昂的情绪,也没有痛不欲生的气氛。

不久,为核电站放水降温的特种抢险队队员的家人们也被媒
体从人群中找出来,摄像机前,她们平稳地回答着各种询问,没有
惶惶不安,更没有牢骚与不平,重复着"頑張って欲しい(GanBatte

HoShi)"（希望他加油）。

面对可能有去无归的丈夫,妻子们难道真的无动于衷吗?

以《罗生门》、《杜子春》等诸多名作广为人知的日本著名作家芥川龙之介,曾经在他笔下的经典短篇《手巾》中展示了日本式"物哀"的美学世界。

一名资深的大学教授,曾旅居海外,娶美国人为妻,是个名副其实的国际派教授,同时又是个日本武士道精神的推崇者。一天,这位教授的办公室里来了一位学生的母亲,她突然造访是为了告知教授其学生身亡的消息。学生因病医治无效而逝去。教授听到噩耗十分震惊,然而,更让他震惊的是,这位典雅的母亲在叙述儿子去世的过程中表情淡然,语气平静:"……总之,实在太意外了,该做的所有努力都做了","諦める他ございません（AkiRaMeRu HoKa GoZaYiMaSen)"（也只得死心）。在说这些话时,这位母亲的脸上似乎还隐约带着微笑,如果有第三者走过,一定会误认为他们在聊一些无关紧要的家常琐事。教授在恍惚不解之间不小心让手里的扇子掉到了地上,他慌忙屈身去捡。同一瞬间,教授惊呆了:桌子下面,妇人放在膝上的双手紧紧攥着手巾不停地颤抖,用撕裂捏碎手巾的力量在控制着自己。教授这才恍然大悟:母亲的脸上虽然露着微笑,桌子下面,她的心在流血和恸哭,在忍受着巨大的痛苦和煎熬。

芥川龙之介在这篇具有很高艺术感染力的传世之作里,成功地塑造了一位典型的日本母亲,一位具有传统的日本价值观和道德理念,言谈举止充分体现出日本式礼节的日本式妇女。是武士道崇尚的高贵之美,又是日本文学艺术领域渲染的"物哀"之美。

日本自然景色优美,自然环境却严峻。自古以来自然灾害繁多,独特的自然环境形成了日本人独特的审美理念。随着"禅"意识的渗入,达到"和"式最高美学境界——"侘び、寂び(WaBi、SaBi)"(空寂、闲寂),和由此产生的物哀。茶道里的"和、敬、清、寂",日本庭院的"枯山水"等,均表达着一种以悲哀和静寂为潜流的高境界的苦涩美与朴素美。

日语中用"花は桜木 人は武士(HaNaWaSaKuRaGi HiToWa-BuShi)"(人如武士,花如樱),来描绘最高境界。樱花独具日本特色的美感:花期短暂,让人感到哀婉凄楚与无常,开的时候美,落的时候也美。残月、落花中因潜藏着怜惜和哀愁,则更具美感,是物哀美的真髓。

"物哀"也是一种人生观,驱使老辈女艺人能够在最红的时候选择退出艺坛,深居简出,相夫教子。也影响日本自杀率的高持不下,以殉死追求生命在美的瞬间得到永恒的静寂。反之,假设樱花满开不败,月有圆无缺,人长生不死,也就无美可言了。

在艺术领域,中国与欧洲的戏剧往往以悲痛欲绝来表现巨大的悲哀,日本艺术则多以含蓄手法,让观众自己去感受强烈抑制的悲哀,用心去体验其中之美。

艺术来源于生活。"3·11"大震灾让日本损失惨重,死伤无数,2万多鲜活的生命凝结成一个巨大的数字,刻下大和民族创伤史的新章节。但是,日本人没有痛哭,而是把悲伤留在心里,同时表现出一贯的沉稳、淡定、秩序和礼仪。

这种礼仪之内的痛不难感悟。我尊敬的一位长者松田先生,多年的公事和私事往来之中,常常以我的在日爸爸自居。松田先生身上没有丝毫大男子主义,夫妻恩爱,总是乐呵呵地宣布自己是"妻管严"。遗憾的是因癌症早世。追悼会上人们各持一枝菊花,排成长队慢慢向前移动,到达祭坛时把手里的菊花排放在上,合掌、行礼。与故人关系亲近的会走到花丛后面的棺木边去和遗体告别,接着逐个向祭坛旁站立的故人家属致哀。松田太太以"丧主(MoShu)"(主祭身份)站在家属之首,一身黑孝和服,从头到脚一丝不乱,红肿着眼睛,脸上挂着一抹苦涩的笑,向每一位来宾鞠躬致谢。我走到跟前时,她泪光闪动,颤声对我说:"瑩ちゃん、パパが居なくなった(莹,爸爸没了)。"穿黑色的缘故吧,她显得那么弱小无助,我忍不住一把拥抱住她,她努力擒着的眼泪夺眶而出。

还有一段往事至今记忆犹新。长崎海域曾经发生过渔船沉没事故,全体船员下落不明。一大早我们赶到出事船所属的渔村。因为早,也因为发生了不幸,路上没有人迹。无奈之下,我们随便敲开了一家民房,想问问情况。开门的是一位中年妇人,她看到我们和摄影机,立刻明白了来意,轻声道:"我家那个就在遭难船上,请回吧。"说完,微微一躬,顺手拉上了门。我欠一欠身以做回礼,原地和摄影师矗立了一会儿,转身而去。

没想到一下子竟敲开了遇难者家的门,当时如果再抢上前一步，或许会得到一个"家属的画面和话语"，但我感受到妇人在最大限度地控制她自己。作为媒体人，我的决定可能有争议，但那天，同事平井摄影师没有对我表示异议。

"无常观""宿命观"形成了日本文化顺其自然的基调。凡事如意也好，不如意也好，只要已经有了结果，日本人都会去接受，或者会说服自己去接受。于是出现了一种高深莫测、不可理喻的"笑"。按武士道的观念，一个人无论逆境、顺境，均不可以悲痛失色或得意忘形，使别人觉察不到自己的真实感受，才是一个自持、有内涵的人。约束自己、克制自己是自我修养的手段和目的。"笑"既可用以流露自己的欣喜，又可用以掩饰自己的悲哀。正如《手巾》中的母亲。

同时，日本有谚语"笑う門には福来る（WaRaWuKaDoNiWaFuKuKiTaRu)"（福至笑门），鼓励笑颜常开。曾经有一部电视纪录片，讲述蒙古大草原上牧人用低声波呼唤动物的技能。纪录片用一名当红的日本女艺人作为旅行者出现，并向牧人学习发低声波的技巧。毕竟是高超的技能，她很难掌握，片中，老牧人指正她的时候，她面带微笑认真地听着。不料，老牧人竟勃然大怒，随后拂袖而去，她被撂在当地不知所措。原来老牧人不满意她"笑眯眯的学习态度"。殊不知，日本式审美观中的"笑"乃基本的礼貌和教养。可喜，可悲。

悲，可以很美。诺贝尔文学奖获得者，日本作家川端康成，一贯强调悲与美的相通，并融进他的作品中。中国古诗词中有"感时花溅泪,恨别鸟惊心",悲,但美。同出一辙。

我是凡人,偏好喜之美。无论如何,冬去春来,重创后的日本很快迎来了樱花的季节。樱花结合了团结、勇敢和自我牺牲的武士道精神。人们称日本上班族为当代武士,他们能忍受繁重、枯燥的劳动,为了某个共同目标百折不挠。能让日本社会振奋的一个契机就要出现:樱花要开了。

——写在"3·11"日本大震灾2周后

★生动的表达方式,学来就用:

A Su A Ri To  O MoWu  KoKoRo  No A DaZaKuRa

明日 あり と 思 う　　心　　の 仇 桜

=世事变化,盛衰无常。来自佛教典故,原指望明天去看那盛开的樱花,却不料夜来风雨吹打,明天可能已经全部凋零。

# 6 | 亲爱的汉字

已经不止一次在媒体新闻中看到韩国学者发表学说,强调"汉字是韩国人发明的"。这还真不是新闻。早在大学的时候,我们学校的韩国留学生就曾郑重其事地跟我陈述过这个"事实",我们是朋友,从他的言辞和表情中看得出他不是在说谎,他是真这么认为,换句话说,他是这么被教育的。记得,包括当时在场的日本学生们都瞪大了眼睛说:"冗談でしょう(JouDanDeShou)"(开玩笑吧)! 于是展开了一场争议,韩国学生显然势单力薄,很委屈。

大约两千年前,汉字从中国传入日本,也有经由朝鲜传入日本之说。总之,此后韩国人和日本人便与汉字结下了不解之缘。

汉字传到日本以后,经过漫长的历史演变,巧妙地融入其独特的文化,实际上,日语和汉语差别很大,不能算同一语系,而日本人却能对汉字运用自如,并通过对汉字的改造,创造出自己的文字"假名",自成一系。历史上,亚洲一些其他国家和民族,也曾经对汉字做过借用或改造，但只有日本人把汉字驾驭成自己的语言，并且发扬光大。

今天，中日两国的汉字，不仅读法各异，甚至很多字义相距甚远。共同拥有汉字在很大程度上拉近了中日两国人的距离，有的时候，汉字笔谈的确能够进行一定的沟通，如"再见"、"满足"等。然而，差别大的就会出错了。

有一个中国人和一个日本人，初次相识，开始笔谈：日本人指着身边的小姑娘，写个"娘"字给中国人看。中国人就奇怪了，明明看上去是你的女儿，怎么介绍说是你"妈"呢？这个字在汉语里是"母亲"，而在日文里却成了"女儿"，差了一个辈分。两人继续笔谈下去，"勉强"在中文里是"不情愿"的意思，而在日语中是"学习"的意思。日本人问中国人"勉强が好き？"（喜欢学习吗），中国人看了连忙摇头说："跟您聊天，不勉强不勉强。"日本人看到中国人摇头，特别高兴，如逢知己，说："良かった、私も勉强が好きじゃない（好极了，我也不爱学习）！"于是两个人重新握手，开心地大笑。分手时，日本人写道："手纸を下さい"（请给我来信）。日语里"手纸"指"信件"。中国人看了就觉得滑稽，手纸怎么了？手纸下面就更不想知道了。中国人想了想,无论如何"卫生纸"不是什么大问题,于是写道:"没问题。"日本人一看,感激地写下:"有難う御座いました"(谢谢)。这下,中国人感觉有些不对劲了,握住对方的手说:"你没事吧。"两人"亲切交谈"了老半天,完全没有说通。

我曾经为中日间的国际会议和各界人士做过即席翻译,诸如以上的笑话在我们翻译人员中流传着很多。为民间人士做翻译,我们大都翻得生动活泼,因为做意译,有很多自我发挥的空间。而为财经界特别是政界人士做翻译就不同了,必须尽可能翻得"忠实"于原句,包括原句中的汉字。比如,日方客人对中方的热情诚恳,说"感谢",尽管从感觉上翻成"感激"更确切,但翻译人员一般也只翻作"感谢"。日方客人对中方呈现出的美食边吃边说"幸せ",更接近于"满足",但是因为对方使用了汉字,翻译人员就面临着翻"满足"还是"幸福"的选择。

必须承认,日文中的汉字毕竟已经是日文,和中文的语感有很大差别。

1972 年 9 月,中日恢复邦交正常化,两国首脑在北京签订了"中日联合声明"。宴会上,当时的日本首相田中角荣致辞说:过去几十年间,日中关系经历了不幸的过程,我国给中国国民"多大なご迷惑をお掛けしました",翻译人员直译"添了很大的麻烦"。周恩来严肃地指出:日本军国主义发动的侵略战争给中国人民带来了深重的灾难,日本人民也深受其害,用"添麻烦"一词作为对过去的道歉,中国人民是不能接受的。田中首相连忙解释,日文中"ご迷惑"是谢罪之意。最后,经过磋商,在联合声明中写道:"日本方面痛感日本国过去由于战争给中国人民造成的重大损害的责任,表示深刻的反省。"

日本人热衷于汉字的剖析,书店的书架上也可以找到专门解析汉字的书籍。有的解释甚至令我们"中国老大哥"感到耳目一新。就拿日文中"吐"字来说,它可组词"物を吐く、言葉を吐く"(吐东西、发话语)。人,拥有语言,语言有正面和负面的,这本身不存在问题,不是什么坏事,但从汉字的角度来分析:"口"加上正"+"负"-"为"吐",如果我们去掉"-"(负面的言辞),"吐"就成了"叶"。日文中"叶"的意思是"叶う"(实现),最常组词"夢が叶う"(梦想得以实现)。由此,一个"吐"居然阐述了"人多一些积极的想法,少一些消极的言行,更能'梦想成真'!"这样一个大道理。

只沉湎于老师教的东西里不是好学生,日本人索性也开始造字。日文中有不少中文里没有的汉字,这些自产汉字被归纳为"国字"。"躾"就是其一,读成"しつけ(ShiTsuKe)",虽写成"身体美",指的却是一个人的言行举止里透露出的规范、礼仪和教养。延伸到指对孩子、下属的管教。造得深入浅出,回味无穷。

不难领会,汉字在日本深入人心,根深蒂固。不过,一路走来也并非一帆风顺,也曾遭到过排斥,面临过存亡绝续的关头。

首先在"脱亚"、"西化"盛行的明治时期,著名教育家、私立庆应义塾大学的创立者、日本最高额纸币 1 万日元上的头像——福泽谕吉就是主张废除汉字的权威。到了二战后,在美军占领下,也有过废除汉字的动作。一度拟定出由 1850 个汉字组成的《当用汉字表》，规定只许使用其中的汉字，以达到从限制使用到慢慢废除的目的。这些汉字量显然不够公文、书刊杂志的需求，被事实证明无法运作。此外，还做过只用假名和拉丁字母表示地名的尝试。汉字如同图片，形状摄入脑海的同时，意思已跟了进来，而罗马字和假名都需要拼读，对于看惯了汉字的日本人来说非常不便。更重要的是，就像中文中拼音无法取代汉字的主要原因是大量的同音词的存在，日语中，由于音节数量少，这一现象有过之而无不及。同样是"きこう(KiKou)"这个读音，意思可以是：奇效、气孔、气候、起稿、归航、机构、纪行、贵公、贵校等多达 20 多个同音词。显然，离开汉字，语句无法成立。

我的日语老师平下曾经是日本中学的国语教师。他回忆说，在中学时，每接一个新班，都要一边拿着学生名册一边和学生本人核对读音。因为汉字的读音繁多，用在名字上读法更是五花八门，家长可以顺其喜好在给孩子起名时自定读音。

日本政府也做了部分繁体字的简化工作。如"龍"字在常用汉字表里被简化成"竜"，大部分场合这个字被写成了"竜"的同时，在人名上，本人有权要求继续使用旧字体。比如前日本首相"桥本龍太郎"。

日本孩子从小学就开始学书法，认识的汉字多、字写得漂亮是非常值得自豪的事。高中毕业生被要求能认识并运用《常用汉字表》内的汉字，而汉字鉴定协会颁发的汉字能力 1 级标准则是 6000

个汉字。

　　曾经有一个日本记者在韩国领导人身上用了"唐突"这个词，结果在韩国掀起了轩然大波，日文中唐突的意思是"突然、太急"，而在韩国则是形容对方"不知天高地厚，自不量力"的贬义词。紧接着，另一句话更使日韩间的文字战升温。2008年，韩国掀起了把韩国食品推向世界的全民运动。又是一个日本记者头脑发热，在报道中称韩国的盖浇饭"BiBinBa"看上去色彩艳丽美不胜收，吃的时候却搅拌成一团，有"羊头狗肉"的感觉。这下激怒了韩国人，大学教授都挺身而出，据理力争说：日餐才是真正的羊头狗肉，看起来还算漂亮，吃起来毫无口味。日语中"羊头狗肉"指实际没有宣传得那么了不起，有差距，虽是贬义词，但不算严重。而在韩国这个词指欺诈，是极其严厉的批评用语。可见，传至韩国的汉字更接近中文"挂羊头卖狗肉"的原意。遗憾的是，重申汉字发明权的韩国除了名称、公文等重要场合以外，已经取消了汉字的使用。

★生动的表达方式，学来就用：

ChiRiMo　TsuMoReBa　YaMaToNaRu

　　塵　も　　積もれば　　山　となる　＝积少成多。灰尘堆垒积蓄最终也会成山。常常用来形容对知识或金钱的积累。

# 7 | 和服，若藏若露的温柔

说到日本的传统民族服装"和服"，我们立刻会联想到艳丽、雍容、仪态万方这些词。和服无处不透着独特，是日本人最值得向世界夸耀的文化财产之一。

和服，也称"着物（KiMoNo）"。江户时代以前，日本人的服装只有传统形式的和服，因此所有的服装都统称"着物"，如汉字所表达的：穿着在身上的衣物。

和服，还有一个名称叫"吴服（GoFuKu）"。早在中国的三国时代，来自吴国的纺织品及服装制作工艺影响着当时的日本服装业，丝绸质地的服装都被统称作吴服。

明治时期，西洋的衣饰进入日本，出现了"洋服（YouFuKu）"这个词，后延伸概括了所有现代服装。

与之相对诞生的词是"和服（WaFuKu）"，大和民族自己的服装，即原有的"着物"。

千百年来,和服无论质地、花色和式样,都经历了万千变化。我们今天看到的和服是从江户到明治,也就是 17 世纪中叶基本定型的样式。它深受古代中国的汉服影响,尤其在公元 8 世纪,中国盛唐时期,唐代服装被日本全盘模仿。到 9 世纪末期,日本的平安时代,中日双方曾因各种内外因素,一度疏于交流,大陆的信息开始疏远,日本文化进入了一个自我孤立、本土化发展的时期,衣装上的独自构造逐渐确立。现代,在皇室婚礼仪式中依然可见的"束带"和"十二单",便是在这个时期成型的,充分展现本土特色的服饰。

和服大体分"正装(SeiSou)"(礼服),和"普段着(FuDanGi)"(便服)。

男式款式较少,色彩较单调,偏重深色,腰带细,附属品简单,穿戴方便。

女式和服则不然，不仅色彩缤纷，质地多样，而且种类繁多、细致，有未婚已婚之分，等等。未婚小姐的"振袖"和服，长长下垂的袖子，飘逸妩媚，增添活泼和动感。传说垂地长袖是因为古代女子惯以挥袖向男子表示爱慕而至。"留袖"是已婚妇女的和服，短袖，精练端庄。

长袖里面还有许多划分，短袖当中也各有不同，比如在婚礼、宴会、毕业式、丧礼、平日等不同场景所穿和服的图样、颜色、样式及发型、携带的附属品均因目的而异。

每一件和服展开来都是一幅绘画，图案包罗万象。取材于自然风景、天象、动植物、人物、建筑物、生活器皿、几何、文字等。既有日月星辰、云霞雨露、山水岩石、亭阁楼台、小桥密径，又有草、木、花、果、龙、凤、鹤、龟、鱼、鸟、蝶。

在图案设计上讲究展开时与穿在身上时，都能呈现出画面的整体艺术。在裁剪制作上，着重考虑到穿着在身时，随着人体的动作，花卉、人物、风景等图案能在身上栩栩如生。

和服是直线造型，裁剪时，除了领口处以外，几乎全部由直线构成。由于这个特点，其他服饰最讲究的量体裁衣，变得并不重要。和服基本不受高矮胖瘦所左右，同一袭和服，可以适合很多体型不同的人。秘诀就在于，在腰间调节尺寸。与曲线明朗的洋装相比，和服穿在身上呈直筒状，不张扬人体曲线。女性专用的和服胸衣，在这里是为了压住凸起的胸部。而身体其他凹进去的部位，如腰部,反倒用毛巾来填满。

这种独特的穿衣基准使和服不至于因身体的运动破坏整体的图案平整,再加上,只要和服在身,人的行动举止必然受紧紧裹住的服饰的限制。因此,无论坐、站、走,兼具礼仪规范,从另一个角度来讲,自然显示出深沉内敛之优雅气度。

平心而论,与其说和服符合日本人庄重、平稳、宁静的气质,不如说和服恰到好处地补正了日本人体形上的不足,美妙地辅助了日本女性的装扮之功:若隐若现的"藏与露"。

藏,日本女性整体来说,身材娇小、腿短脚粗,将肢体包裹在和服的直筒里,不仅掩饰了这些先天不足,预留了充裕的想象与品味空间,更添几分朦胧美,既令人陶醉,又不流于青楼气。这种半推半就的"藏"背后是暧昧的"露"。

露,有选择、有节制地刻意裸露某个部位。有些类似古代中国男人病态地迷恋"三寸金莲",日本女性的脖子与后背,原本并无什么优雅之处,经和服的调教与演出,别显出一番滋味来,袖口、衣襟亦是掩不住的春光外泄。

1924 年,诗人徐志摩陪泰戈尔访日期间,曾留下长诗《沙扬娜拉十八首》(沙扬娜拉=さようなら=再见),最后一首最为著名,把裹在和服里的女性道再见的娇羞表现得淋漓尽致:"最是那一低头的温柔,像一朵水莲花不胜凉风的娇羞,道一声珍重,道一声珍重,那一声珍重里有蜜甜的忧愁—— 沙扬娜拉!"不愧为浪漫主义大诗人,不惜背负借人家的脖子津津乐道的嫌疑。不着一字,尽得风流。

和服不只穿在身上时美妙，脱起来更有一种异样的性感。原因在于它没有一颗纽扣，从里到外都是用带子系住，一根根地解，一层层地脱，锦丝玉带，重重叠叠中，触动了不少文人墨客的性神经。

无论布料、花纹、穿着感，和服的艺术价值有口皆碑。可是，复杂的穿戴过程和穿着礼仪，让人对之望而却步。

世界上有数不清的技能资格，很多领域的职业需要"执证上岗"。资格，意味着专业才能。也常常会在不经意中发现一些闻所未闻的资格，惊讶其奇特。在日本就有"着付け教室"（帮穿衣教室），通过学习取得帮别人穿衣的资格，这衣服就是和服。可见，穿法之复杂与讲究，不是一个普通的"麻烦"可以概括。

于是，简易轻便的和服"浴衣（YuKaTa）"相对普及。在日式旅馆中，浴衣是泡温泉或沐浴后的便装。平日，浴衣常见于夏季的祭祀活动、纳凉晚会、烟花人会上。现代服装设计师不断在造型上推陈出新，将各种大胆的设计运用在浴衣上，升级版款式多样，色泽明快，美观大方，颇似我们中国的旗袍被花样翻新那样，把古典韵律巧妙地融进现代生活中。

浴衣与和服不同。浴衣价格便宜，面料普通，单层，可以自家清洗，特别是穿着简易。穿浴衣时有一点要注意，就是领口左襟和右襟的盖法。与正规和服相同，右襟领必须在内，左襟领盖在右襟领上，此穿法称"右前"；反之则为"左前"。古代，习惯将刀配在左腰间,因为绝大多数人是右撇子,右手拔刀或伸进衣襟内取物动作顺手。日本人认为,死后的世界与生前相反,在和服的穿着上,会给死者穿"左前"。曾见过一些港台艺人在娱乐节目中作秀,把和服穿成"左前",为她们干着急。

有一个女孩子在写给杂志社的征文中描述了自己的故事:早逝的母亲在她的记忆里是一个总穿着和服的美丽女性,去世后,母亲的和服成了她对母亲在过去生活中不同场景的一幕幕记忆。不久,新妈妈进门,据说是出于想和她搞好关系,排除横在她们中间的障碍,在女孩子上学不在家的时候,悄悄将她母亲遗留下的和服统统当垃圾扔了出去。女孩子发现后,伤心至极。从此,和服在她心目中的意义更加深刻,成了对母亲思念的寄托与自己向着一个适合穿和服的女性的目标成长的动力。

自从 19 世纪初,日本女性发起服装改革运动,特别在 1923 年,关东大震灾中,穿和服的女性因动作不利索而丧生的不计其数,促使女性服装西洋化加速。便利、经济、适应现代社会的洋服逐渐占领了服装市场。流行的休闲装和时尚的职业装成为当今大多数女性的首选,偶尔在人群中发现和服身影,会觉眼前一亮。

是的,洋装再流行,也无法取代和服在日本人心底的位置。每逢节日、庆典等各种重大场合,仍然随处可见身着和服的人们。每个日本人一生可能有三套和服:第一套,3、5、7 岁时,用来参加"儿童祭";第二套,20 岁时,参加"成人祭";第三套,结婚时的礼服。不少人让这三套和服躺在箱底陪伴一生。

　　我的女友畅子,每年都会在入夏前把她的"传家宝"翻出来晾一晾,再小心翼翼地叠好了放回去。如此珍惜,不仅仅在于其价格不菲,更因为每一袭和服都蘸满了当时的人与事、情与景,是珍贵的记忆、人生的足迹。

＊生动的表达方式,学来就用:

KuSatteMoTai

　　腐っても鯛 ＝即使腐烂也是鲷鱼。一流的东西即使因世态变迁有所衰败,也还会保留原有的品格和一缕光辉。

# 8 | 一年一字

　　在一如既往的脚步中,历史翻开着一个又一个新年。每到岁末年终,人们总是要对过去一年有一个回顾,不管好的坏的都拿出来总结一下,以便安心地告别旧的,迎来新的。这种传统习惯上的"辞旧迎新"是人类成长的智慧。

　　大江东去浪淘尽,水底下,是那些不能溶解不能释怀的沉淀。这些不同年代的沉淀孕育着世上多彩的人类文明,而文字,是记述文明的最好工具。汉字的国度,可以精确到用一个字来归纳大局。

　　如果回顾过去一年的生活经历和感受,用一个字来做一个总结的话,今年,您会选择哪一个字呢?

　　每年的 12 月 12 日,在日本被定为"汉字日"。取谐音"いいじいちじ(YiYiJi YiChiJi)"(好字一字)。日本汉字检定协会在全国范围做民意调查,征求一个适合表现该年大局世态的汉字来概括这一年,最后通过民选得出结果,称之为"今年の漢字(KoToShi No

KanJi)"(年度汉字)。

当选的年度汉字于 12 日在日本最著名的寺院之一、世界文化遗产京都清水寺公布。寺院住持在媒体的镜头和公众的瞩目下，挥亳将字写在一张巨大的和纸上。

和纸，是在中国造纸技术的基础上，以独特的原料和工艺制造出的日本特有的纸张，薄而结实，纹路美丽，最适合毛笔字的书写，类似于中国的宣纸。

白纸上的黑墨字，清晰夺目。年度汉字肩负着旧年的世态，带着对新年的祈愿，与这一年获奖的"流行语"、反映民众心声的"サラリーマン川柳（SaRaRiiMan SenRyu）"（工薪阶层顺口溜），一同供奉在寺内的千手观音的供台上，以驱邪消灾，供游人品味。

年度汉字,顾名思义,必须具备高度的概括性,能直接明了地反映这一年的社会现象,每年它的出台都吸引着各方的高度关注。通常,自 12 月上旬起,各家媒体的版面,电视台的新闻、娱乐节目,开始涉及一年来的重大新闻排行榜,并且通过独自的民意调查,预测用哪一个汉字来给即将过去的一年做总结。

2010 年,日本经历了一个连续更新历史记录的酷暑盛夏,不仅影响到了人们饭桌上的蔬菜价格,增加了消费者的生活负担,还出现了有史以来最多的中暑人数。自然界则由于气候原因,渔船出海无获,深山里的动物被迫下山觅食,为深刻的地球温暖化现象敲响了警钟。这一年的年度汉字为"暑"。

2009 年的"新"字,为二战后长达半个世纪的自民党专政画上了句号,日本民众对新政权民主党,寄予了全新的期待。国民在迎接新政权诞生的同时,也陷入了新型流感横行的恐惧和困扰中。新里有喜有忧。

2008 年的日本人感觉到了"变"。既有国内年度政坛的更替,又有国际上,奥巴马以"变革"为口号一路披荆斩棘,最终在美国总统大选中获胜,成为美国史上第一个有色人种总统。这一年的"变"也泛指经济环境的恶化导致全球金融市场的变迁。

2007 年的汉字最为尖刻,一个"伪"字道出了一连串让日本人心寒的各行各业的造假丑闻。首先是食品上的伪:肉类、蔬菜、点心、快餐,都发生了产地、素材、食用期限的造假,给消费者带来极大的打击。生活上的伪:辛辛苦苦工作一辈子,赖以生存的"年金

(NenKin)"(养老金),出现重大管理漏洞,数以万计的漏记错记事实暴露,原来竟然是一团糊涂账,让国民愕然惊恐。政治领域的伪:政治家的活动经费问题、美军军舰的加油量伪记载问题,到了国会答辩上仍然伪证不断。此外,百年老字号的特产品、高级料亭、建筑物的耐震强度、运动选手、英语教室,伪字层出不穷。

一年一汉字,除了概括社会的重大事件,亦表达人们对人生的感慨与情怀。

2006 年的"命",纪念天皇的次子、秋篠宫亲王的王妃产下天皇的长孙,悠仁。同年,校园霸凌问题导致学生自杀事件频传,人们在生与死之间,领悟生命的宝贵与脆弱。

前一年的 2005 年,天皇夫妇唯一的女儿,纪宫公主与普通公务员喜结良缘。福原爱等名字里有"爱"字的运动选手屡创佳绩。爱知世界博览会举办成功。"爱"字脱颖而出。

日本年度汉字的评选始于 1995 年。目的是增进人们对汉字的兴趣和理解,加深对以汉字为核心的日本文化的认知,促进汉字的继承与普及。

浏览历来的当选汉字,犹如展开一幕幕历史场景。第一个汉字是 1995 年的"震",阪神大地震;奥姆真理教沙林毒气事件震撼日本社会。1996 年:"食",O-157 大肠杆菌引发的多起食物中毒事件。1997 年:"倒",数家大企业倒闭,大银行濒临危机;日本足球队打倒劲敌,闯入世界杯。1998 年:"毒",和歌山的咖喱下毒事件及其引发的多起模仿投毒事件。1999 年:"末",世纪末的来临。

2000 年："金"，日本运动员在悉尼奥运会上获得多枚金牌；南、北朝领袖金正日、金大中对话；首次发行 2000 日圆纸币。2001 年："战"，"9·11"事件引发反恐战争。2002 年："归"，日、朝首次首脑会谈，遭朝鲜特务绑架了数十年的 5 名日本人归国；日本经济回归至泡沫经济前的状态。2003 年："虎"，日本政府派遣自卫队赴伊拉克，如履虎尾；职业棒球阪神虎队夺得阔别 18 年的总冠军。2004 年："灾"，连续 9 个台风侵袭；新潟县中越地震；大雨和酷暑高温。

说到汉字，中、日、韩 3 个同样拥有汉字的国家，虽然有时会为了几个汉字的运用，唇枪舌剑，打得不可开交，反过来理解，实际上是在共享汉字中的乐趣。邻国韩国，近年别出心裁地推出了年度成语，有讳疾忌医、自欺欺人、密云不雨等等，传递着国民的感慨、耐人寻味的时代痕迹与信息。

此外，2008 年，台湾也首次举行了"今年的汉字"活动。第一个被"金榜题名"的是"乱"字。同一年，中国国家言语资源研究中心公布了当年最受关注的汉字："和"。

虽然中国还没有系统的、严格意义的年度汉字评选，但网络上类似的自娱自乐活动的参与人数越来越多，瞩目度越来越高。于是，出现了被认为是 2008 年最流行的字"雷"，2009 年的"房"字，之后的"涨"、"撞"，很大程度上概括了中国社会的现状与民众的焦虑。

有一个在中国生活数年的日本学生，对中国社会有着无限的好奇和感悟，他也加入了网上的评选行列。让我难忘的是，有过中国生活经历的他感到中国有而日本没有的东西是,对更加美好的明天的期待感,他用了一个汉字来形容中国:"斗"。

2010 年,海峡两岸媒体首次联合举办了"两岸年度汉字评选"活动,吸引了两岸高达 56 万网友的参与,最终,从诚、创、幸、淡、酒、旺、平、通、道、博、和、生、安等 36 个汉字中,经过网络评选,"涨"字以超出第二名 3 万多票的优势拔得头筹。民意一目了然,不过,媒体巧妙地把这个涨字"贴"在了两岸合作、交流、发展声势看涨、21 世纪中国崛起的气势看涨上。

2011 年,日本年度汉字的首位候选是"原"字,基于 3·11 大震灾后原子能发电站的重大事故,给日本乃至人类社会的发展带来的巨大震撼。阴云密布中,出来的结果让人深深舒了一口气,是"绊",人与人紧紧相连相扣的绊,灾难中的温馨。

2012 年,基于在日本观测到的天文现象金环日食,伦敦奥运日本选手的金牌成绩,诺贝尔医学奖的获得等,"金"字荣登宝座。

庄子感叹人生短暂"如白驹过隙,忽然而已"。鬓角的白发,额头的皱纹,那么悄无声息,又那么迅雷不及掩耳,载着人生的一页页。我们每天的生活经历,生命中的每一个细小环节,都构成我们成长的过程。过去的一年,没有什么特别,似乎一晃而逝,却又是 365 个漫长的日夜,充满了回忆。

新一年,虽是未知,尽是期盼,期盼着会有更多的美好和一些与往年不同的新鲜。无论在什么心境下,时间来到了尾声。每一页都有主题,一句话或者一个字。文字记述历史,历史孕育和催生文字,对过去的某一个时间段,用什么字可能没有多么大的选择,但对未来的下一个主题,我们却可以努力使之使用自己喜欢的字去记载。

★生动的表达方式,学来就用:

FuRuKi Wo TaZuNeTe A TaRaShiKi Wo ShiRu

古き を 尋ねて 新 しき を 知る

＝温故而知新。

# 9 | 性无序

有日本朋友对我歪脑袋,说搞不懂为什么苍井空在中国那么红。

苍井空,日本的 AV(成人影视)演员,2009 年试图进军韩国时,被韩国媒体炮轰:日本的低俗艺人。2010 年转而进军中国,旗开得胜。她在中国的微博拥有近千万粉丝;与宋祖英、杨澜同台共演;活动中露个面,能引发观众翻墙、踩踏、围追的狂潮。拥有美誉"德艺双馨",被亲切地称为"苍老师",在政治领域向来敏锐的网民们,一反常态,丝毫不计较她曾高调参与前台湾地区领导人陈水扁的"台独"活动,对她宽容大度。

历来,在日本业内,成人电影的女演员犹如餐厅食品旋转带上的一枚寿司,搁久了,就得被丢弃。恐怕,苍井空本人也没弄明白,江河日下的她,能在异国他乡腊尽春回,是赶上了好时机。中国长期的"性禁忌"是她爆红中国的一大原因,有日本社会不具备的"天时地利"。

2011 年的第 24 届东京电影节上，一家独特的展商吸引了影片交易会场的客商。女演员和制片人亲自推销的 3D 高清晰度产品竟然是成人电影。

东京的不夜城 歌舞伎町

在日本，几乎所有的居住区都有影视作品的租赁商店，从录像带到 DVD、CD 等一应俱全，有很多是连锁店，规模可观。政府对知识产权的系统和严格管理，为这一类生意提供了保障。走进商店，人们会在最后方或隐蔽处，另觅一片天地：成人影视架。

早在 20 世纪 60 年代，日本的成人影片，在颇具争议中诞生，并迅速流传。政府经过了惩治、查处的尝试之后，不得不在 70 年代开始正视这个行业的存在，成为亚洲最早将此类产品合法化的国家。到了 80 年代末，终于发展为亚洲成人影像制品的最大出产国，色情产业国际领先。观看成人影片，成为高压力的日本人舒缓压力的一种方式，正面评价其："降低了性犯罪"。

归根结底，成人片走进电影节的交易会场，在情理之中，与几千年来形成的性观念和文化息息相关。

日本在性方面是很开放的。至今一些地方还保留着男女混浴、裸体祭。女大学生、已婚女子从事灰色领域"水商壳(MiZuShouBai)"(风俗行业的短工),AV女星被请去为政权选举开票等等司空见惯,色情业虽不算光彩,也算个职业。母亲会对临出嫁的女儿灌输:男人工作辛苦,需要放松,逛逛红灯区,有个婚外遭遇,人体所需,必须理解。于是乎,妻子对丈夫在外的桃色行踪多半视而不见。

长期以来的宽松性观念,导致日本人即使到海外也不知收敛,被公开冠名"色情动物",还感到莫名其妙,觉得自己并没有哪里不正常。

不过,由此引火烧身者屡见不鲜。记忆犹新的是在经济顶峰的20世纪80年代,日本男人成群结队地去东南亚国家消遣,最有人气的是菲律宾。不料,菲律宾是一个天主教盛行的国家,堕胎在那里从法律到民俗观念都不被认可,故此,出现大批的菲律宾女子挺着肚子或领着孩子涌向当地的日本领事馆,要求来日本找孩子们的爹。

滑稽的是,日本又有严格的法律约束,禁止进行有偿的性服务,禁止放映和出售、出租暴露性器官的影像,成人电影中这部分必须使用马赛克遮挡。国家设有专门机构,对产品进行严格的审查。正所谓:上有政策,下有对策。遮遮掩掩的脱衣舞剧场;通身只围一件围裙的年轻女子做服务生的餐厅;生鱼片等的"女体盛(NyoTaiMoRi)"(以裸女来盛食物),秀色可餐;隐僻街头,没有马赛克的录像在公开出售;红灯区,拉客的与被拉的公开论价,等等。这些,年年被取缔,年年新开张,换汤不换药,你方唱罢我登场。日本社会一贯以循规蹈矩著称,而在这个领域,无论政府如何修改法令,加强监管,法律永远是阳奉阴违。

事实是,色情业及其周边产业,每年有上亿美元的收入,是举足轻重的税收来源,政府并不真想把这个下金蛋的老母鸡怎么样。

一个民族的性观念,与其宗教文化有着密切的关系。

"神道"是日本人自创的唯一宗教,本身不存在什么理论教义,奉神话书《古事记》为圣典,它完成于712年,虽称史书,实际是一部民俗学资料,记载着日本上古时的神事。书中多将两性结合作为宗教仪式来描述,比如:原为兄妹的男神和女神性交后产生了日本这个国家。

神道原始而粗放,崇拜自然、祖先、生殖繁衍。日本各地丰富多彩的"祭"(嘉年华),原点大都来自古神道的祭祀仪式,其中很多是宣扬性开放的狂欢节。在神道中,性乃极自然的神之恩惠,人们在祭中自由乱伦以"取悦神"。日本人自古"尚裸",并非西方社会对人体美的崇尚,仅限于对性能力、生殖器的崇拜。全国各地将生殖器作为富饶、精力旺盛与子孙繁荣的象征来祭拜的神社比比皆是。

也许是读《古事记》中众目睽睽之下脱衣交媾产生的免疫力吧,今天的日本人对著名导演北野武在电视节目上插长颈鹅头于裆下,也只一笑了之。酒会上,平时斯斯文文的人能脱到只剩一条内裤。女中学生把校裙在腰际挽了再挽,几乎能见裙底风光。堂堂国技"大相扑(OoZuMou)"(相扑),裸到仅一根带子缠于腰股之间。

古老的"歌垣（WuTaGaKi）"（男女老幼在大自然中对歌纵性），近代到江户之前还在各地盛行的"夜這い（YoBaYi）"（深夜潜入对方寝室），男子十四五岁、女子生理开始即为成人，可以有性生活，少年们往往先由年长的领着，从提鞋跟班，成长成轻车熟路的夜访者。

日本传统理念中没有所谓的贞操观，不标榜处女、童贞，日后的文学作品描述当时："找遍整个村子，竟没有一名处女。"

"夜這い"历史悠久，是古坟时代到平安时代初期，贵族、氏族社会维护家系繁荣的手段。之后，由此演变出一种婚姻形态，叫"妻間婚（TsuMaMaKon）"（在妻子们间夜访）。也叫"通い婚（KaYoYiKon）"（走婚），男女双方均可拥有复数配偶。

当时的日本社会属女系家长制，生下的孩子在母亲家养育，父亲是谁并不重要。性爱伙伴的对象范围很广，导致近亲结婚非常频繁。可以是父母亲的其他配偶，甚至异母兄弟姐妹。皇室为防止平民亵渎了皇室血统，仅把乱伦禁忌的底线设在同父同母兄妹的结婚。其中的缠绵与千丝万缕，在日本最古的诗集《万叶集》等文献中都有着大量记载。

倾向于禁欲的佛教自5、6世纪传入日本，但只在贵族、武士社会得到赞赏，庶民社会一如既往。就连一代高僧一休宗纯，一生中风流佳话成篇。更难怪今日的日本寺庙住持，个个食肉娶妻了。

今天，日本社会屡见不鲜的"痴漢（ChiKan）"（色情狂）、"覗（NoZoKi）"（偷窥）、"下着泥棒（ShiTaGi DoLoBou）"（内衣贼）等变态性癖，都在许多经典古籍中有章可循。这些都不是个例，相当频繁,频繁到我全碰见过。有几个月住一楼的经历,早上晒出去的内衣,晚上回来只剩下衣架。赶紧往高层搬,下班回家的路上被跟踪,一直跟到电梯前,这边一个急转身,对方做贼心虚,撒腿就跑,竟是一副白领打扮。传说附近公园的公厕里发现过隐藏的录像头,从此不敢使用。

传统性风俗对日本年轻人的影响毋庸赘述。在一档电视讨论节目中,三十几位女嘉宾里,一位20出头的女子说出自己尚是处女时,周围所有的人不约而同地发出了"哎~"的惊呼。

在许多国家,色情业对婚姻、家庭、青少年道德的破坏巨大。"援交"一词来自日语,指援助交际,以女色获取财物。一些女性因此不愿意从事艰苦的正当职业。日本青少年性行为过早,但很多人却对婚姻没兴趣。晚婚晚育,甚至不婚不育,长此以往,到2050年,日本人口将减少三分之一。

地球上的生物,包括人类,根本目的无非:觅食生存,继而繁衍下代。日本古老的性风俗在后者上下足了功夫,却没想到,带给后世的结果竟然背道而驰。

★生动的表达方式,学来就用:

ShuNi MaJiWaReBa A KaKu NaRu

朱 に 交 われば 赤 く なる＝近朱者赤。

# 10 | 步步为"道"

"柔ちゃん (YaWaRaChan)"是一个小姑娘,娇小身材,可爱的月牙眼,短发,满脸稚气和温柔。就是这样一个典型的"卡娃伊"日本小女生,却是真人不露相,稍显身手就能把强壮的男对手摔个人仰马翻。

"柔ちゃん"是日本漫画家浦沢直树的作品《YAWARA!》里的主人翁,自小受柔道家祖父的特训,练就一身柔道功底,一边抗拒祖父的苦心,一边充分发挥在柔道上的奇特才能,随着人生的各种际遇不断成长,最终热

爱柔道,成为柔道高手,名满天下。作品一推出即反响空前,电视动画、电影随后相继问世,在日本掀起了一股全民柔道热。原因之一就是这个励志故事并非杜撰,她的原型是日本柔道界的女王:谷亮子。"柔ちゃん"正是她的爱称。

柔道(Judou),起源于12世纪,是当时掌握中央政权的武家社会中,武士们空手搏斗时运用的一种技巧和武艺。到了江户时代,作为武术的一种被发扬光大,冠名"柔术"。经后人不断研究推敲,引发流派纵生,"柔道"之名随之诞生。1882年,教育家嘉纳治五郎对其进行了改良和整理,设立成一套完整的体育运动项目,从此在民间得以推广传播。柔道虽是对抗性很强的竞技运动,但它强调的是对技巧掌握的娴熟程度,而非力量的对比。在1964年的东京奥林匹克大会上成为正式竞技。目前世界上有200多个国家和地区加盟国际柔道联盟。然而,"本家"日本却忧心忡忡,不满"柔道"变质为单纯的竞技"Judou",失之武道的真髓。

汉字"道(MiChi)",在日文中单指道路。而日本文化中名目繁多的"道(Dou)",实质是佛教宗派之一:禅宗学说的产物。以禅的理念为依托,指导行道者潜心领悟事物表面下的事理及真谛。

禅宗,自印度传入中国,始于菩提达摩,盛于六祖惠能。古代唐、宋朝时期得以高度发展,到了明朝呈明显衰退。然而,自13世纪传入日本,以及在之后的长达五百年中,日本民族把这颗中国文明的果实培植改良,开放出耀眼的花朵:日本の禅。以至明治维新后,成为日本独特的文化知晓于世界。

禅宗在日本能够独立而突出地发展,是因为禅宗的自然观,与日本的民俗信仰体系神道(ShinTo)的思维观念相符。资源贫乏、自然灾害频繁的日本列岛的自然环境,人们崇拜自然、坚守俭朴的生活方式,都与禅宗的审美趣味一拍即合,也因此影响着日本人社会生活的各个方面。无论如何繁华的某一个角落,常常会发现只摆了一件陶器,只插一枝花,茶室里只挂一幅画,这便是"禅心":无即是有、多即是一,用物质上的少,去寻求精神上的多,也是禅宗美学中"天人合一、宁静致远"的反映。

禅,是心灵智慧的流露、不刻意造作的心领神会的境界,虽境界各有高低,但人人都能领悟。禅,强调作务,即砍柴、烧水、种田等劳动实践,"一日不作,一日不食";崇尚简洁的思维方式与言简意赅的表达方式,如古代武士以沉默为美;人生无常的悲世情怀,即一切美好的东西亦可在弹指之间化为乌有;寂死为乐、生死轮回,为随时随地可能失去生命的武士树立起理念上的支柱,支配着日本人的生死观。禅的理念与自己民族意识的美妙结合,形成了日本人独特的价值观,产生出日本文化中丰富多彩的"道"。

茶道(SaDou 或 ChaDou),是一种修身养性的方式,是一种通过品茶艺术接待客人的礼仪。日本遣唐使,包括后来的道元、荣西等名僧们把种茶、制茶的一整套技术带回日本。饮茶习惯推广到民间后,逐步形成独具特色的日本茶道。追求和、敬、清、寂的意境,讲究茶的浓淡、水质、水温、火候、炉式、燃料和茶室的布置等。人们通过饮茶的一系列程序,于清寂中洗涤内心的尘垢和解除彼此的芥蒂,达到思想沟通、相互尊敬珍惜的目的。

华道(KaDou),亦称"生け花(YiKeBaNa)"(插花)。来源于中国唐朝的佛堂供花,15世纪在日本发展成花道,并成为女子品德、修养教育的一个重要部分。先后产生了"小原流"、"草月会"等数千种流派,各具特色。平均每5个日本人中就有1人学过插花。我第一次去插花班就是受一个建筑师朋友之邀,一个大小伙子,当时,学习研究华道已经多年了。

香道(KouDou),与茶道、花道相比,因香材昂贵,不及其他艺道普及。香作为一种文化,肇始于中国春秋时期,随盛唐僧人鉴真东渡传入日本,最初仅在寺院法会时使用,后来在贵族中盛行。古典名著《源氏物语》里就有多处对熏香的描述。我有过一次体验香道的经历,那是在京都的寺院里。当天被事先提醒不要在身上喷香水,我们一行被引进一间日式榻榻米房间,房内几乎没有任何摆设,更没有日式屋子里常见的插花,以免花草影响香效。我们跪坐在绵垫子上,看着老师优雅地将香筷、灰拍、香镊、白羽毛帚等工具一一拭净。每人面前有一个三脚香炉,如茶杯大小,炉中已盛有一块香炭,覆盖着厚厚的香灰。在轻微的传统乐器尺八(ShaKuHaChi)乐声中,老师一手轻柔地捧起香炉,一手持灰拍,匀稳而有节奏地轻拍香灰,使其聚拢为山形。用羽帚轻扫香炉内壁,再用香筷在山形的中心扎一个气孔,直看到下面微红的炭火。随后,用香镊将云母片夹至气孔上方,另将一小块香木放在上面,不见一丝烟火,完全靠气流熏。所有的动作都有顺时针、逆时针、角度等严格规定,同时必须气定从容,全神贯注。我们一一模仿,最后一手托起微烫的香炉,一手轻拢炉口,侧耳听香,然后再凑近了闻。一股淡雅的香气悠然而至,沁人心脾,感受到的是古朴纯真的愉悦和享受。一场香道下来大约一小时,是现代人磨炼耐性和细心、寻求内心平和的好方式。

书道(ShoDo),也是自中国传入日本,并在日本发扬光大的中华文化之一。古往今来,产生了诸多的名书法家和流派。当今的日本小、中学校都设有书法课,还有大学本科学科,书法组织和人口超过中国。

此外,剑道(KenDou)、弓道(KyuDou)、空手道(KaRaTe)等武术文化,犹如空手道最初被写成"唐手",也都与中华文化一脉相承。

日本文化中的"道"无处不在,除了以上介绍的以外,还有武士道(BuShiDou)、合气道(AiKiDou)、商道(ShouDou)、色道(ShiKiDou),以及恶名昭著的黑社会组织极道(GoKuDou)等。虽不是宗教,却包含着某种意义上的宗教心。

我的一个西方朋友,迷恋日本文化,肩负背包只身漫游日本。边打工边旅游,打过的工种无数。包括清晨送报,先跟着日本人前辈熟悉路线,一圈送完收工回来,前辈必然对着两辆轻骑合掌道谢,还要求他也跟着做。他觉得荒唐滑稽,拒绝模仿。前辈正色道:"一路都亏了它,我们才得平安无事完成今天的工作。"

在日本,时而看到从游泳池出来的人,对着池水认认真真地一躬之后方才退去。最常见的,在外国人眼里只是交通工具的汽车,在日本逢新年到来,也会被注连绳装饰起来,以示感激和祈愿平安。乃至戏剧表演中的道具、孩子们玩旧的人偶等等,一切都被认为有灵魂存在。

风吹幡动,有一则著名的禅宗故事:千百年前,一僧人说"是风动";又一僧人说"是幡动";六祖慧能说:"不是风动,也不是幡动,而是心动。"日本现代著名的禅学思想家铃木大拙曾说:"禅是日本文化的最高点。"所谓一切从心起,心不起则一切不起,心不动则一切不动,故说心动,亦为悟语。

传统文化是一个国家软实力的重要组成部分,中国的一些宝贵的传统文化传到日本,被日本本土吸收,经过长年累月的不断演变和升华弘扬,构建出独特的形态,最终得以在国际社会确立其独特地位。所有努力,根源于"心"。

★生动的表达方式,学来就用:

YaoYoLoZu No KaMiGaMi

八百万 の 神々 ＝世间万物均有神灵。

家庭

Jia Ting

# 11 | 电视系列与屏幕内外

在日本电视台任职，首先要弄懂的是日本媒体产业的结构。因为在每一个采访现场都会碰到"竞争对手"。虽说在现场相互都是客客气气的，很多私下里还是朋友，但毕竟有公司利益在其中，所以无论是电视、报纸还是杂志等其他媒体，熟悉到现场的各家背景，是基础知识也是工作内容之一。

日本的电视媒体产业基本由一个国营和五大民营无线电视机构组成。

首先是 NHK，全称是日本放送协会（Nippon HouSou KyouKai），简称 NHK。NHK 是日本唯一的公共广播电视台，相当于中国的国营企业。在全国各地设有 54 个支局，是日本最大、最具影响力的大众传播机构。

与"国营"相对应的是以下五家民营，日语称"民放"。

日本电视台：日本テレビ放送网株式会社（NiHon TeReBi

电视屏幕上看不到的演播室的真实面貌

HouSouMo KaBuShiKi Gaisha),简称"日视"或"NTV"。1953 年开播,是日本首家民营电视台,亦为日本主要报章《读卖新闻》的集团机构。旗下还包括日本最强大的棒球队——巨人。《金田一少年事件簿》、《星之金币》、《失乐园》等作品被中国观众所熟知。由动画电影帝王宫崎骏设计的台标"何物"憨厚可爱。

　　富士电视台:株式会社フジテレビジョン(KaBuShiKiGaisha FuJiTeReBiJon),简称"富士"。是富士产经集团的核心企业。旗下包括日本主要报章之一《产经新闻》。也是一家在电视剧制作产业最为高产的电视台。被中国观众喜爱的作品有《东京爱情故事》、《白色巨塔》、《101 次求婚》等。占地面积两万一千多平方米,地上

25层、地下2层的富士台大楼,由著名的建筑家丹下健三设计,是东京的新兴景点之一。

TBS电视台:株式会社東京放送(KaBuShiKiGaisha TouKyo HouSou),简称"TBS"。以日本最大广告代理及制作公司电通为首,成立于1951年,是日本最老的民间无线广播公司,1955年开始电视业务。人气电视剧包括从1969年开始至今仍在播放着的古装戏《水户黄门》,及最早进入中国的《血疑》等作品。

朝日电视台:株式会社テレビ朝日(KaBuShiKiGaiSha TeReBi ASaHi),简称"朝日"。于1959年由报纸《朝日新闻》及东映电影公司等机构合资成立。出了不少著名的日剧。描写日本女子排球崛起的作品《排球女将》一度在中国掀起热潮。

东京电视台:株式会社テレビ東京(KaBuShiKiGaiSha TeReBi-TouKyo),简称"电视东京",是五家民营电视台中规模最小的。由日本主要报纸《日本经济新闻》创办,是现时日本制作最多动画片集的电视台,动画片《宠物小精灵》、《哈姆太郎》等被世界各地动漫爱好者所熟知。

当然,各家除了电视剧以外都拥有各自独特的新闻、体育和包罗万象的人气综艺节目。

NHK在世界各地设有34个总局和分局,与世界大多数国家和地区的新闻机构有合作关系。"民放"也同样拥有类似的机构,以及广播电台、报纸、球团,等等。旗下企业各自是独立的经营体,又是强大的互助网[系列(KeiReTsu)]。"キー局(KiKyoKu)"(中

央台），下面有各个"ローカル（RouKaRu）"（地方台）。

这些由汉字和假名组成的词在日文中非常普遍。初学日文的人，看到汉字和平假名、片假名混合在一起，难免觉得眼花缭乱。汉字从中国传到日本后，因为难度较高，不易普及，并且语音、语法不同，无法原封不动地搬用，渐渐形成了和假名并用的格局。今天，在日文中，平假名多用来表示外来语。像电视、电脑这些来源于英文等其他语种的单词，用平假名标记出它们原有的读音，这些单词摇身一变就成了日文。既省去很多翻译的功夫，更没有翻译是否准确的担忧。

走进每一家电视台的报道部，映入眼帘的一定少不了几乎占满一面墙壁的电视荧屏，下面各贴着 NHK、NTV 等标签，每台电视机分别锁定某个电视台不动。同行之间，别人在播什么，同样的新闻、社会热点或专题别人是怎么编排的，都要密切监视掌握。因为直接关系到节目的质量，直接关系到收视率。

我曾经参观过美国广播公司 ABC 电视台，跟踪了一天当中他们从出去采访到回来编辑写稿，以及实际播出的全程。老实说，都是行业界的流程，没什么新奇，也没发现什么特别值得借鉴的地方。这种感觉一直延续到我跟进直播间，观摩了 1 个小时的晚间新闻直播现场以后。"OnAir"的红灯一灭，随后发生的事情，不折不扣地让我瞠目结舌。主播一边卸去耳机，一边和我们在场的人员打招呼，告别！女主播直奔换衣间去卸妆更衣，男主播直奔停车场，发动汽车，扬长而去。再看报道部，也几乎是人去楼空。直播前的人声鼎沸已经无影无踪,仿佛什么都没有发生过,一个连硝烟的残迹都嗅不到的结束了的战场。同样是报道现场,却是完全不同的景象。

没错,日本的电视台抛开其他部署不提,只说新闻报道部,要求每一个"兵士"拥有打持久战的体力。晚间新闻直播结束,呼啦啦一帮人如释重负,从直播间一路谈笑风生,回到报道部,立即收敛说笑,所有参与当天新闻的工作人员各自拉过座椅,聚拢到一起,部领导也早已等在那里。每天例行的"反省会"开始。回顾一天来的工作,小到在外采访过程中分别遇到的有必要和全体分享的情报,大到对当天节目内容的正面和负面的点评,以及对次日工作的探讨和分工。反省会还是所有台内大小事宜联络通知的最佳场所,犹如给每天画个句号,必不可少。如果没有特殊理由,是不能缺席的。

句号又意味着另一个开始。会议的结束并不代表大家可以开路回家。第二天的采访任务已经在案,查资料,做功课,为明天顺利地投入到工作中去做好一切准备。如果还想搞出一些纪录片作品,那毫无选择,是在完成了和每日新闻有关的工作之后,只能"挑灯夜战"了。尽管上司明言不鼓励加班,同事间也会互相说"快回吧",却谁也不肯先走,私下里都较着劲。自己担当的新闻不能输给同事,整体节目不能输给其他台。这样一来,回家的路上披星戴月,就再正常不过了。

任何行业都存在激烈的竞争,日本的电视行业,一旦节目质量低下,收视率被甩在了后面,立刻影响到公司收益,最终关系到每个人的饭碗。收视率越高,广告越好卖,广告费是民营电视台的主要财源。

唯一没有广告的是 NHK。这并不代表 NHK 的节目可以不顾质量,忽悠观众。相反,在长篇电视连续剧、纪录片、大型娱乐节目,特别是新闻领域,NHK 享有很高的声誉。NHK 法律规定不允许播放广告,那么,这个庞大的企业靠什么来支撑呢?日本放送法第 132 号第 32 条规定,每一个设置了能收到 NHK 电波设备的人都有义务和 NHK 签约并交付收视费。日本国土从南到北相距3000 公里,几乎每一个有居民的村落、岛屿都有 NHK 的电波到达,每年大约有 4 万多家庭与 NHK 有收看电视节目的合约,NHK是名副其实的把千家万户连在一起的国家机构。

事实上,多年来收费一直是 NHK 的一件头疼事,因为只要拥有电视机,就能收看到各家电视台,包括 NHK 的节目。既然签不签约都能收到,那交不交费,很大程度上就看个人了。法律毕竟有它的局限性,NHK 收费人不可能进入到每家每户,去监察是否有电视机,而且是否收看 NHK。所以不少人以"没有电视机"等为由钻法律的空子。

我曾经遇到过一个年轻人,他跟我瞎掰了一会儿后,问我们"民放的人"是否也交 NHK 的收视费,我说当然,常常看 NHK,特别是新闻和纪录片。他诡秘地眨眨眼说:"你知道你可以不交吗?"这个家伙的手段还特绝,他夸耀:"如果 NHK 追得紧了,我就回答

'我不看,也不想看,麻烦您不要把 NHK 的电波发到我家来'。"怎么做得到呢? 收费交涉只能到此为止。哪里都有人"大大的狡猾"!

★生动的表达方式,学来就用:

ShoShin   WaSuReRu   BeKaRaZu

初心   忘る   べからず = 不忘初衷,吾道一以贯之。

# 12 | 中日跨国婚姻的"苦"和"甜"

千叶地方法庭:日本人丈夫在法庭上供诉说中国人妻子在金钱上勒索无度,并且和其长子关系紧张,家里整日不得安宁,他在激怒下杀妻,自己也割脉自杀。经抢救脱险后,他向警方自首,被判有期徒刑 10 年。

大阪地方法庭:为谋求遗产将一男子作为丈夫的替身杀害,后又将丈夫杀害的中国人妻子被判有期徒刑 15 年。

..........

应该说夫妻反目为仇、相互残杀和跨国婚姻没有直接的联系,但是,跨国婚姻的不协调无疑加速了婚变。潜在的危机是:相互了解少,有的见上一面就决定结婚。语言不通、沟通难,久而久之给双方都造成精神上的压力。对他乡的社会、风土人情的不了解,文化的差异,生活习惯的不同都容易导致各种误解和冲突。特别在中日婚姻中,嫁到日本乡村的居多,期待和现实的差距,造成过度

在日本神社举办的传统婚礼　左：作者

的失望和失落。

　　据统计，从2001年起，每年都有数以万计的中国新娘涌入日本。远嫁而来的农家新娘中的"第一代人"，已经在日本生育、工作，照顾老一辈。尽着她们的职责，经营着她们的家庭。然而，中日间的国际婚姻，的确存在"过万结婚，近半离婚"现象。有的时候问题在中方，有的时候在日方，正如所有的婚姻一样，有的时候也说不清是谁的责任。

　　中日跨国婚姻多半是通过婚介机构促成，这些婚介大都由在日华人经营。由于日本人口急剧减少，偏远乡村的男子普遍存在娶妻难问题。俗称"倒爷红娘"的中介，将国内的女性"引进"给他们，以获取几十万甚至几百万日元不等的介绍费。在日本的求偶网站上,"你喜欢漂亮、贤惠的中国女子吗"之类广告词处处可见,给婚姻笼罩上浓厚的商品化色彩。让一些日本人认为中国妻子是自己花大价钱"买"回来的,从一开始就没有平等的夫妻关系。

对大洋彼岸不明真相的中国女性们,有些黑心中介则大谈日本如何好,生活如何富裕,使她们个个抱着美好的幻想而来:嫁一个有钱、有车、有房的日本老公,独门独户的小楼,高级轿车,雍容的服装,奢侈的生活……到了日本一看,现实是平平淡淡,勤俭度日,莫名其妙的规矩礼节,加上无法沟通的丈夫,甚至来自丈夫家族的歧视和虐待。

我认识一位东北姑娘,叫"幸",通过婚姻中介来到日本。幸原以为日本是个发达的资本主义国家,没有任何吃苦的准备,不想,现实跟想象的差距太大。刚到日本,丈夫就帮她在一家工厂找了个体力活,没有新婚燕尔,更不要说带她去各地观光旅行。丈夫把钱抓得很紧,起先,幸觉得只要是为两人将来的幸福,节省一些也没什么不好,还把名字改成"幸子",要和丈夫踏踏实实过日子。没想到,很快,丈夫就在她面前暴露出经济上的"节癖",而且越演越烈:水龙头开大了,丈夫就会冲过来关小;冰箱要在想好了拿什么以及准确的位置以后才许打开,拿了东西后必须迅速关上;甚至上厕所,丈夫都要监视她用纸的长度。丈夫几乎病态的节省使幸子随时都可能崩溃。她说:很后悔,当初为追求物质享受向往国外,"梦"被彻底粉碎了。

也有一些女子是在国内遭受了婚姻上的失败,而决定远走他乡,寻找另一份感情的。她们中多半还带着孩子。我接触过一位姓张的女士,漂亮白皙的南方人。通过中介,带着幼小的女儿嫁给了日本丈夫。丈夫比她大十多岁,看上去老实憨厚,双方见过两次面之后就结婚来到了日本。后来才发现,丈夫有性功能障碍。尽管丈夫待她和她的女儿不错,夫妻感情却一直冷淡。她碍于面子,有口难言。

"跨国婚姻"中也不乏一类以之为跳板,打工赚钱的。

日本的配偶签证一开始是一年,续签能得到三年,婚姻持续三年以上就可以申请永居。个别不法中介有介绍假结婚,给"丈夫"签证费的。一位中国女性通过假结婚来到日本,每月如数付费给"丈夫",起初相安无事,后来在生活中与日本人相爱,却因"丈夫"的勒索,不能如愿离婚。事情闹僵了,"丈夫"向入管局举报,最终她被遣送回国,原先相爱的人也离她而去,使她承受金钱与感情的双重打击。

日本丈夫当然也可能是这类跨国婚姻受害者。

一位 50 多岁的计程车司机通过婚介与一 30 多岁的中国女子成婚,付给婚介 100 多万日元。妻子来日本之后说自己欠婚介 150 万元,要打工偿还,于是踪影全无。丈夫去政府部门查询,才被告知:你太太告你有家暴,我们即使知道她的地址也不能告诉你。丈夫想打官司还自己一个清白,又花不起那么多钱和精力,只能自认倒霉,不了了之。

另一位 40 多岁的公司职员,把仅有的积蓄都给了婚介,娶了一个30多岁的中国女子,妻子来日本后才告诉他曾有婚史,而且要求把孩子带来抚养。他觉得受了骗,一气之下选择离婚。妻子离婚的条件是给她签证。

时隔多年,另一种中日间的婚姻在逐渐形成趋势。那就是中国留学生,在学习、工作中与日本人相爱结合。他们喜欢日本生活的方便和安全,希望在当地建立家庭。有的和日本年轻人一样参加各种寻偶派对。她们有学历,有工作,她们的要求与日本女性一样高。此外,中日婚姻还面临着两大变化:第一,随着中国经济的发展,赴日中国新娘逐年减少,趋于理性。第二,中国女婿逐年增加。他们多是事业有成,或精通日语的优秀中国男儿。

我的一个老朋友大鹏,毕业于国内名校,先留美,后赴日,任职于日本一流企业。大鹏不仅才华横溢,而且气宇不凡,我记得他的一句"名言",那是他刚刚工作敲定,大家为他设宴祝贺时,他手指前方目光炯炯地说:"日本所有的公司,我指哪儿进哪儿!"年轻的我们,为他的话振奋不已。后来,大家各奔东西,加上各自工作繁忙,疏于联络。几年后听说他娶了一个漂亮的日本太太,我赶紧打电话过去庆贺。没想到他在电话中对婚姻生活感慨万千,向我道出了其中的苦甜。首先,一结婚太太就辞职在家,这在日本是天经地义的事情,他也不宜阻拦。妻子按日本的家庭结构掌握"财政大权",他的工资如数上交,每月从妻子手中拿零用钱。在住房上,本来凭他的收入,在稍稍边缘一点的地方买一幢独门独户并不难,但太太坚持要买在娘家附近的东京中心区,加重了他身上的担子。

太太聪明伶俐,夸中国男子都善于家务,不时缠着要他下厨和担当家务。他"咬牙切齿"地说太太把中日两国的婚姻的好处都一人揽了。

等他"倒完苦水",我问他有没有教太太中文,他说太太倒是很有兴趣,然而由于他日文流利,太太没有压力,中文水平一直停留在打招呼上,和婆家人无法交流。最后大鹏不无遗憾地说,闲暇时在家看中文电视,遇到好笑的地方只能一个人笑,真是孤寂。有的时候有和太太分享的激情,结果给她解释半天,觉得很累。

2009年,日本女性与中国男子结婚的达1500多对,比头年增长30%,创历史新高。中国男子越来越具魅力。有一个嫁中国丈夫的日本新娘说:"我从小对父亲的印象就是模糊的,因为他起早贪黑为公司卖命,很少见到他。中国男人知道爱妻子,顾家,有责任心。光挣钱不顾家的父亲不是好男人。"

另一个在中国生活多年的日本姑娘说:"中国男人勤劳、智慧、爱家、爱妻子、爱孩子,比日本男人强上好几倍。"

对此,日本的中国信息研究机构分析:日本女子很势利眼,看到中国经济发展,中国人越来越有钱,就瞄上中国男子。而日本经济的衰退使得日本男人无论在做家务还是在赚钱方面都不如中国人。当今的日本男人既可能让中国人夺走经济市场,还可能赔上情场。

个人认为没有必要太多谴责日本女子,选择更有能力的基因来传宗接代,原本是雌性动物的本性。嫁给中国一家上市传媒总裁的日本媒体人永岛女士就坦诚地说："作为女人，我们永远只会选择强者做我们的丈夫。"

★生动的表达方式，学来就用：

FuFu　GenKa　Wa　YiNuMo　KuWaNu

夫婦　喧嘩　は　犬も　食わぬ＝夫妻吵架连狗都懒得搭理。指夫妻间的磕磕碰碰是家常便饭，吵过自然会和好如初，别人最好不要去搅和。

# 13 | 正月，新年

　　中国古代有周公解梦，说梦中的一幕幕，事无巨细都有寓意，其中大年初一早上的梦尤为重要，暗示了新的一年里的命运。

　　今天，如果哪个日本人元旦早上能梦到富士山、鹰、茄子中的任何一个，一定会欢天喜地。据说 1 月 1 日的"初夢（HaTsuYuMe）"（正月的第一个梦），可以测卜这一年的吉凶，此三物在日语发音上分别与平安无事、高高在上、心想事成相近，预示着你一年的好运。

　　既然是正月，那当然应该是农历。日本在明治维新前，和其他东亚地区的国家一样，也是过农历春节。明治维新之后，由于引进了公务员制度，按月发薪水，而 1873 年是闰 6 月，也就是说有 13 个月，给发月工资带来混乱。综合其他原因，日本在 1873 年 1 月 1 日（明治 6 年 12 月 3 日），正式开始启用阳历。自此，几乎所有的传统节日都改在了阳历的同一天。正月，也就成了阳历 1 月 1 日。12 属相也在阳历年做"交接班"，尽管有些不伦不类。

明治神宫的新年参拜

至今,在日本的冲绳、鹿儿岛等地区的边远乡村,还保留着一些庆祝"旧正月(KyuShouGaTsu)"(农历正月)的民俗,坚守着传统,遵循着古老的风俗习惯。然而,因为1月1日是法定的新年,全国都在这期间放年假,相当于中国的春节长假,在这个时期举行正月的各种相关活动占了主流。

"今天三十晚上喽,明天过年喽!"是江浙一带孩子们过年时挂在嘴边的儿歌。我小的时候,每到除夕夜,和周边的孩子们一起哼唱着这句儿歌,表达着无以表达的喜悦。那是一年中唯一不被大人勒令按时上床睡觉的一夜,可以尽情享受好吃好喝,疯到筋疲力尽。深夜12点,铺天盖地的爆竹声后,紧紧攥着刚到手的红包,终于依依不舍地闭上早已睁不开的眼,心满意足地进入梦乡。守岁,无与伦比的快乐。

日本人也守岁。一家人一起吃年夜饭,最后,像中国人吃除夕饺子那样,来一碗"年越し蕎麦(ToShiKoShiSoBa)"(跨年荞麦面),祈愿健康长寿。当电视里的"春晚",NHK 的红白歌会开始新年的倒计时时,大街小巷立刻熙熙攘攘起来,不是放爆竹,而是纷纷走出家门。此时各个地区的神社、寺庙早已是香烟缭绕,钟声齐鸣。

除夕的钟声往往敲 108 下。中国古代一年为 360 天,5 天为 1 侯。一年中有 12 个月、24 节气和 72 侯,合起来为 108。另一种说法源于《佛经》,人生有 108 个烦恼,每一响钟声,就会去掉一种烦恼。108 下钟声为人们消除所有的烦恼与罪孽,迎来美好的开始。

人们顺着钟声,涌向各地的神社和寺庙。"初诣( HaTsu-MouDe)"(新年伊始的参拜),是日本人在新的一年里要做的头一件事:拜神、许愿,愿意的话,还可以点签占卜。

有一年,我和朋友结伴,随着人流去神社凑热闹,之后又随着人流登上了山顶去看日出。困得我哈欠不断,裹着羽绒大衣,好不容易熬到新年的第一轮红日东升。绚烂的朝阳艳而不烈,温柔地悄然点亮天地,似无边的大爱,又似寓意着一年的平安和美好,我困意全消,幸福得泪流如雨。

日本人的正月,也是从拜年开始。拜见父母、亲朋、街坊四邻。见面时的第一句话都是:

AKeMaShiTe　OMeDeTouGoZaYiMaSu

明けまして、おめでとうございます　＝恭贺新年!

KoToShiMo　DouZo　YoRoShiKu　ONeGaiYiTa　ShiMaSu
今年　も　どうぞ　よろしく　お願いいた　します
＝今年请继续多多关照。

另一种拜年的方式是发送"年賀状（NenGaJou）"（贺年卡）。虽然，近年电子邮件冲击着传统的邮政市场，但据统计，日本人平均每人写 23 张贺年卡，名列世界前茅。在日本无论是个人还是团体，互赠贺年卡是传统的拜年方式。邮局在新年有一种特别服务，即把所有的贺年卡屯积起来，在元旦一齐发送到各家各户。习惯早早寄出的人也不必担心对方会在新年前收到。大年初一，打开信箱，问候准时到达。赠贺年卡有一大忌：不能向有家人去世的人道"恭喜"，因此服丧中的人必须提前向大家发"寒中見舞い（Kan-ChuuOMiMai）"（冬季问候卡），寒暄之中道明缘由，谢绝贺年卡！

对孩子们来说，过年最大的喜悦，恐怕莫过于拿"御年玉（OTo-ShiDaMa）"（压岁钱）。给压岁钱的习俗在日本同样根深蒂固，对象是晚辈。一般能够拿到大学毕业。记得在大学里，我们小女生聚在一起，总爱互相探询：你今年收到多少？走入社会后日本人很忌讳过问隐私，学生时代却大不相同，隐私也好，打工收入也好，几乎没有顾忌。

随着中国经济的高速发展，现在很少有孩子指望享受比平素奢华的饮食而盼着过年。生活水平的提高，另一方面削减了传统佳节的快乐。吃喝玩乐中特别是"吃"已不再有吸引力。这一点上，日本相对巧妙地保持住了正月里吃的乐趣。

　　"御节料理(OSeChiRyoRi)"(新年套餐),至今稳坐江山。倒不是因为它多么昂贵,平日高不可及,而是因工序烦琐、花样繁多、过于讲究,平日难得有心思和时间去张罗。为了一年一度的御节料理,主妇们通常要提前几个星期做准备。每一份食材寓意匪浅:红白萝卜丝指"红白至喜",海带卷代表"喜乐",黑豆表示"勤劳",鲱鱼籽寓指"子孙昌盛"……食材几十种甚至上百,琳琅满目,且制法样样有章可循。最后,遵循不同的吉祥语和图案,排进多层的专用食盒里。如今的家庭人数趋少,向料理店订购的家庭越来越多。

　　花了大量精力在御节料理上的主妇们,到了正月干脆不做饭了。有说是因为年神在家,不便把厨房弄得叮叮当当响,真假不得而知,我倒愿意相信是神灵和家人对妈妈的爱护。这时候,妈妈的心思可能放在百货商店的福袋上。福袋是封闭的,买到手才能打开,不过一定装着物超其值的商品,煽动着主妇们的购物欲。

　　万物皆有灵,是日本人的普遍认知。不同的季节迎送不同的神灵,新年,为避免年神过门不入,家家户户会在门前摆"门松(KaDoMa-Tsu)"迎接。门松由松树枝、竹子、果实、农作物、稻草绳等扎成。

　　其实,在中国的很多地方,过去也有同样习俗。生长于江南一带的母亲就曾告诉我,她小的时候,我的外祖父总是要在正月前扎类似的装饰品。我母亲总是自豪地夸她父亲的作品,无论造型、材料、颜色的搭配都是最出类拔萃、远近闻名的。新中国成立后,这些被视为迷信,慢慢失传。

　　在日本,小到汽车、家庭,大到公司、大厦,甚至街头巷尾都会装饰门松，除了松、竹、梅，还用鹤、龟等动物造型搭配出巨大的饰物，用来辟邪开运，祈祷平安。

公寓房不便摆门松的人家，也一定不会忘了在家里供"镜饼(KaGaMiMoChi)"（圆形年糕），来源于形状看似神息宿的铜镜。年糕在古代日本象征着丰收，是十分贵重的食品。过去人们年前都要亲自煮糯米饭打年糕，除了用来吃，还用来供奉神灵。镜饼一般上下两层，各代表日月阳阴，福德双至。从 12 月 28 日一直装饰到 1 月 11 日，祈一年安康和五谷丰收。

年假通常从 12 月底放到 1 月 5 日左右。1 月 7 日，日本人会吃七草粥，顾名思义，是 7 种野菜煮成的米粥。无独有偶，中国潮州等地在农历正月初七会吃七样羹，祈愿长寿和幸福，原理是让负担过重的胃得以休息。正月到此为止。

这期间日本也出现"春运"，飞机、火车、汽车人满为患，日本人称之为"民族大移动"。回去的时候抑制不住喜悦和期盼，归来时是丝寂寥和整装上阵的斗志。年复一年，坚持着移动，坚持着自己这一张风筝有线，这一棵树有根。

★生动的表达方式，学来就用：

YiChiNen　No Kei　Wa　GanTan　NiARi
一　年　　の　計　は　元旦　　にあり＝
一年之计在于春（元旦）。

# 14 | 成人之日

　　不经意中,我们会突然发现,如今各个领域的成功人士,年龄越来越小,特别在体育和文艺界,很多耀眼的明星都还是孩子。前不久,看到女子花样滑冰世界冠军、日本花样滑冰界女王级选手浅田真央迎来了20岁成人式的新闻。身着鲜艳的牡丹花图案长袖和服的浅田,呈现出与冰场上飒爽英姿不同的魅力,古典装束下焕发着独特的高贵和雍容之美,让粉丝们大饱眼福。我感触颇深的是,久经冰场的老将浅田真央,竟然才刚刚跨入成年人行列。

　　现代人对孩子何时成年没有一个准确界线,特别在少子化社会,给孩子过剩的呵护,以至于孩子何时才能算大人,概念十分模糊。

　　我们的祖先在这一点上做得远远比我们明智。古代中国有冠礼,《仪礼本义·士冠礼》里记载:加冠于首曰冠。冠者,成人之始,圣人重之,故特定为冠礼。

成人式

　　古人以庄重的仪式为男子行冠礼,女子行笄礼。束发簪缨,加冠服,以示男女青年至一定年龄,性已成熟,可以婚嫁,从此获得成人资格,作为大人参加各项社会活动。

　　周代,男子20岁行冠礼。《礼记》里记载:冠者礼之始也,衣冠整而容体正,容体正而颜色齐、辞令顺,礼仪备。可见,古人视治国治家的重要环节在于君臣正、父子亲、长幼和,礼仪为华夏文化之核心,冠礼就在其一。

　　历史上,日本是中国的学生。今天的日本,有许多东西反过来值得我们学习,其中包括对传统文化的继承。日本早在天武天皇十一年(公元683年)就受古代中国的"冠礼"的影响,实行类似的成人礼。二战后的1946年,当时的日本一无所有,百废待兴。那一年的11月,埼玉县的蕨町,为鼓舞新一代青年振作起来,对未来抱有希望,在当地小学校的操场上竖起帐篷,举办了一场"青年祭"。这一活动立刻被全国各地广为效仿,这个青年节就是今天成人式的雏形。至今,当地的蕨城址公园里还立有"成年式発祥地"的纪念碑。

1948 年,基于对年轻人进行成年意识与社会责任的开发教育的目的,日本政府把每年的 1 月 15 日定为"成人の日(SeiJinNoHi)"(成人日),列入公休假日。日本在明治维新之前使用农历,农历 1 月 15 日是小正月,选择这一天,有把新成人比作初春之力量的说法。后因节日法的更改,从 2000 年起,固定到每年 1 月的第二个星期一。

1 月的第二个星期一到来之前,在过去一年里满 20 岁的青年们会收到来自当地政府的庆典邀请函。仪式一般由官员祝词、新成人宣誓、名人演讲组成。仪式之后,参拜神社和祭祖也属传统活动。这一天的主角们借此接受家人和亲朋的祝福,宣告自己迈进了成人行列。他们欢喜雀跃,父母们大都感慨万千,热泪盈眶。仪式也是一种对父母的告诫,从今往后不能再把他们掩护在自己的翅膀下。

有一年,我接待了一个来自中国的代表团,刚巧是成人节那一天。

街道上随处可见身着古典和服花团锦簇的妙龄女子和西装革履风度翩翩的小伙子们。代表团员们大饱眼福,赞叹不已,仅仅飞跃了一个海峡,不仅切实感受到进入到另一个国度,甚至有恍若穿越时光隧道之感。我向他们解释,平时完全不是这幅场景,他们很幸运,赶上了日本一年一度的"和服秀"。

毋庸置疑,成人式的服装的确是一大看点。传统上是正装和服,现在大多数小伙子选择西装,只有少数穿"袴(HaKaMa)"(长裙男式和服)的,而姑娘们这一天不折不扣是个个花魁。

姑娘们这一天要起个大早,赶往预约好的美容院,梳起高高的云髻,接受专业化妆、美甲,在专家或母亲的帮助下穿戴起艳丽的"振袖(FuLiSoDe)"(未婚女子的长袖和服),从头到脚完全盛妆后,再赶往照相馆拍照留念,很多人把这时的留影当作今后的相亲照。

对家长来说,为了掌上明珠这一刻的完美形象,可谓费心劳神。一身和服上上下下从里到外,配上所有的饰物附件,价钱从数十万到超百万日元不等。一个日本人一生中穿和服的机会原本就少,已婚女子的和服是短袖,颜色和图案都相对平稳,婚前的长袖和服可以理解成一生一次的形象。可怜天下父母心,无论大家闺秀还是小家碧玉,父母、祖父母们会竭尽全力把姑娘们装扮得一个个"何彼秾矣,华如桃李"。

所谓物极必反,成人式也因此遭到不少抵触。一些家长和青年批判新成人的浮躁和对装束的盲目追求。仪式上新成人交头接耳,私语嘈杂,操作手机,甚至聚众闹事等不检点行为,常常被媒体和公众指责:言行与豪华的外表不符,不能留美名,为后辈树立榜样。原本是建立责任心和自立能力的庆典,结果却适得其反。

基于这些原因,也有新成人公然拒绝出席成人式。我的好友依田律师是一个很有个性的人,特别不喜欢日本人含含糊糊、不直接表达个体意见的习性。多年前,20岁的依田穿着便装,在仪式结束时走进会场,领取了该领的那份礼物,然后扬长而去,连一张合影都没留下。

由于成人式是划地区举办的，所以，参加仪式的青年大多数是"幼なじみ（OSaNaNaJiMi）"（青梅竹马），自小的朋友。20岁的时候，正值在外地读大学、就业，甚至已经结婚生子，各自展开了不同的人生。故乡的成人式，从另一个角度，也被看作盛大的"同窗会"。兴奋导致狂欢、失态。

有一年，仙台市的成人式闹出新闻，举国注目。著名学者，以埃及考古而闻名世界的吉村作治教授，那天应邀在仪式上演讲。没想到，台下三五成群，竟然是你在台上说你的，我在台下说我的，经主办方多次提醒也无济于事。如此非礼大大激怒了吉村，留下一句"这就是诞生的祝贺！这就是所谓的新成人！从此不在成人式上演讲！"拂袖而去。

老实说，年轻人并不在乎这一天听什么名人演讲，那只是锦上添花，走过场。大多数参加成人式的青年男女想的是借机展现自己成长的风采，热热闹闹留下一个难忘的记忆，包括寻找中意的情侣，或重温旧情。

我认识一个叫璃美的女孩，高中毕业时鼓起勇气向暗恋的同班男生要他校服上的第二颗扣子。对方欣然同意，摘下来给了她。校服的扣子上刻有校徽，有很好的纪念意义，而第二个扣子，因为靠心脏最近，被当成男生给异性的定情物，意思是把"真心"交给了你。那一年，璃美为了在成人式上与这个男生再会，瘦身减肥，护肤美容，很下了一番功夫。当天身穿粉色和服、头戴花饰的她如愿以偿，美丽动人。果然，对方也出席了当天的仪式，两人久别重逢，互表爱慕,还约好春假一起去旅行。

法律上,满 20 岁即拥有选举权,还可以合法喝酒、公开抽烟。这一天,不乏彻夜狂欢、酩酊大醉的新成人。与此同时,也能看到新成人举办歌咏会、音乐会,展示自己的作品,参与植树、献血、慰问老人院等公益活动。

时代在前进,各行各业的年轻的成功人士,他们稚气未退,亦在各自领域展现出卓越才能。长辈们在感叹和学着习惯这一现实的同时,引导他们意识到对社会的责任和义务,才是当务之急。

如果不是因为运作上的便利,日本的成人式应该锁定 1 月 15 日小正月,我更喜欢这个初春力量之说。短则几十年,长则百年,人生阶段犹如春夏秋冬,20 岁正是春意盎然。

日本的一家权威保险公司做过一项有趣的民意调查,问:你认为自己何时成人? 结果惊人。20～30 岁的人回答"29.2 岁";30～40 岁的人回答"36.1 岁";40～50 岁的人回答"39.5 岁";而 60 岁以上的答卷人的回答是"44.6 岁"。春天有些姗姗来迟。

您呢,认为自己何时成人呢?

★生动的表达方式,学来就用:

O YaNo   KoKoRo   KoSuhiRaZu

親の　　　心　　　子知ら　ず＝可怜天下父母心。

# 15 | 家有"千金"

　　我们中国人把女儿叫作"千金"。千金小姐、令千金……可见女儿的尊贵,家有女儿的喜悦。女儿是父母的小棉袄,温暖贴心,为了宝贝女儿们,父母们想着招儿来疼。"女儿节"就是这个温床里诞生的产物。世界上很多国家和地区都有女儿节,虽然可能形式各异,但宗旨一致:祈愿千金健康幸福。

　　日本的女儿节是每年 3 月 3 日。因为正值早春,冰雪消融,桃花盛开,故又称"桃花节"。

　　3 月 3 日的女儿节,日语叫"雛祭(HiNa MaTsuRi)"。汉字"雛"指生下不久的幼鸟,如雏鸡、雏燕、雏凤等,让人立刻联想到需要呵护和关爱的小可爱。"雛祭"是另一个源自中国,融合了日本本土文化而形成的日本民族的特定节日。

　　中国古代有借偶人祛邪或施咒的"祓禊"习俗。在农历三月的巳日,人们把制作的偶人放到河里,意在把自己身上的秽气和污浊

松田家的"雛祭" 左：作者

附在偶人上随河流而去，以求健康平安。这一习俗在室町时代传至日本，宫廷贵族们用纸做成偶人抚摩自己的身体后，把它投入河海，相信能带走疾病和灾祸。平安时代，上流社会的女孩子们把偶人当作玩具玩耍，盛行一种为人偶换穿衣服的游戏，叫"子供の人形遊び（KoDoMoNoNinGyoASoBi）"（孩子们的玩偶）。后来这种游戏流传到民间，逐渐形成了把偶人投放河中以求吉祥的"偶人节"仪式。江户时代初期，幕府（当时的日本政府）控制民众的消费，禁止制造大型偶人，浪费资源。这一禁令使偶人越做越小，却越来越精巧。偶人最终作为艺术品被人们把玩，并被摆在家里细细观赏。江户末期，形成流传至今的"雛祭"形式，并被正式指定为女儿节。

女儿节，各地会举行如水上花船等形形色色的庆典。而生有女儿的人家，从 2 月中旬就开始在家中陈列偶人来祝福女孩健康快乐地成长。这些锦衣偶人统称"雛人形（HiNaNinGyo）"，排列在阶梯状的"雛壇（HiNaDan）"（陈列台）上，一层层各就各位，呈现出古代宫廷盛宴的场面。偶人们个个形象生动，造型华美。普通家庭的雛坛一般分1、3、5、7层不等，以奇数为吉。无论多少层，一个标准的偶人雛坛由上至下是：

最上阶：一对天皇及皇后。

第二阶：三名宫女，分别执酒、酒杯及酒壶。

第三阶：演奏音乐的五位乐师，各擅长太鼓、大鼓、小鼓、笛和谣。

第四阶：两个手持弓箭的宫廷侍卫，也称左、右大臣。

第五阶：三个持杂物的随从或三诗人（柿本人麻吕、小野小町、菅原道真）。

第六阶：镜台、茶具等日用家具行李。

第七阶：两名幼儿和牛车、轿子等。

雛坛通常有桃花供奉在侧，附和着古代中国视桃木为驱魔镇邪的神木之说，也应了"桃花节"这个美好的别名。

摆放雛坛是一份需要耐心和体力的工序。通常是母女一起动手，边聊天边一个一个地拆包，一个一个地归位。然而，无论雛坛多么精致美妙，3月3日一过就得赶紧拆掉，否则，按民间的迷信说法，会耽误女儿的婚期。再小心翼翼地一个个包好，放回盒子里。每年如此，年复一年，直到女儿出嫁那一天，作为嫁妆之一跟着去。

一套做工精良的偶人价格不菲，昂贵的上百万日元。通常在女孩出生后，由外公外婆赠送。随着时代的变迁，不少年轻父母已不再刻意追求形式，根据自家的经济能力，只购买天皇及皇后一对偶人,或是一套放在玻璃箱里的整体人形,价格适宜,拿进拿出也方便。还有的人家随着女儿的成长,逐年添购补充,到了出嫁年龄,一套不菲的"雏人形"自然形成。

名门世家的雏人形历代相传数量庞大,摆饰出来相当壮观,有的已是价值连城的文物。

住在长崎的时候,有一个待我似女儿的长辈叫松田伸一郎,走得很近,松田太太做的日式咖喱天下一品,时隔多年仍齿颊留香。松田家是长崎的名门望族,最早在当地兴起金融业,家里的长老历来是各届商会的头领。松田家的"雏祭"气宇非凡,每年都有人为一饱眼福慕名而至。

雏坛设在茶室里,差不多有一人高,占领了两面墙壁。一层层顺阶而上,偶人们千姿百态,之间有桃花、橘子花、樱花点缀,两旁有宫灯相照,整个屋子花团锦簇,琳琅满目,看上去俨然是童话中小人国的大戏台。

我们这些来客坐在雏坛前的"座布团(ZaBuTon)"(坐垫)上,主人献上甜米酒、红黄绿三层菱形饼,在舒缓的音乐中,我们围坐在一起吃喝聊天。话题围绕其中一些有年头的,出自名人之手的老偶人。说实话,室内虽然洋溢着浓浓的节日氛围,但越有年代的偶人越显得神情栩栩如生,呼之欲出,竟有些森森的魔力感。松田太太冲我和蔼地说:"今年的雏祭也有你的份呢,我摆的时候就念叨了。"她进而邀我节后一起拆台装箱。

我记得后来实在抽不出时间,打了电话过去道歉。松田太太在电话那头刚表示"太遗憾了",就听松田先生在后面大声说:"将来嫁不出去,可别怨我们啊。"松田太太笑盈盈地接过话茬:"那我得加快动作,别误了你的婚期。"

现在回想起来,拆台作业一定还是拖延了,怎么着也该去帮忙才对。

松田先生多年致力于中日友好事业,特别是长崎与上海两地青少年间的文化往来。可惜,1998 年他因癌症去世,享年仅 63 岁。有一年回长崎时,特地去看望了松田太太。客厅里,与松田先生神情极似的一个布人偶放在他老坐的沙发上,我们俩不禁又是一段唏嘘,潸然泪下。

女儿节当天还有一个特殊的活动:"流し雛(NaGaShiBiNa)"(放偶人)。让偶人带着灾难和疾苦漂流远去。比起坐在雏坛前,被表情丰富、眼神深邃的偶人们包围着而言,我更喜欢这个活动,准确地说是一个气氛活跃而浪漫的仪式。

记得有一年,我和几个朋友去凑热闹。早早来到当地的神社,领到了手工材料:一个用稻草编制的垫圈和一对男女纸质偶人。正规流放偶人是乘花船下水的,现在,各种别出心裁的简易作品广受欢迎。我们把纸质偶人嵌入意喻着花船的稻草圈内,跟随神职人员和人群来到穿越市区的小河边。人群中最多的是祖父母、父母陪伴着穿和服的小女孩。人们屏息静气,守望着"神主(Kan-NuShi)"(神职人员)祭拜完天地神灵,在幼儿园小朋友奶声奶气的合唱《开心的偶人节》的歌声中,兴高采烈地往水里放偶人。放眼望去,河中偶人飘飘悠悠,宛如一叶叶五彩缤纷的扁舟,悄然远离。

放偶人也有在晚上进行的,一只只灯船映照在水面,如梦如幻,另有一番情趣。

女儿节当天虽然不是法定假日,但家人会尽可能聚在一起为千金祝福。特别是"初節句(HaTsuSeKku)"(诞生后的第一个女儿节),大都要宴请亲朋。女儿节的应景料理,有蛤蜊汤、花寿司、用各种食材做的偶人等等,秀色可餐。蛤蜊在这里,因为两片贝壳只有原配才能紧密结合在一起,借此来预祝女子对爱情的专一。

中国不少地区也流传着形式各异的女儿节。在广元一带,相传女皇武则天的母亲在游河湾时遇黑龙感孕,于农历正月二十三日生下武则天。故此,当地女孩子们在这一天,成群结队到嘉陵江畔畅游,以讨吉祥。新中国成立后曾一度中断,1988 年得以恢复,并改期在 9 月 1 日,定名"女儿节",唱山歌,赛龙舟,表演传统艺术,十分热闹。

一个"女儿节",让女孩们懂得亲情、友情、健康的可贵,学会珍惜人生、热爱生活。如儿歌《开心的偶人节》中所唱:点上灯笼,献上桃花,五人乐队吹起笛子敲起鼓,今天是快乐的偶人节。悠扬的乐曲,欢快祥和的气氛,充满了人们对美好生活的热爱和向往。

★生动的表达方式,学来就用:

OnNa　GoKoRo　To　A Ki　No　SoRa

女　　心　　と　　秋　　の　　空＝女人的心如秋日天空,风云多变、阴晴莫测。

# 16 | 日本皇室的"灰姑娘"

2011年4月29日,英国王室迎来了350年来第一个来自民间、非贵族阶级的未来王位继承人的新娘。威廉王子的凯特王妃清新的风范给绯闻不断、危机四伏的王室带来了生机,当代灰姑娘凯特·米德尔顿以其美丽璀璨的笑颜,为王室拉开了新时代的帷幕。

其实,早在20世纪50年代,世界上最古老的皇室,拥有两千多年历史的日本皇家也上演过一出轰轰烈烈的灰姑娘的童话故事。并且在之后的40年内,又陆续迎回了2个日本版的"灰姑娘"。

1959年4月10日,第125代日本天皇,当时的皇太子明仁(AKiHiTo)和实业家的女儿正田美智子(ShouDa MiChiKo)在东京举行了隆重的婚礼庆典。举国上下一片欢腾,不仅仅因为是皇家婚礼,更因为迎娶的是日本皇室有史以来第一个来自平民的太子妃。

　　按日本皇室的传统,选妃的范围仅限于皇族和华族(贵族)中,而美智子的娘家虽然拥有雄厚的家业,但毫无贵族血统。父亲正田英三郎是著名"日清"面粉企业的老板,为人正直朴实,哥哥和弟弟均毕业于东京大学,美智子和妹妹则毕业于名牌私立女校圣心女子大学。美智子不仅相貌出众,且品学兼优,1957年春以首席的成绩从女大英语专业毕业。同年8月,明仁和美智子在旅游胜地轻井泽举办的一场网球赛上相遇,皇太子24岁,美智子23岁。

　　日本皇室的生活准则《皇室典范》中规定,皇太子18岁成年,宫廷仪式"立太子礼"之后便可迎娶。因此,早在1951年明仁满18岁起,选妃就已经开始,到了1953年,还专门成立了一个主要由皇族成员组成的"皇太子选妃委员会"。可惜,灰姑娘丢下的水晶鞋,不像故事中说的那样谁都可以试。选妃工作因可选基数小,一直没有物色到合适人选。

而此时的皇太子,自网球赛上与美智子交锋之后,对美智子的机智和坚韧的毅力极为欣赏,当然也被她的美貌征服,一见钟情。几天后,皇太子便托朋友带话,邀请美智子参加舞会,又过了不久,竟然亲自把电话直接打到正田宅邸,一句"你好,我是明仁"翻开了日本皇室的新篇章。

明仁是昭和天皇裕仁的长子。在日本神道教中,天皇是神的后裔,具有神性。虽然从裕仁天皇起,已宣布完全放弃历史上自身被赋予的"神性",但传统理念仍然认为他们不同于普通人,就像富士山那样,是国家的象征。

日本天皇与其家族无选举和被选举权,不受户籍法管理,没有姓氏,就是名字也并不广为人知及使用,对他们的称呼是"陛下、殿下",绝对没有人直呼其名。可想而知,当年那句"你好,我是明仁"给正田家、日本社会、人民带来多么大的震惊。

随着明仁频频发动的爱情攻势,他和美智子开始一同看电影、郊游、打网球。这种相处持续一年后,两人的关系被正式提到了桌面上。

皇族和选妃委员会的反应是预料之中的,包括皇太子的母亲香淳皇后在内反对声一片。与此同时,早从被皇太子约会起,正田家和美智子本人的心,就没有平静过。严格地说,是心情复杂。正田家一向低调,不愿攀高结贵,更不愿意把宝贝女儿嫁到皇宫内院,行动被约束不说,还可能因平民身份被排挤。美智子虽然已对明仁芳心暗许,但地位的悬殊、周边的压力,使她迟迟不肯点头。

明仁求婚了,他说:"柳行李一つで来てください"(随身带一只柳条箱),请来吧。言下之意:有你就足够了。美智子被明仁的诚恳打动了。皇族那边,因为昭和天皇站出来表明了对儿子的理解,反对意见被压了下去。

1958 年 11 月,婚事被皇室会议通过,当天,美智子在沉默的双亲的陪同下出席了记者会,当被问及皇太子的魅力所在时,她娓娓道来:"诚实、优秀,从心里值得信赖、尊敬的人。"美智子的清纯美丽、温柔典雅、沉稳知性立刻博得了日本民众的爱戴,媒体的报道以及围绕她的商业行为铺天盖地,全国上下掀起了空前的"ミッチー・ブーム(Michi Boom)"(美智热)。

出嫁前,美智子在自家庭院种了一棵白桦树,说:请把它当作我的替身。对离家的爱女,父亲英三郎嘱咐:随天皇陛下和皇太子殿下的意愿为人。母亲富美子则无言地把女儿紧紧抱在怀里。当然,美智子没有仅拎一只柳条箱,而是带着据说约 1 亿日元的嫁妆上了路。那个年代,一流棒球选手的年薪是 1800 万日元。

豪华庄严的婚礼马车队,在沿途 53 万人的热烈祝福中,缓缓而行。在那个人们对电视还相当陌生的年代,现场直播的画面被传到了全国各地,1500 万人聚集到电视机前,见证了第一个从民间嫁到皇室的皇太子妃的诞生。

明仁和美智子的婚礼被公认为日本二战后第一个最明朗喜庆、最富经济效益的全国性狂热。

婚后一年，1960 年 2 月，美智子生下了长子德仁；1965 年 11 月，生下了次子文仁；1969 年 4 月，生下了女儿清子。与受广大民众喜爱相反的是，宫廷中对美智子的嫉妒、挑剔和冷嘲热讽并没有消失，而为首的正是婆婆香淳皇后。美智子日渐消瘦的面庞曾经让无数日本民众心痛。尽管如此，她还是勇敢地对皇室的一些陈规陋习进行了改革，比如：破除了乳母制，亲自为孩子哺乳；打破分居抚养子女的惯例，实施和孩子一起生活的平民化育儿方式；时不时还亲自下厨，等等。她同时也非常重视传统的传承，历代皇后有养蚕的习俗，蚕丝用于美术品的修复以及宫内绢系服饰的原料，美智子很乐意地继续着。

1989 年，明仁即位，改年号平成。

2009 年 4 月 10 日，平成天皇明仁及皇后美智子迎来了结婚 50 周年纪念日。半个多世纪以来，美智子以其美丽亲和的姿态、丰富的学识给人们留下了美好的印象。多才多艺的美智子不仅有很深的音乐造诣，擅长钢琴、竖琴的演奏，还发表了多部日本诗集、儿童读物和翻译作品。在公务上，陪同丈夫辗转于国内外各地，正如她入宫之后曾指示侍从的那样：无论何时都要以履行皇太子的义务为先，私事其次。塑造了新一代天皇"以民为本"的形象，在国民心目中拥有不可动摇的地位。生活上，两位老人携手并肩，为日本国民塑造了美好夫妇的形象。下飞机长梯时明仁会很自然地牵住妻子的手,美智子走不快时会伸手拽住丈夫的衣袖。

长崎原子弹爆炸平和纪念式典上,我曾近距离(30 米之遥)目睹他们的容姿,如果去掉"警备森严"之类人为的气氛渲染,他们看上去只是一对平常的谦和的长者。

"灰姑娘"美智子为千年古宫带来了新风,缩短了皇室与国民的距离。继美智子之后,另外两名日本版灰姑娘分别是皇太子妃雅子和二皇子妃纪子,均无贵族血统。

1990 年 6 月,明仁和美智子的次子,24 岁的文仁与 23 岁的纪子(KaWaShiMaKiKo)结婚。纪子出生在高级知识分子家庭,和文仁是同一所大学的学长学妹,又同属一个课外俱乐部,相知相爱,走进婚姻可以说一帆风顺。他们订婚之际,美智子感叹:"またひとつ宝物が増えました"(又多了一个宝贝)。文仁与纪子生有两女一男,家庭和睦美满。

1993 年 6 月,明仁和美智子的长子、33 岁的皇太子德仁与 29岁的小和田雅子(OWaDa MaSaKo)结婚。雅子出生在外交官家庭,毕业于美国哈佛大学,曾就读东京大学,留学牛津大学,是名副其实的才女。婚前是外务省职员,被视为日本外交界的后起之秀。可作为太子妃,她的路却走得很艰辛,婚后 8 年才迎来了小公主爱子的诞生,因未产下男丁承受着巨大的压力。尽管有丈夫的关爱,但这位在海外成长并接受教育的国际派太子妃,一直与严格遵循传统习俗、掌管皇室日常生活及活动的宫内厅不和,最终患上适应障碍症,很少参与公务。

作为第一个从民间嫁到皇室的美智子，2005 年 11 月，她的女儿清子成为第一个下嫁到民间的公主。对方是东京市政府的职员黑田庆树。天皇家的长女，纪宫清子内亲王，从此成为一个普通国民，黑田清子。婚礼当天的早上，美智子把亲爱的独生女紧紧抱在怀里，不断重复着"大丈夫よ（DaiJyoBuYo）"（不要紧的），正如 46 年前，她的母亲紧紧地抱着临出嫁的她。

"我至今仍然常常回想起昭和 34 年的婚礼马车队以及沿途人们温暖的祝福，每每充满感激之情。作为东宫妃，那天，我对接受从民间而至的我的皇室以及其悠久的历史不被伤害，感到沉重的责任，同时，那天，对于在我踏上新的路程之际给予我祝福、为我送行的众多的人们，不能负众望，不能使赋予我生命的庶民历史受创，这些，在之后的岁月里，我时刻不忘。"——日本皇后美智子。

✽生动的表达方式，学来就用：

O　KuRu ToSuReBa　KanShaJou　DeSu

贈　るとすれば　　感謝状　です＝如果赠送的话，肯定是感谢信！

结婚 50 周年的记者会上，明仁天皇答记者"（纪念日）送什么礼物给妻子"时的回答。

# 17 | 端午，尚武

　　小时候，吃妈妈包的粽子，接着，姐姐后来者居上，粽子包得棱角分明有模有样，而且种类更加丰富：卤肉的、甜枣的、红绿豆的。与其说喜欢吃粽子，不如说我更喜欢包粽子的过程：泡粽叶、淘米、腌肉、剪粽绳……平时难得派上用场的大盆大锅一下子都冒了出来，连空气中都弥漫着传统节日的氛围。

　　后来，在海外吃端午粽子。华人超市里密封包装袋上写着正宗、名牌，买回来尝尝，口味还真不错。可是，总感觉不及小时候在家里吃的那般鲜美，相信，不同的更多是心境。

　　节日，是一个文化符号，更是一个民族的心结。现在在世界各地的中华街、华人超市，就像每当春节能看到各式各样的年糕、每当中秋节能买到月饼一样，每到端午节来临，口味各异的粽子便出现在柜台最明显的部位，任凭挑选。中国文化随着中国人移居海外脚步的加快遍布了地球上的大国、强国、先进国。同时,身居海外的中国人又拉近了所在国和祖国的距离。

早在一千多年前,中国的端午节就已影响到周边国家。日本、越南、新加坡、马来西亚等东亚、东南亚国家至今还承袭着诸如赛龙舟等端午节习俗。而有些地区尽管不过端午节,却都有吃粽子的习俗,粽子也因此成为知名度很高的国际性食品。而随着历史的变迁,不同地域对传统文化的沿承从形式到内容都各显出差异。

端午节在中国又称"端阳"、"重五"等。民间流传的端午节的由来,大都与屈原有关。公元前 3 世纪的战国时代末期,楚国人屈原因"以忠被谗,见疏于怀王",于 5 月 5 日"投汨罗江以死"。人们在这一天投粽子于江水中,保护他的遗体不被鱼食,吊唁感怀屈原。然而,后汉名著《风俗通义》等古书里,虽均有端午和夏至吃粽子习俗的记载,却不见与屈原有关的叙述。

端午节时值夏季,正值疾病开始流行的季节,从民俗文化追溯其由来,可为驱邪避恶,求身心平安;从保健的角度出发,用菖蒲、艾草免疫,喝雄黄酒强身,是我们祖先的生活智慧。

端午节最早于奈良时代(710—794 年)传入日本,同样是每年的阴历 5 月 5 日,被称作"端午の節句(Tango No Sekku)"(端午节),也称"菖蒲の節句(ShouBu No Sekku)"(菖蒲节),由贵族阶级盛行佩戴装有草药、菖蒲和艾草的香囊来解毒、驱虫而来。传至民间后,人们在家里挂菖蒲、洗菖蒲澡来避邪气,并有"艾旗招百福,蒲剑斩千邪"之说。

日文中"菖蒲（ShouBu）"与"尚武（ShouBu）"同音，菖蒲叶子形状恰恰和剑相似，由此联想到男孩佩剑的英武，镰仓时代起，逐渐出现了祈愿男孩健康成长的相关活动。到了江户时代，武家政治组织德川幕府，干脆把5月5日定成了重要节日，军中要人必须在这一天穿上礼服前往江户城中，向将军请安，特别逢这一年，将军家有男孩诞生时，必定在府前挂起军队旗帜以示庆祝。

至此，端午节在日本经过千年的时代变迁和发展，演变成"尚武の節句（ShouBu No Sekku）"（尚武节），即祝愿男孩子们健康成长的节日。

今天，在日本，每到5月5日，全国各地都能看到高高悬挂的鲤鱼旗随风招展，成为端午节的独特风景。

挂起的鲤鱼旗

挂鲤鱼旗的风俗始于江户时代的武士阶层，取意于中国正史《后汉书》中，鲤鱼跃上黄河中的龙门瀑布后变身为龙的故事，也就是我们俗称的"鲤鱼跳龙门",是立志成功的象征。家有男孩的人家,在自家庭院竖起旗杆,挂上鲤鱼旗。蔚蓝的天空中,鲤鱼旗载着祝福,载着父母望子成龙的心愿,迎风飘动。

起初,鲤鱼旗只有黑色,到了明治时代开始挂黑、红成对的鲤鱼旗。昭和年代起,又增加了青色的小鲤鱼,形成一个鲤鱼家族。而今天,色彩斑斓的七色彩旗已经让人目不暇接。

悬挂鲤鱼旗的传统方法是在旗杆顶端装有可旋转的宝珠造型,加上风车,顺着旗杆,最上端挂五色飘带,以下依大小次序悬挂黑、红、小鲤鱼旗等。材料主要是布、绸,做工特别,不是传统的一面旗子,而是立体中空式,从头到尾是一整条鱼的形状,外面印有鱼的嘴、眼、鳞和尾巴。风从鱼嘴吹进,顺着鱼体穿过,吹得鼓鼓囊囊、起起落落,如鱼在水中乘风破浪,在空中耀武扬威。

这一天,不少公共场合将鲤鱼旗作为装饰品悬挂,平添许多喜庆和节日气氛。时代在变迁,如今,鲤鱼旗又有了新的用武之地。

位于首都东京以北约 100 公里的群马县馆林市,近年有了另一个爱称:"鲤鱼旗之乡"。此地自 2002 年通过举办鲤鱼旗节,打造出观光旅游的特色。2004 年端午节期间,当地挂了 5283 面鲤鱼旗,第二年申请到了吉尼斯世界纪录。几年后,又挂出了多达 5613 面鲤鱼旗,刷新了自己创下的纪录。每年这个时期,馆林市内会出现五个鲤鱼旗展示会场,其中最大的鹤生田川会场是一条河,河面上数千面鲤鱼旗跨河悬挂。它们大小不一,大的长达三四米,一面面色彩各异,被风吹得哗啦啦作响,好像鱼儿游动时搅起的水声。

仰望天空,鱼儿们瞪大了眼睛、大张着嘴,迎着风不停地摆动着身躯,犹如瀑布前跃跃欲试的鲤鱼,显示着强健的体魄和不甘人后、奋发向上的精神。此时,河水中的倒影,则如无数条鲜活的鲤鱼在水中遨游。天水相映,场面盛大、壮观。

男孩节到来时,除了在屋外挂鲤鱼旗,屋内还要供奉五月偶人,目的同样是祈求男孩子强壮和勇敢。五月偶人的造型是身穿铠甲的武士、将军,还有中国古代历史人物关羽、张飞和传说中擅长捉鬼的钟馗等。

中国在 2008 年把端午节定为全国法定节日。日本是在明治维新时,把端午节改在阳历的 5 月 5 日,二战后的 1948 年,正式成为国民法定节日的。有人置疑,同属民间节日的 3 月 3 日"女儿节"没有被定为国民节日,有重男轻女之嫌。狡猾的是,被定为法定节日的 5 月 5 日并非以"男孩节"命名,而是"子供の日(KoDoMoNo-Hi)"(儿童节)。气候比 3 月宜人,更适合小朋友的户外活动,又是 5 月黄金周中的 天。

端午这天,粽子也是日本人必不可少的食品,最初看到日本粽子的时候吓了一跳,顺着一根筷子包成长锥形,和脑海中的粽子形状差异太大。品种不如中国的多,味道也相当质朴。除了粽子,还有柏叶饼,形状呈圆形或半圆形,包有甜馅,用槲栎叶对折包在外面。

无论是吃粽子、柏叶饼,还是挂菖蒲和艾草、喝菖蒲酒,端午节最令人期盼的活动莫过于赛龙舟。和中国各地有形形色色的龙舟赛一样,日本很多地区也盛行龙舟竞赛。

我生活了10年的城市长崎,由于和中国文化贸易往来的历史悠久,中国色彩尤为浓厚。长崎又是一个以水产业为主的城市,龙舟赛在这里被看作祈求出海平安和渔业丰收的一种神事活动。

每到端午节,长崎海岸的龙舟赛,锣鼓喧天,人声鼎沸,是当地一大盛事。参赛的龙舟多达10多艘,选手们来自各个领域,有大学生队、公务员队、青年联合会队、商工会队,等等。一大早,海岸上各色小吃摊位依次摆开,从风味小吃到水果甜点,游戏、小商品摊位琳琅满目,一派节日气氛。一早,人流从四面八方聚集到港口,有参加的,有助威的,有凑热闹的,也有外地来的观光客。每条龙舟的船身图案各异,船上除了选手还有鼓手,选手们无论男女,同一身打扮,随着隆隆的鼓声,奋力向前划桨,个个勇猛强壮、英姿飒爽。

这一天还是年轻男女相互认识、加深了解的好机会。我的一个朋友就是在龙舟赛上结识她现在的先生的,婚后不久还添了一个大胖小子,她满心感激赛龙舟的日子,这个古老的端午节,传统的男孩节和今天的儿童节。

★生动的表达方式,学来就用:

KaWaiYi Ko NiWa TaBi Wo SaSeYo

可愛い 子 には 旅 を させよ =

如果真爱自己的孩子,那就让他远行吧。让孩子在行万里路中锻炼自己、感悟人生。

# 18 | 七夕的祈愿

夏日的夜晚，仰望满天的繁星，手持蒲扇围聚一团，听大人讲故事，是很多人孩提的记忆。还记得最让您动容的故事是什么吗？我记忆最深的是牛郎织女的故事。

农历七七是中国传统的"七夕"，每到这个日子，不仅听那反反复复听了无数遍的故事，夜深人静之时还屏声息气在葡萄树下，说这样能听到牛郎织女相会时的悄悄话，坚信这一天所有的喜鹊都到天上去搭一座鹊桥，桥上有那悲喜交集的一年一度的相会。

斗转星移，年复一年，天上的故事下凡人间。如今，七夕是华夏情人节的代名词，是中国传统节日中最具浪漫色彩的一天。

七夕，大约在公元 700 年从中国传至日本，叫"七夕（TaNaBaTa，或者 ShiChiSeKi）"。起初和中国一样在农历，明治以后，改为现在的阳历 7 月 7 日。说到"織姫和彦星"，家喻户晓。

七夕带着它优美的传说一起漂洋过海，遥远的路程改写了不

日本人的七夕节

少故事情节:在古代汉水一带住着一个美丽的姑娘,叫"織姫(OLi-HiMe)"(织女),她是当地君王之女,织得一手好布。到了该出嫁的年龄,父王把织女许配给农耕能手"彦星(HiKoBoShi)"(牵牛)。原本是金童玉女、恩恩爱爱的一段天赐良缘,然而,婚后的牵牛和织女,一味地沉迷于缠绵的爱情之中,牵牛不再勤劳放牧,织女倦怠劳作织布,技艺也大大减退。父王见状,多次警告无济于事,一怒之下把他们拆散。织女被赶去了汉水的另一边,她终日以泪洗面,啼哭不止。父王最终允许他们一年一度相聚鹊桥。

传说在越洋之后显然已经改头换面,太过于美化父权,把责任都推到了两个相亲相爱的年轻人身上。相同点是,七夕日,日本的牵牛也会渡过"カササギ橋(KaSaSaGiBaShi)"(鹊桥),去会织女。

据说,农历7月7日凌晨的夜空,是织女星和牵牛星最为接近,用肉眼也能将它们与浩瀚的"天の川(AMa No GaWa)"(银河)同时纳入眼底的最佳时刻。这一天,因此就成了人间的七夕。

不过,日本的七夕和情人节没有任何关系。他们既依恋从中国引进的七夕,又尽情欢度从西方引进的情人节。

每年2月14日的西方" Valentine's Day"在日本是普遍公认的情人节,奇怪的是,这个节日传到日本又变了味,莫名其妙地成为女性单方向丈夫、男友赠送巧克力,表达爱意的日子。后来,又竟然发展到向身边的男性们赠送"義理チョコ(GiLi Chocolate)"(礼仪巧克力)。明摆着不公平,于是想出一个点子,特别设立了一个女性接受回礼的日子:3月14日"White Day"。我们在学校时,每每向男同学们发完巧克力,女生们必定在黑板上大大地写上:"期待着3月14日"。除非真正的恋人间,否则都是一些糕点糖果之类的往来,充其量是商家手下的棋子。

有一年的夏天,我去观摩过一个小城市的七夕祭。记得当天有两个年轻人被选出来扮作织女和牵牛,从头到脚一身古装打扮,很有点传说中的韵味。其他的年轻人围着他们,众星捧月一般,热热闹闹。两个幸运的当选人入选的理由非常单纯,就因为他们的名字。姑娘叫千晶,小伙子叫皓至。

很多在7月出生的日本人,会取"星、晶、皓、宙"这些与星空相关的名字,原因在于这个月有一个广为人知的"星祭り(HoShi-MaTsuRi)"(星辰节:七夕),这才是日本人对七夕的普遍认知。

从中国的历史文献上也能看出,七夕最早来源于人们对自然、对星宿的崇拜,对天文的认识。日本的七夕在这一点上保存了最古老的痕迹。

既然是对星宿的崇拜,那自然少不了对之许愿。在日本,七夕和新年一样是可以许愿的日子,不同的是,不必含蓄地默默在心里祷告,而是堂堂正正地把最迫切的愿望写在七彩纸笺上,任人阅读。

每年的这个时候,从幼儿园到大学、政府机构、公司、神社、商业街,到处都可以看到一枝枝竖起的婆娑翠竹,茂盛的枝叶间挂满了五颜六色的长条诗笺,每一条诗笺上都有人们亲笔写下的愿望。除了一些"世界和平、身体健康、家庭幸福"等大众内容之外,"考上XX大学!""与 XX 喜结良缘!""体重减,收入涨!""把老公的夜夜鼾声带走!""朝鲜的导弹不要打中我们!"……五花八门。竹枝上佩挂着形形色色的剪纸装饰品,如天河、星星、海螺、灯笼等,看上去五彩缤纷,俨然一个小小宇宙。

节日过后,传统上,竹枝被放入江河里顺水漂走,象征着心愿能够顺着河流到达天河。近年,出于环境保护,这种做法已不提倡。

在中国的很多地方,"七夕"又称"乞巧节"、"女儿节",是专为女孩子设立的节日。祈求赋予姑娘们灵巧的双手和聪慧的心灵、美满的姻缘。祭坛上不仅有时令瓜果,还摆上姑娘们的针线手工,来赛巧、乞巧。日本的一些乡村依然沿袭着这个习俗,称"乞巧奠",祈求女孩文化、家务的手艺进步。也有的地区,在门前房内,挂人偶、纸衣供奉神灵,驱邪除恶,表达了古代农耕民族为了即将迎来的丰收季节,祈求风调雨顺的心愿。

总之,从中国传到日本的七夕,尽管有类似牛郎织女的传说,但自始至终都是一种神事。所以,最初日本把七夕写成"棚機(TaNaBaTa)",与"七夕"同一发音,指把织出来的最新布匹奉献给先祖之灵,加上 7、8 月原本就是日本传统的祭祖季节,可以说日本七夕,是日本人把自古传承的祭奠祖先神灵、祈求丰收的习俗,与中国的"七夕、乞巧"美妙结合的产物。

它的影响超出我们的想象,几乎全国各地都有大小不一的"七夕祭り(TaNaBaTa MaTsuLi)"(七夕嘉年华)。其中首推"仙台七夕祭"历史悠久,盛况空前。

仙台位于东京北约 300 公里,在太平洋沿岸。鲁迅先生曾在那里就读,并留下广为人知的《藤野先生》。

仙台的七夕节始于昭和 2 年(1927 年),战争年代一度销声匿迹,1946 年再开时,仙台人个个泪流满面,喜笑颜开,重温和平的美好与可贵。第二年,昭和天皇亲临当地巡幸盛典,仙台的七夕更加名声人噪。如今,就仙台七夕节每年吸引海内外观光客达百万人次而言,经济效益可观。

仙台的七夕节长达 3 天,每年的阳历 8 月 6、7、8 日。最大的看点是各个街道、自治区及团体的"笹飾り(SaSaKaZaRi)"(竹伞)。竹伞必须用新砍的竹子,长 10 米以上,去掉枝叶,扎上装饰。装饰物每年不一,几个月前就着手设计、打造,内容从人物到植物,包罗万象。材料从昂贵的和纸,到丝绸、金属。一根竹子上的装饰物价值十几万到几百万日元不等。装饰物的内容在 8 月 6 日早上 8 点,一齐动手扎前属机密。完成的竹伞当天下午汇集到一起,亮相于公众,浩浩荡荡地拉开节日的序幕,并评审出本年度的金、银、铜奖。期间,除了重头戏祭神仪式,还延伸出选美、马拉松、舞会等各种活动。人们穿着夏日和服熙来攘往,孩子们嬉笑奔跑,姑娘们花枝招展,兴高采烈。沿街是摆满了的"屋台(YaTai)"(摊位),小吃、玩具、纪念品……一片太平盛世。

"笹の葉サラサラ 軒端にゆれる お星さまキラキラ……"(竹梢翠叶沙沙摇,繁星剔透映九霄,祈愿彩纸一条条,星光照我梦圆了)。这是日本著名童谣《七夕节》的歌词,夏日幼儿园、小学校盛大的七夕晚会上,清纯舒缓的旋律萦绕耳际。

大到新年,小到春分、秋分、冬至,日本人注重传统节日的传统活动,孩子们在这些活动中成长,耳濡目染中找到乐趣和长大成人后的心灵寄托,既传承了民族文化,又增添了对生活的热爱。

又快到七夕了,心里想着准备一枝翠竹和一些七彩纸,再邀朋友们聚一聚,今年许个什么愿呢……

★生动的表达方式,学来就用:

A BaTa Mo E KuBo

痘 痕 も 笑窪 ＝ 情人眼里出西施。对喜欢的人,脸上的坑凹会看成是酒窝,缺点会看成是优点。

# 19 | 大男人得志

20世纪80年代，日本歌星佐田雅志的一首《关白宣言》，风靡了东瀛，也唱红了中国的大江南北。

"関白（KanPaKu）"（大男子主义），中文把这首歌翻成《男子汉宣言》。佐田雅志多才多艺，是少数早期就自己作词作曲、自弹自唱而享有盛名的音乐人。这首男子汉宣言写在20世纪70年代末，正是日本经济高速发展、社会、家庭安定，男人得志的年代。歌词诙谐俏皮，平白如话却感人至深。曲调同样诙谐俏皮、自然流畅、朗朗上口。

《男子汉宣言》里表达的男人情怀，是古典的，怀旧的。它与现代的家庭、婚姻观念相距甚远，但那内含的爱却比当今"新人类"浮躁脆弱的爱，来得更坚实感人。

不少人还记得，当年年轻俊雅的佐田雅志在舞台上，抱着吉他，与其说在唱，还不如说在倾诉，用他抒情浪漫的声音，诉说着肺

腑之言：

"お前を嫁に貰う前に言って置きたい事がある？……"（在我娶你之前 / 我有话要对你说 / 也许有些话会很过分 / 但是你得听听我的真心话。

你不可以比我先睡 / 也不可以比我晚起 / 饭要做得好吃可口 / 时时保持漂亮 / 在你尽可能的范围内。

你不要忘记 / 不会工作的男人不可能保卫家庭 / 你也有只有你才能做的事 / 除此以外不要多嘴 / 你只要默默地跟我前行。）

在日本，常常会碰到公司里的女孩子"寿退社（KoToBuKi TaiSha）"（喜庆辞职），意思是因结婚嫁人而离开工作岗位。日本女性在传统观念上,婚后做"専業主婦(SenGyoShuFu)"(全职主妇),被看作天经地义,即使在女性进入社会各个行业的今天,骨子里赞成"男主外、女主内"的女性比例依然居高不下。

全职主妇,是一种就业形式,在人生诸多要填写的表格中,职业栏里"主妇"是名正言顺的职业之一。据日本官方调查,就理想职业而言,全职主妇是已婚女性的首选。

我曾经供职的公司,有一个女孩叫聪子,从事电视字幕处理工作。在筹备婚礼的时候就定下了辞职的日期。我们处得很熟,有些舍不得她走,有一天,我忍不住问她:"干吗非要辞职呢?你的工作压力不大,收入又不差,结了婚也可以继续的呀。"

谁知她毫不犹豫地回答:"那家里的事肯定只能做到马马虎虎,那怎么行!对他也会照顾不好。"眼光里充满幸福和一副对好好为人妻的憧憬的神情。

日语的称呼中,有一个令我匪夷所思,继而立志不用的,就是妻子称自己的丈夫"主人(ShuJin)",外人称"您先生"也是"御主人(Go ShuJin)"。

记得还在读日语学校的时候,老师讲到这个称呼时,班里的学生都沸然起来:不是猫不是狗的,什么主人不主人的?与这个称呼相对应的是丈夫称自己的妻子"家内(KaNai)",显得那么轻描淡写不值一提。日子久了,听惯了,老实说已经不觉得这个称呼那么刺耳了,其实就是中文中的"外子、我先生"。可是偏偏我们中国人对汉字的纠葛明察秋毫,从称呼上明摆着:妻子被定位于丈夫的附属品。照这样解释，男人对还没过门的妻子唱出《男子汉宣言》的第一段歌词也就合情合理。我的老同事聪子要归入家庭，不马马虎虎地做太太实在是理所当然了。

《男子汉宣言》第二段的歌词是："お前の親と俺の親とどちらも同じだ大切にしろ……"（你的父母和我的父母 / 哪一边都要同样好好对待 / 婆婆 小姑 应该不难贤惠周旋 / 只要去爱就好。

不要背后东家长西家短 / 还有无聊的醋不要吃 / 我不会到处拈花惹草 / 我想大概不会 / 也许可能不会 / 反正你稍微有些思想准备。

幸福是要两个人共同培育 / 应该不是某一方去辛苦创造的东西 / 你弃家而嫁 / 是无家可归的人 / 从今往后 我这里就是你的家。）

随着中国经济的飞速发展，生活水平的不断提高，这些年也造就出不少全职主妇。我有个儿时的闺友，仕途一路飞黄腾达，在国企做到很高的职务，每每工作中遇到伤脑筋的事，或无论狂风下雨、赤日炎炎也要赶去上班时，她就想起曾有所闻的日本妇女们，希望能像她们一样轻松自在地在家做主妇。终于有一年，她真的下决心退了下来。

在如释重负的轻松日子里，她一面尽职尽责地照顾家人，一面计划自己一直想做却没能做的事情，以为人生自此将走上理想的轨道。可是好景不长，没过几个月，在早上送丈夫、孩子出门的门口，她被一种莫名的恐慌袭上心头。看着行色匆匆的人们，忽然感到被疏远的孤寂和不安。埋头于没完没了的家务中,却得不到任何成就感,没有经济利益,也就感觉不到自豪和自尊,乃至自己的存在价值……这样惶惶不可终日,根本无法静心做自己喜欢做的事。她这才意识到,做好全职主妇并非容易。不仅要有平和自若的处世心态,还要具备淡泊名誉地位的心智,巧妙地处理好周边的人际关系,脚踏实地地过自己的日子。

日本女性被"男人挣钱,女人持家"的传统氛围熏陶了几百年,早已习惯了安安静静地做主妇,心安理得地花丈夫的钱。并且在仰视丈夫、温柔奉献的外表下,通过长年的"修炼"掌握了一套把丈夫放在手心把玩的技巧,恰似孙悟空再猴,也跳不出弥勒佛的手掌。

丈夫的薪水会原封不动地进入妻子掌管的家庭账户,丈夫必须伸手向妻子讨"小遣い(KoZuKaYi)"(零花钱)。有档次的餐厅里,到了午餐时间几乎都是清一色,打扮得漂漂亮亮的太太们。三三两两或者三五成群,谈笑风生,没有时间观念,从丰盛的主食到餐后的红茶、咖啡,一坐就是个把小时。而同一时间里,她们的丈夫大都吞咽着便宜的快餐,或自家的盒饭,然后匆匆返回工作。日本的妻子在人前把丈夫抬得高高,这一点做得越好越体现自身的良好修养,其实门一关,事无巨细太太说了算。有了这样的心理平衡,她们对丈夫的"花心"才表现出能睁一只眼闭一只眼的大度。

中国女性在"半边天"的理念下,趾高气扬中一路辛苦走来。经济上和丈夫一同撑持一个家,以争取相当的地位和发言权,人格上追求独立、事业有成,鲜花簇拥中博得尊重和认可。自强自立的思维观念令人肃然起敬,可我总觉得中国女性太冤枉,明明是女人,却要活得和男人一般强悍。我最不能接受的是因此把孩子交给祖父祖母,放弃了人生最大的责任,也与人生最大的乐趣失之交臂。

我相信上帝造出男女自有其美意,男女各尽其职营造的家才真正幸福。能相夫教子是女人的自豪,更是只有女人才能完成的伟业。

最后,《男子汉宣言》中唱道:"子供が育って年をとったら俺より先に死んではいけない?……"(当孩子长大 / 我们年老之后 / 你不能比我先死 / 哪怕一天也不能比我先死 / 我什么都不要 / 只要你握着我的手 / 滴两滴以上眼泪。

我要说 一定要说 / 多亏了你呀 / 我过了一个美好的人生 / 我爱的女人 你可别忘了 / 我所爱的女人 / 一辈子就只有你一人。)

可怜,是有自知之明还是心虚,不指望自己的死让女人泪流成河。可笑,传统的东方男人,今生今世,一起走到尽头才肯吐一个"爱"字,自以为"爱"应该尽在不言中。日本男人通常用"好き(Su-Ki)"(喜欢)来代替爱。他们拙于交谈,从小被教育:大男人要少言寡语。日本人讥讽男人们回到家里,只说 3 个单词:"風呂(FuRo)、飯(MeShi)、寝る(NeRu)"(洗澡、吃饭、睡觉)。尽管他们无理、专横、和孩童一样的任性,有些挑剔、小气量,还有些花心,却指望妻子义无反顾地爱他到底,包括他的缺点、他的一切。着实太霸道。

　　歌词塑造了芸芸众生中一个平凡世俗的日本男人,用"霸道"来掩饰自身的脆弱和原本极其自然的人性爱。他们永远是长不大的孩子,枕着女人的温柔耀武扬威。聪明的女人知道,没有坚定的信念,没有良好的心理素质,没有机智聪慧,幸福家庭无从谈起。

　　《男子汉宣言》至今依然在卡拉 OK 被广泛点唱,热爱它的人有这样的同感:第一次唱,诙谐、搞笑;第二次唱,心被感动、鼻子发酸;再唱,就开始哽咽、跑调和落泪了。一个东方"男子汉"的内心告白,道出了男人的伤感和深情,也道出了千年古国的传统家庭、婚姻观念。

＊生动的表达方式,学来就用:

Hi　ToMe　BoRe
一　　目　　惚れ　＝一见钟情。

# 20 | 大男人失利

很多年前,有人流传过这样一句顺口溜,说:"住美国房子,开德国车,吃中国餐,娶日本女人,乃人生之大幸。"当然是对男人而言。

日本老牌歌星佐田雅志的名曲《関白宣言(Kanppaku SenGen)》《男子汉宣言》里,日本男人对未过门的媳妇大谈为妻之道,句句是命令式口吻。试想,日本女人都洗耳恭听并能遵循歌中所言的话,亦不妄被列入男人们的人生大幸之中。

回顾那首歌的歌词,表面看似笨拙,隐藏在背后的情怀还是感人至深的。比如:不会工作的人哪会养家,体现出男人的责任心;要同时爱双方的父母,不要背后说三道四,道出了做晚辈、做人的准则;既然嫁给我了,就不要认为还有退路,言下之意,无论什么困苦我们一起克服度过。一幅男子汉振振有词的景象。

铿锵之声还萦绕耳际,没过几年,佐田雅志就不得不为这首歌

写了一个续版，叫《関白失脚（Kanppaku Shikkyaku）》（《大男人失利》）。如果说前者的歌词可笑、可爱，让人回味无穷的话，那后者的歌词则精彩得足以让人泪如雨下了。

"お前を嫁に もらったけれど 言うに言えないことだらけ……"（我已经娶了你 / 太多想说又说不出口的话 / 说起来实在有些伤感 / 但还是请听听我的真心话。

你比我先睡 / 这没问题 / 至少给我留点晚饭 / 我总是和小狗两个 / 把昨天吃剩的咖喱 / 在微波炉里热一热来吃 / 这也太过凄凉。

你忘了也没关系 / 我虽然是个不怎么能干的人 / 却也工作努

力／用我的方式／尽我的所能在努力。）

在人们心目中，传统的日本妻子是贤惠的。她们清晨五六点起床为一家人准备早餐、中午的便当，备好袜子、衬衣、所有当天的行装，把家人服侍完毕，逐一送出家门后，开始清理家务。晚上，暖好浴水、摆齐菜肴，等候"主人"回返。在门口把丈夫迎进门，一边忙不迭地道"お帰りなさい（OKaERiNaSai）"（您回来了）、"お疲れ様でした（OTsuKaReSaMaDeShiTa）"（您辛苦了），一边送上拖鞋，接过外衣、公文包，一边询问丈夫今天是先吃饭还是先洗澡。饭桌上，虽说是一家人共进晚餐，倒更像是主妇在陪餐，不停地为丈夫斟酒，为孩子添饭，饭后的残局也自然由主妇收拾……

这一切，与歌词中的情形有天壤之别，与婚前的"宣言"大相径庭，大男人的处境显然不理想。谁知，接下来的状况还要糟糕：

"父さんみたいに なっちゃ駄目よと お前こっそり子供に言うが……"（你偷偷跟孩子说／不可以像爸爸一样没出息／这些我都知道／你总是吃饱了睡／睡醒就看综艺节目／之后再接着睡／串门子聊天／八卦完了还是睡／到了晚上你还那么能睡。

尽搞没用的减肥／浪费钱买体重计／你要真想瘦下来／别那么能吃就好了／还有啊 那些电话购物／至少购物这类事／劳驾你动动身体吧／我想你我都有不满／可我还是很高兴／咱们能成为一家人。）

简直令人目瞪口呆。这样的老婆，当真？显然有很大调侃成分。说句公平话，即使有，也绝对不是多数。不过，有一点必须承认是属实的,那就是,日本男人在家庭的地位已经今非昔比。

过去,日本女人结了婚如果还不辞去工作,丈夫会被笑话没本事养家。妻子从自己的母亲、母亲的母亲那里继承了婚后进入家庭,做家庭主妇的使命,从此,伺候丈夫衣来伸手,饭来张口。即使妻子拥有教师、药剂师等工作资格,选择继续工作,赚的钱也是私房钱,丈夫会拒绝使用。

时过境迁,从 20 世纪 80 年代末起,日本泡沫经济崩溃,之后数十年一蹶不振,随着出现了越来越多的"共働き(ToMoBaTaRaKi)"(双职工家庭)。企业为了缩减开支,减少了传统的终身制雇佣,倾向于雇佣合同制员工。低保障、低收入,很多家庭仅靠丈夫一人的工薪难以支撑。同时,日本政府为促进经济发展,不断推出新的措施,鼓励因结婚、生子离开工作岗位的女性重返社会。

事实证明,妇女的就业范围越广、在职场越活跃,日本传统的家庭结构及婚姻观念越无法维持。

时代进入 21 世纪后,日本自卫队开始和各国军界频繁展开交流,从来悄无声息的女兵突然引起人们瞩目。日本自卫队招募女兵始于 1968 年,最开始,只限于陆上自卫队的医疗卫生工作,而如今,几乎所有的领域都已对她们敞开大门。特别是近年,年轻女孩子应征入队尤其踊跃,薪水高、福利多、工作稳定有保障。她们分布在工程、化学、航空通信、运输、财务、宪兵、卫生、文艺等各个部门,占总兵力的 5%,仍在持续增长。

由此导致的必然现象是,大学毕业后即参加工作,长期保持单身,专心仕途的女性越来越多。据日本总务省调查显示,30 岁以下单身女性的平均月收入 21.8 万日元,在 2009 年首次超过单身男性的 21.6 万日元。今天,在政治、科学、法律、IT 以及公司经营等原本属于男人的职业领域中,女性的身影已不再罕见。

男人们的压力,无论在工作,还是在家庭都可想而知。根深蒂固的夫妻同姓制度首先遭到空前挑战。在日本,只要不是上门女婿,婚后改随夫姓是天经地义并有法律明文规定的。然而近年来,要求修改这一制度的呼声越来越高,以至出现国民把政府告上法庭,指责夫妻同姓制度:违背男女平等、标明女性的附属存在、侵犯了个人尊严和权利……这些换作在过去,传统的日本女性想可能都没想过。

现实生活中,为了避免婚后改姓对工作的影响,很多女性选择同居而非正式结婚;或使用“通称”,即在正式文件上用夫姓,工作生活中保持旧姓。

“そして今日も君たちの笑顔 守る為に 仕事という名の戦場へ行く……”(今天我依然 / 为了守护你们的笑容 / 前往称作工作的战场 / 右手攥着月票 / 左手提着家里的垃圾 / 尽管别人觉得我悲哀 / 可是 我有我的幸福 / 为了你们的幸福 / 我可以去死 / 这一点请绝对不要怀疑 / 这是我的一片真心。

在这个世上 / 我们虽然活得不尽如人意 / 我虽笨手笨脚 / 却也拼命地活着 / 我死之后 / 如果有一天 / 在你们遇到困难时能突然想起我 / 那我一定会觉得无比幸福 / 加油 加油 大家加油。)

男人在外奋力打拼,回到家又无立足之地,听起来够凄凉的,然而这还不是最悲惨结局,更令日本大男人措手不及的是"熟年离婚(JyuKuNenRiKon)"(中老年离婚)。当丈夫告别了公司的欢送会,拿着退休金,怀着复杂的心情回到家时,等待着他的是老妻突然摊出的离婚协议书。分了退休金,领取属于自己的那一半养老保险,伺候丈夫孩子一辈子的妻子也"宣布退休"了。

日语中有一个新生单词,讥讽退休的丈夫是"濡れ落ち葉(NuReOChiBa)"(湿落叶)。不善家务的丈夫,退休在家碍手碍脚,离开了一生卖力的公司也失去了自己的社交圈,跟在妻子后面颠东到西,被形容成凋零后湿漉漉烂兮兮的湿落叶,贴在身上掸都掸不掉,形象生动。还有被形容成"粗大ゴミ(SoDaiGoMi)"(大垃圾)的,面临着被一脚踢开的厄运。世间说老妻冷酷无情,她们自己说忍无可忍,总算熬到了头。

男人艰辛,女人越活越精彩。我的一个旅日多年的老兄,中国名牌大学的高才生,轻取日本名门的硕士学位后,顺利进入一家一流日企,最让他洋洋自得的还是娶了个美丽的日本新娘。新娘的确漂亮,每每带回中国都令周围羡慕不已。朋友之间聊天时,他谈到妻子竟摆"义愤填膺"状。原来,妻子结婚后就提出要辞职在家,他反对说:还没孩子,你闲在家里干什么。妻子反驳:这是我们日本的习俗。习俗里还包括他的工资"全部上交"。辞职后的妻子成天和朋友逛街、聚会,参加各种兴趣俱乐部,堆下不少家务要丈夫来做,他陈情不满,娇妻笑眯眯地说:做家务是你们中国男人的传统美德。我们笑他自作自受,他虽也连连点头,但脸上又不失无奈与欣赏,说:这个女人聪明!

日本的女人的确越来越聪明了。大男人们只能叹息生不逢时,还得留意一不小心失脚、失利。

★生动的表达方式,学来就用:

KiNou  Wa  HiToNoMi  Kyou Wa  WaGaMi

昨日　は　人　の身　今日は　我が身＝世事莫测,时过境迁。昨天降临在别人头上的事,今天也可能发生在自己身上。

社会

*She Hui*

# 21 | 从寒暄开始

在大学的时候,有一个要好的"哥们儿"来自马来西亚,和我同年级不同班。因为母语都是中文,所以也是我们"大中华圈伙伴"中的一员,从来没把他当外国人,大家聚到一起几乎无话不谈。这个浪漫的家伙爱上了我班里的女同学。在我们工学部,女生是"稀有动物",追上一个女孩子一般都得"过五关斩六将"。他不看好我牵线,怕体现不出他的实力,于是我们陪着他绞尽脑汁,创造他们一见钟情的邂逅机会:在地上"捡起"一方手帕,追上去问"同学,这是你掉的吗";在她的前方埋伏好,看准了,突然冲出来和她撞个满怀,然后赶紧边帮她拾东西边打招呼,等等。

方案一个个被提出来又一个个被否决,最终决定不去中那些爱情片的毒。他大大方方地走到她面前,笑容可掬地打招呼:"你好!我姓林,你是伊田,是黄莹班里的,没错吧?"风度翩翩,自信满满。就怎么一个招呼,对方先是略微一惊,但立刻笑眯眯地鞠躬回

敬,很快两人就攀谈起来,就最初目的而言,大功告成!

其实,在日本即使是在大街上,只要你有礼貌地打招呼,素不相识的姑娘们也一定会同样还你以礼相待。而且越是年轻漂亮的女孩子越不显矜持。

日本人视打招呼为做人之本。一个不会打招呼的年轻人会被长辈骂:连招呼都不会打吗! 其大逆不道程度,差不多就是"人间失格"(丧失了做人的资格)。既然"ご挨拶(GoAiSaTsu)"(打招呼)是和人相处的开始,那其中必有很多讲究。

酒席上、婚宴上、会议上等不同的时间、地点、场合都有不同的打招呼的特定规则和形式,其复杂和细腻有书为证。在日本的书店里能找到通篇教人如何恰当、无误地打招呼的指南书,虽然听起来有点小题大做,但生活中寒暄不适,会被视为没有教养、不成体统。

工作上,一个招呼打得不妥,可能失去的是客户和机会。每年 4 月,是日本预算年度的开始,也是新员工走上工作岗位的季节。新员工培训的第一堂课往往就是训练如何正确、得体地"打招呼"。包括如何互递名片、握手、鞠躬等,将这一关把握好,接下来就会和谐得多。

在日本的公司里,同事间最常用的一句话是"お疲れさまです(OTsuKaRe SaMaDeSu)"(您辛苦了)。不管是在走廊擦肩而过,还是在上下滚动的电梯上碰到,甚至偶遇在厕所里,都会重复这一句:您辛苦了。这是日本职场的习惯,但那架势还是会让你觉得自己不够辛苦都不应该,简直如同一种心理暗示。

日常生活中,人与人之间的相处,哪怕平日没有什么过甚的往来,日本人见面时会习惯地说一句:"お世話になります(OSeWaN-iNaRiMaSu)"(承蒙关照)。

在被对方问及自己的事情,包括自己的家人怎么样了之类,如果答案是好的、正面的,那么回答时必然先冠上"おかげ様で(OKaGeSaMaDe)"(托您的福),然后再步入正题。即使问话者与此事毫不相干也会受到同样的礼遇。

类似这些犹如走过场的客气话,却是很重要的日语的特定表达方式。日本自然环境恶劣,难靠"天时、地利",更注重"人和"。以礼示敬,募得人与人之间融洽的关系。

我小的时候,随大人出门总是会被叮嘱要"叫人",是作为晚辈向长辈打招呼,表示敬意。世界上任何一个文明的民族都视"寒暄"为开启交流的原点,只是文化背景及民俗风情的不同,打招呼的方式、规则有所不同。

我们中国人在熟悉的人之间,与其说"你好"、"再见",更倾向于一句"忙啊"、"走了"之类。对中国人说"您辛苦了"、"承蒙关照"、"托您的福",朋友之间会觉得挺不自在,甚至还可能多出很多想法:明明什么忙也没帮,怎么就承蒙我关照、托我的福了呢?同样,如果问日本人"吃过了吗",对方一定会伫立,认认真真地回想,然后告诉你是"吃了"还是"没吃",接着等你的下文,心里猜测你会有什么事要找他。

有人调侃说日本人的腰和脖子大概都不会有问题,因为他们每天鞠躬的次数多,这部分身体不缺乏锻炼。鞠躬,可谓日本的国粹性习俗,其中大有讲究:一般朋友之间15度,这和中国人的点头示意差不多。对师长、老板要30至45度。标准的鞠躬是:男性双手贴紧裤缝,身体直立,从腰部到头成直线慢慢向下,眼睛垂视,度数越大花的时间就越长,停顿一两秒后身体和头同时抬起;女子则双手交叉于前,其他的和男子没有多少区别。鞠躬没有必要太频繁,一般在见面和分手时两次即可。

普通情况下可以按以上方式鞠躬,但如果是在纯日式的房间里,就不能相提并论了。在一次接待海外来宾的宴会上,看到以下情景,心中不禁颔首。宴会设在高级日式餐厅——料亭,传统的纸窗草席榻榻米房间。一方方锦垫上男人盘腿,女人跪坐。席间,有政府官员一度露面。要人出现时,屋内立即有一部分人站了起来,另一部分人匍匐下去。

站起来的清一色是外国人,跪伏下去的是日本人。在正式场合,身处日式房间的行礼规则是双腿并拢跪坐,就势双手着地,似五体投地状鞠躬下去。

最常见的寒喧用语,见面时:

KonNiChiWa O Ai DeKiTe WuReShi DeSu

こんにちは,お会い できて 嬉しい です = 您好,见到您很高兴。

OHiSaShi BuRi DeSu OGenKi DeSuKa

お久し　ぶり です、お元気 ですか = 很久不见,您还好吗?

分手时:

SaYouNaRa　　　ShiTsuRe ShiMaSu

さようなら! 或者　失礼　　します! = 再见!

DouZo OGenKiDe OSuGoShi KuDaSai

どうぞ お元気で　お過ごし ください = 祝您身体健康,生活愉快!

常听到外国人感叹日本人打起招呼来"没完没了"。有时你会看到双方都在鞠躬,你来我往,好像永无止境。这也是日本人打招呼的一个特点,日文中有一个词叫"二度礼",即在受到别人的帮助、款待或接收了别人的礼物,除了当时当面感谢之外,事后第二次相遇时,千万记住再谢。哪怕事隔几个月,甚至几年,"旧事重提"依然在礼节之内。

通常是:

SenJiTsu Wa GoChiSou SaMa DeShiTa

先日　は ご馳走　様　でした! ＝ 前些天承蒙您款
待了!

SenJiTsuWa ARiGaTou GoZaYiMaShiTa

先日　は ありがとう ございました! ＝ 上次真是谢谢
您了!

有趣的是,当你再谢的时候,你会发现对方一点儿也不诧异,
因为人家也没有忘记曾为你做过什么。可见旧事重提的必要性。

国土狭小,使日本人潜意识里形成了协力生存的渴望,把人与
人之间的连接、团体的和谐看得至高无上。见面时的寒暄自不必
说,即使不见面,相互之间也尽量保持着联系,主要方式就是一年
两次的书面问候。一是新年的贺年卡,另一个是夏季的明信片。
不要小看了日常的寒暄,或者一叶问候,它能影响一个人的心情,
也可能影响事态的发展。

**★生动的表达方式,学来就用:**

KiKu　Wa　Yittoki No HaJi, KiKaNu　Wa

聞く　は　一時　の恥, 聞かぬ　は

Yissho　No　HaJi

一生　の　恥 ＝ 不耻下问是一时之羞,否
则会是一生之羞。

# 22 | 道歉有术

  人与人之间出现冲突时，只要不涉及绝对的原则问题，用一句道歉的话打破僵局、挽回事态是最理智的方式，也是当事人有教养的表现。由于自己的不小心给对方造成不便，像踩了别人的脚这些，赶紧赔上一声"对不起"，这一点中、西方都一样。不过，什么失误都没有，开口就跟人道歉，就显得奇怪了。有趣的是，这在日本却见怪不怪。日本人说话中，使用频率最高的词之一就是"对不起"，开口闭口都好像在道歉。

  便利店里：

  客人：对不起，有地图卖吗？

  店员：真对不起，在您的左边就是。

  道歉，往往是句子的开头语。在餐馆、商店等服务行业，"对不起"是客人用来招呼服务员，引起对方注意的固定用语。此外，如果你在路上扶起了摔倒的人，替别人把行李放上货架等等，被帮助

1997 年 7 月 1 日北京工人体育馆 庆祝香港回归庆典

的人会说："对不起。"

相对而言,在很多外国人眼里,让中国人低头道歉可没那么容易。记得,在一个座谈会上,一个跟中国制造业打过多年交道的澳大利亚人问,为什么一些中国人明明知道自己错了,还是要强词夺理不肯道歉? 当即,就有人分析说,中国人的道歉观与爱面子联系在一起,道歉和丢面子是画等号的。中国人最看重的是面子,所以只有坚持"不道歉"才能保护住自己的面子。无形中把"道歉"升华成了输赢问题,道歉意味着失败。

这种理念也潜移默化地体现在很多领域。

2002 年,中日之间曾经为一个第三国掀起了风波。朝鲜人一家老小冲进日本驻沈阳总领事馆请求庇护,领事馆门前的中国武警为了抓住私闯家族,情急之下越了雷池一步。结果为中方道不道歉,在国际上闹得沸沸扬扬。外国媒体一遍又一遍地播放现场的录像,尽管录像画面清晰,最终中方还是以维也纳条约第31条"火灾等非常状态下可以无许可进入"为由"保住了面子"。实际上行事在人,难免出错,美国白宫发言人就常常对各种事态道歉。在会道歉的同时,更没有必要像一些激进人士那样,一旦听说他国道了歉就大做文章,对方可能只不过是在国际舞台上展现了一下"风度"而已。

日本人有一个口头禅:"とりあえず謝る(ToRiAEZu AYaMa-Ru)"(总之先道歉再说)。在发生冲突时,先不辩白谁对谁错,暂且道歉再说。如果能就此了结、相安无事,那么可喜可贺。如果还有问题,再进一步交涉。原本,是一种消极的、息事宁人的妥协,但久而久之,成了一种默契和风范。

道歉一般伴着不同程度的鞠躬,显得有诚意:

Su MiMaSen　　　　　Mou ShiWake AliMaSen

すみません　或　申し訳　ありません ＝ 对不起

Yi-e　　　　KoChiRaKo So　SuMiMaSen

いいえ、　此方　こそ　すみません ＝ 哪里哪里,该道歉的是我

日语中的道歉写成汉字"謝る（AYaMaRu）"或者"謝罪(ShaZai)",都有一个感谢的"谢"字。意在道歉的同时感谢对方指出自己的错误。"谢谢"是个具有魔力的词,带着谢意的歉意是难

以不被接受和原谅的。

有不少在中国学习和工作过的日本人,都有一个同感,就是:中国人不喜欢道歉,也不善于接受道歉。自己犯错的时候想方设法找理由开脱,当别人对自己有过失的时候,马上盛气凌人,指责对方的道歉是"推卸责任",不讨个说法誓不罢休。当然,这种现象不是绝对的,但又不可否认有一定的代表性。不幸的是,我就曾经身陷这个"代表性"之中。

1997 年的香港回归,对中国、对世界都是一个重大的历史事件。为了报道和见证这一世纪性的瞬间,当时的香港和北京聚集了全世界的媒体。我作为日本电视台(NTV)的一员被派到北京,目睹了首都一幕幕辉煌的庆典。至今,举国上下,民众欢欣雀跃的画面仍历历在目。我们摄制组每天穿梭于不同的采访现场,也碰到了形形色色的人和事。

记得回归的当天,我们的任务是记录这一天的北京,从拍摄朝阳开始,各路人马全部出动。因为采访项目繁多,一半以上的摄影师都是向当地媒体借用的。和我一起奔赴市民菜篮子"早市"的就是中国摄影师。

中国的早市实在可亲可爱,除了人们餐桌上的菜肴以外,还有琳琅满目的生活用品,熙熙攘攘,甚是热闹。摄影师一路把镜头摇过去,在经过一个卖芭蕉扇的地摊时,一个正在挑扇子的老伯突然勃然大怒,扔下手里的扇子冲我们走过来:"拍什么拍? 你们侵犯了我的肖像权,你知道不知道!"摄影师的动作非常干脆:停机、不予理睬、径直走开。我觉得不合适，当下向老伯道歉，并解释我们拍的是新闻，不涉及肖像权，既然他不乐意，我可以保证，绝对不使用拍有他的画面。

然而，事态超越了我的想象。没过几分钟，我已经被围得里三层外三层，老伯大声渲染："他们拍了去赚了大钱，我们糊里糊涂地……"这是我在日本多年的记者工作中，从没有经历过的事，终于手足无措，只一味地道歉，可是越道歉就好像越是我有错，事态越闹越大。我的摄影师发现我没跟上来，这时已折回头来，挤进人群，拽了我就走。

那天，救我突围的摄影师在我眼里俨然就是个"英俊王子"。

事后，我感激不已："对不起，今天多亏了你。"

他笑起来："哎哟，你道什么歉呢！"

也难怪在中国不少人怕道歉，怕像我那样道了歉断了自己的"后路"。那对于身份显赫的要人，就更不在话下，唯恐出来谢罪亦"无颜见江东父老"，君主时代的"贵贱无序，何以为国"，"上"不向"下"道歉的理念仍在发挥效应。

而在日本，不管是政府，还是私家企业，一旦有丑闻曝光，随后召开记者会，向国民鞠躬道歉的场景司空见惯。他们只有用表示反省，来期望取得一定的谅解和改正的机会。道了歉，才能挽回一些形象，才被认可，甚至被赞赏。

在日本的这些年，我道过无数次歉，也接受过别人无数次歉意。有一件事记忆犹新。

一天,放学的路上,几个小学生一路玩耍,一个男孩子竟然爬上了我停在屋外的车顶,被我的邻居呵斥了下来。当晚,孩子在父母的陪同下来我家道歉,父母一左一右把孩子夹在中间,一家三口一齐向我鞠躬,都是45度的,爸爸生气,嫌儿子鞠得不深,狠狠照着孩子的头一把摁下去。我不过意,赶紧把孩子拉过来:"他爸,别这样……"就这样,我的车顶留下一个小凹子,却心甘情愿"哑巴吃黄连",客客气气送走了一步一鞠躬地退出去的那家人。

不可否认,在重大历史问题上,确有一小撮日本右翼分子不肯向中国道歉,他们不仅歪曲历史事实,还鼓吹"江山是打下来的",本着"胜者为王,败者寇"的错误理念,认败不认错。在一个言论自由的民主国家,的确,没有人能让他们闭嘴,但是,我们应该做的,是努力促使日本政府在历史教育问题上,做出正确的决策,意识到只有真诚反省,才能取得谅解、挽回一些形象。

同时,对于1992年访华时的日本天皇、历届日本领导人以及无数热爱和平的日本人民向中国人民的道歉行为,给予认可。接受道歉,就事论事,记住仇恨不如记住教训。

> ★生动的表达方式,学来就用:
> SaRu Mo KiKaRe O ChiRu
>
> 猿 も 木から 落ちる＝智者千虑,必有一失。猴子也会从树上掉下来。

# 23 | "上""下"等级分明

　　我有个日语学生,曾经学过一点日语,后来决定放弃。多年后,我们有缘相遇,她把久违了的日语又拾了起来。提及为什么当初放弃时,她说是因为体会到了人们所说的:学英语"哭着进去,笑着出来",学日语"笑着进去,哭着出来"。意思是学英语越学越易,学日语越学越难。

　　我不敢肯定是否所有的人都觉得学英语真的是越学越简单,但是在日语学习中,记住了50个有规则的发音,就可以读日文,从这一点来看,的确好入门。之后,使很多人却步的是文法和更高级的语言运用,掌握对待不同的对象使用不同的语句,所谓"敬语"、"谦逊语"之类。

　　玛丽,是我在美国结识的好友,出生在菲律宾,成长在美国,父母都是日本人,从小家里只许使用日语,她的日语算得上字正腔圆,听不出破绽。大学毕业后,她只身回到日本找工作,可是在哪

里都待不久。按她热情的性格和做事的认真态度,本不该如此,无奈,因为不善于运用"敬语、谦逊语",不要说写不来业务书信,人际关系都不好处,假若长了一张西洋脸倒也罢了,偏偏又是一个不折不扣的日本人,理所当然地受挑剔。没办法,最后落脚于街头的英语学校,成了一个因为一副日本人面孔,没有人气的英语老师。

众所周知,日本是一个上下等级观念根深蒂固的民族,有人描述其类似于动物界的猴子群体,集团内上下关系分明,不允许有以下犯上的行为。阅读日文时,只从两个人的对话,即可判明双方的老少、地位或级别。

东京都的中学生,10 名 15 岁少年,因把低年级学生打成重伤被逮捕。殴打原因是:"後輩(KouHai)"(学弟)没有对他们用敬语。

日本陆上自卫队的一名小队长,因殴打队员被停职处分,原因是:队员用语不慎。被打的队员 25 岁,小队长 22 岁,虽然年轻 3 岁但入队在先,职位在上。

俱乐部,是日本学校课外活动小组的统称。各种俱乐部类似一个个模拟小社会。曾在全国高中棒球大会上夺冠的德岛县的名门高中棒球部,一度被校方勒令自肃停止训练。因为 2 年级的前辈,不满于低年级队员态度的"不敬",挥拳打在其眉宇间,造成缝 5 针的重伤。

团队酒会上,被上司、前辈勒令喝酒,酩酊大醉的下属大有人在,有的甚至造成生命危险。尽管年年媒体报道批评,同样事件依然年年层出不穷。

在日本,公司、学校、俱乐部,只要有组织的地方,就存在着前辈与后辈之间的实质性的上下关系。下级"以下犯上",上级用拳头"施于教育"的事件屡见不鲜,被曝光的仅仅是一小部分。

某著名电视艺人,因为后辈没有在节目直播前到自己的休息室打招呼而怀恨在心,节目中,又不满后辈艺人的态度不够谦卑,竟然在现场直播中大打出手。录像立刻在网络上快速流传,引起很大的社会反响。一种反应是公愤:谴责这位资深艺人一向态度傲慢,出言不逊,嫉妒新秀的崛起,才当众欺辱,这些网民呼吁拒绝购买他参与的节目的赞助商的商品。令人哑然的是,另一边,对他的拥护声也响成一片:新秀自以为有了点人气,就目中无人,现在的年轻人越来越没有规矩,必须有这样的前辈来"调教调教",告诉他做人的道理和准则!

日语中有一句话:"先輩には頭が上がらない(SenPai NiWa ATaMa Ga AGaRaNaYi)"(在前辈面前抬不起头来)。凭借这种传统观念,一级压一级,被代代相传。后辈们只有努力加强自身的"修炼",到自己"媳妇熬成婆"时也照本宣科。

欧美社会,人们以个人主义和社会契约的原理来维持生活秩序,而儒教文化中的秩序,是靠"忠"和"孝"的集体主义原则来维护的。集体主义文化更是日本社会由家族精神所派生的一种相对稳定的核心文化。这种集体主义、等级秩序在现代企业中,体现为以模仿"家"的结构,形成被称作"亲—子"的关系,即所谓的"母公司"、"子公司"。子公司的行为不能违背母公司的理念,母公司会尽量维护子公司的利益。包括很多名牌大学、社会团体等,也都是建立在各种依从式体制里。

日本社会的上下属的伦理观之所以得以传承,根本在于,与横式关系相比,纵式关系更具控制力,同时又趋于一种双向的、似乎平等的交换。保护报以依从,恩惠报以忠顺。为赢得下属的恭顺,领导人往往要花很高的代价,所谓"君惠臣忠"。家长主义,原本表达的是上对下的关怀,这种关怀又必须以下级的知恩、感恩为先决条件。

日本人特别喜好酒会,借酒发泄工作中的压力,增进相互之间的感情。从新年伊始的"新年会",到年度人事调动的"送别会、欢迎会",季节性的"赏花会",频繁的"亲睦会",年底的"忘年会"等等,各种冠名酒会花样繁多。"無礼講(BuReiKou)"是在酒席上,上级可能颁布的"在此不必顾忌上下属,大家随意,尽兴吧!"之类的"解禁令"。尽管上司"怀柔天下",为了让人人都开怀畅饮,特意要求大家不拘小节,人们还是会有所顾忌和有所保留。如若真的喝忘了形,口无遮拦,毫无收敛,恐怕事后难免麻烦接踵而至。

4月,在日本是新员工报到的季节,也是樱花盛开的季节,新员工和樱花有着不解的情缘。

每逢樱花浪漫,白天夜晚,赏花名所都聚集着席地而坐的赏樱人。因为白天要工作,大多数的公司组织晚上集体赏樱,好地盘得早早地去占。日本的新员工因此就多了一份特殊的工作:占地。一早,新员工要格外提前到公司,把全天的分内工作在下午早早完成,随后赶到目的地去占一块好地,并且准备好酒水、食物、游戏、卡拉OK之类的宴会用品,恭候上司及前辈们的出现。这一天大家玩得是否开心,赏花会办得成功与否,是考验新员工能力的时候。成功了,第二天,前辈会拍着你的肩膀说:昨天辛苦了! 这一句问候,拉近了相互的关系,意味着一定程度的被承认,意味着今后工作中碰到难题时,将得到准确的回答或帮助。如果办砸了,新员工恐怕就会成为"透明人",说什么做什么,甚至你的存在都可能变得无关紧要。职场整人的方式多种多样,不予理睬的虐待方式仅是其中之一。

任何事物都有它的多面性,没有必要因此对日本的公司谈虎色变,商业组织都是以实质利益为第一的,"上"对"下"终究是以教导为本,只要肯学,态度端正,给团队带来利益,日本的公司一点儿都不恐怖。

1996年,我作为一个外国人就业于日本的电视媒体,老实说,受到了一些特别待遇。一来,公司起用我为的是一个特色:第一个外国人新闻主持人,当然希望是一个成功的先例。有了这层因素,来自上级的便是"栽培",来自周围的乃是一定的"参与护苗"的意识。其次,我原本是外国人,但凡言语中有不妥之处,大家反倒乐意指正。工作方面,作品能直接得到准确的意见建议,工作习惯和态度得到了正面的锻炼,这些都使我终身受益。

值得回味的是,上下属、前后辈,一旦走出相关圈子通常滋生一种"亲情"。当时,我们报道部的主编久保,是名门学府九州大学的高才生。有一年,招进来的新记者中,有一个九州大学的毕业生叫大场。大场对学长主编敬重有加自不必说,久保主编对大场格外严厉,可谁都看得出严厉中的那份"自家人亲情"。仅仅同出于一所大学尚且如此,对日本人而言,学习、工作中结下的深厚关系,所谓一旦曾经同舟共济、经历过风雨,那即使对方杀人了都可能挺身庇护、两肋插刀,就像日本影片《追捕》里那样。

★生动的表达方式,学来就用:

Yi Shi No WuE　Ni Mo　SanNen

石　の上　　　にも　　三年 ＝无论多苦多难,只要坚持不懈、持之以恒,最终一定会得到成功。冰冷的石头上坐上3年,也会变暖。

# 24 | 红红火火"辣椒操"

　　"广播体操现在开始",随着一声嘹亮的口令,音乐声起,列队出操。经历过中国 20 世纪 50 年代到 90 年代的朋友,一定都记得在操场上列队做广播体操的情景,融入了一代又一代人的青春记忆。这样一个具有中国代表性的全民运动,其来历和日本息息相关,就鲜为人知了。

　　无论从人口还是从国土面积来看,日本都是一个小国,与此同时,无论是奥运会、世界杯、亚运会,日本的成绩一直不亚于很多大国,令世界刮目相看。比如 2010 年在广州举行的第 16 届亚运会,日本派出了 1078 人的庞大的代表团,几乎参与了所有项目的角逐,最终以获奖牌总数第三位的辉煌成绩,满载而归。

　　日本的体育运动的普及相对完善,专业体育选手起初都必须自费训练,只有达到相当水准后,才有可能得到政府,主要是来自商家的资助。政府着手在全民体育推广上的资金远远高于培养精

英。从幼儿园到学校,每天的日程中都有运动项目,定期的运动会上,针对个别身体不便的孩子提供相应的项目,做到一律全体参加,一个不落。

体育课的内容从各类团体竞技,到个人的游泳技能,范围广泛。记得我在日本上大学的时候,有一天的体育课是打篮球。可是我对篮球一无所知,不要说打,连规则都不太清楚。在国内念书的时候,学校倒是有篮球队呀排球队什么的,队员都是被选拔出来的苗子,我这样既没有个子又没有健壮体力的女孩,不用别人叫我靠边站,自己想都没想过。那天的体育课我很尴尬,不知道自己该往哪边跑,该干什么。更尴尬的是,同学们无一不惊讶:莹居然没打过篮球!

毋庸置疑,新中国成立以来,在全民体育的普及上取得了卓越的成绩。

且说每次回国，早晨公园里晨练的情景，总令我感慨万千。悠扬的音乐声中，爷爷奶奶们翩翩起舞，三五成群地舞枪弄棒，或者旁若无人地引吭高歌，心静神泰地推拿太极。再就是拉腔、倒行、拍打、蹦蹿等五花八门的健身术。我为中国中老年人庆幸，一个多么健康美好的一天的开始。

相比之下，日本的同龄人就没这么幸运。

日本的学校对体育教育不遗余力。离开学校，走入工作岗位后，公司相关的棒球队、柔道队、剑道队之类的爱好团体，可以随意参与。遗憾的是，一旦退休，离开这些所属单位后，除了默默地出入健身房，加入当地的老年会活动，打打门球，体力好的去爬爬山，早晚偶尔结伴走走路之外，类似中国早晨的那种载歌载舞的大规模的昂扬的健身气氛，几乎没有。

时光倒流到 20 世纪初，因广播体操的问世，日本也出现过类似于中国的愉快的晨练场面。1928 年，日本颁布了第一套全民健身操。那时还只有广播，日本广播协会 NHK 电台每日定时播放，配合着口令和音乐，全国上下的民众在同一时间、不同地点，一齐做操。其规模之大、影响范围之广均属罕见，以致后来，随着来华日本人的增多，广播体操被带到了中国。

日语中的"广播"使用外来语"ラジオ（RaJiO）"（Radio），读音类似于中文的辣椒，因此被中国人巧妙地称作"辣椒操"。

1950 年，新中国成立之初，全国体育总会还在筹委会阶段。筹委会面临着发展群众体育运动的当务之急，向苏联派出了一个考察团,学习他们的体育制度。代表团唯一的女成员杨烈,经过两个多月的考察回国后,不久就拟出了一份创编全民健身操的建议书,并很快得到了批准。杨烈曾留学日本,学过体操和体育管理,筹委会中还有曾师从日本老师学过"辣椒操"的成员,他们在北京师范大学找到了当年日本老师留下的"辣椒操"唱片。

很快,以"辣椒操"为基础的中国史上第一套全民健身操的框架确定下来:一共 10 个小节,总长约 5 分钟。符合时间不长、动作不难、易于普及的目标,目的是让人们在学校、工厂、农村等学习和劳动的空余,伸展一下身体。

那个年月,普及广播体操要靠文字说明和插图,可是人们对于体育名词,甚至身体部位的名称都比较含糊。是脖子还是颈部、肚子还是腹部,是斜着伸直还是侧上举等等,工作人员边参照日本体操术语词典边执笔,在出版发行上,很费了一番心思。

给第一套广播体操配乐的是谱写《新四军军歌》的著名作曲家何士德。可惜,这套音乐现在也已经流失。录音在当时也是一个难题,由于技术、设备条件差,据说,中央乐团在给第五套广播体操录音时,花了几个通宵才完成。

"广播体操现在开始",1951 年 11 月 24 日,中华人民共和国的第一套广播体操正式颁布。12 月 1 日,中央人民广播电台第一次播出了这套广播体操。新中国成立之初,人均寿命低到令人难以置信的 35 岁,婴幼儿死亡率高达 20%。这套可以强身健体又新鲜有趣的广播体操立即引起了广泛关注。广播体操推行委员会、骨干分子训练班、传授站等如雨后春笋,全国上下,红红火火,唱片供不应求。20 世纪 50 年代到华访问的前苏联诗人吉洪诺夫曾写道:"……当北京人出来做广播体操,把最后一个梦魇赶出睡乡,城里整齐的小巷大街,一下子变成了运动场。"

有趣的是,"辣椒操"并非始于日本,而源于美国。

1925 年,美国一家保险公司发行的一部商业广告,成为了世界上最初的广播体操的雏形。日本受之启发,于 1928 年编制了自己的广播体操,并在当年 11 月 1 日,天皇大典日,第一次向公众播出,正式命名为"国民保健体操"。有一段趣事记载:第一代领操员江木理一,当时身着短裤,在麦克风前边做操边带口令。后来,他得知皇家也热心于广播体操,急忙换成燕尾服加领结的正装领操。好在当时只有声音没有图像,否则一定相当滑稽。

日本的广播体操从发行到现在,除了二战结束时因集体做操有助长军国主义的嫌疑,曾一度被禁止;1989 年 1 月 7、8 日两天,因昭和天皇过世,相关特别节目播出而临时停播以外,从未中断过。如今,在日本除了广播体操,还有电视体操,现场钢琴伴奏,领操的人中,有一个坐着做操,以带领腿脚不方便的观众跟随。

如果询问日本的孩子们对广播体操的联想,十有八九会给你一个与暑假有关的记忆。每当暑假来临,所在地区的自治会(居委会)会组织孩子们做广播体操。他们会在放假前,通过学校向孩子们发放"广播体操出席卡"。假期当中,孩子们每天要早起,脖子上挂着出席卡,在指定的时间到指定的场所,随着从广播里传出的一声"ラジオ体操の時間です（RaJioTaiSouNoJiGanDeSu）"（广播体操时间），一齐做操。结束后，出席卡上当天的日期栏里被盖个章，到最后一天，出席率高的孩子会得到糖果、铅笔、购书卡之类的奖品，留下了愉快的记忆。遗憾的是，受少子化和各种假期体育特训班的影响，集体做广播体操的风景，如今已不多见了。

今天的中国，在历届奥运会上捷报频传，奖牌数遥遥领先，显示出在竞技运动上的实力。全民运动方面，"发展体育运动，增强人民体质"的横幅，在一些墙上依然醒目。迄今，中国先后颁布了八套成人广播体操。2010 年 8 月，北京率先恢复了广播体操，制定出了国企职工 100％参与的指标。

我母亲已经 70 有余，身体出奇的好。前不久还刚刚完成了徒步登黄山的"伟业"。健康的身体与她一生的校园生活是分不开的。每天早上上班后，按时和全校师生在操场上做广播体操，这些生活习惯，尽管退休多年，还一直延续。

强身健体，贵在持之以恒。生命在于运动，愿我们都能够健康长寿！

＊生动的表达方式，学来就用：

YiNoChi Ni SuGiTaRu TaKaRa NaShi
命 に 過ぎたる 宝 なし ＝
没有什么比生命更宝贵。

# 25 | 地震大国的觉悟

2011 年 3 月 1 日中午 12 点 51 分,南半球美丽的国度新西兰,我合掌低头站立在窗前。同一时间,全国成千上万的人在为一周前发生在基督城的 6.3 级地震遇难者默哀。想着老天爷一瞬的不悦,一个小小的咳嗽,给人类带来的伤痕,心情无法平静。这是我第二次在所在国碰到大型地震。上次是在日本。

1995 年 1 月 17 日,在兵库县南部发生了 7.3 级的"阪神大地震"。吃早饭时打开电视,荧屏里一片嘈杂,媒体的直升机在空中盘旋,下面被拧成麻花状的高速公路触目惊心,星星点点的火灾现场烟雾缭绕。

3 月 11 日下午 2 点 46 分,就在基督城地震发生 10 天后,日本东北地区发生了观测史上最大的里氏 9 级地震,持续时间长达约 2 分钟。几乎全球的电视镜头都锁住了那来自日本的,惊天动地的一幕幕。

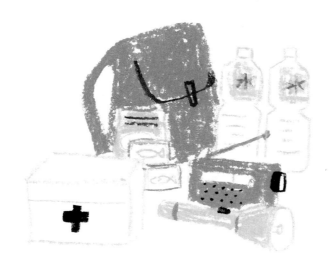

　　3 点 50 分,东北三县岩手、宫城和福岛遭强震引发的海啸侵袭。最高达 10 米的海啸,把数以千计的房、树木拔地而起,船只、车辆和货柜被混浊的海水冲得团团转,陆地、农田被毫不留情地吞噬,大火蔓延,浓烟四起……如此毁灭性打击,真实的画面,前所未有。

　　位于亚欧板块与太平洋板块交界处的日本列岛,注定了多震的命运。岛国境内大小活火山达 108 座,占世界活火山总数的 10%,近四分之一的国土面积覆盖着火山喷发物,每年发生的 3 级以上地震达千次,世界上 6 级以上地震中 20% 发生在这里。

　　基督城发生地震的当天夜里,新西兰驻日本大使即刻赶赴日本外务省,拜会了外务大臣前原诚司,向日本政府提出援助要求。次日,23 日上午,菅直人内阁做出了派遣救灾队的决定。24 日,70

名救灾队员带着救灾设备,乘政府专机抵达新西兰。新西兰在第一时间向日本求援,除了当时可能已经掌握了日本学生的遇难情报外,更确切的原因是对地震大国日本救灾经验的肯定。

住在东京的时候,时常碰到地震。在高楼上会感觉人在摇摆,在平地遭遇地震时,会因地震的类型不同感觉各异。有的时候是电梯落地时的那种震动;有的时候是剧烈的颤动;还有的时候只觉得头晕目眩,人在摇晃,类似贫血症状,打开电视,才从新闻速报中得知原来是地震。

"久经震场"的日本人尽管对地震多少有些习以为常,但四面临海的岛国,从古至今除了地震、海啸,还有台风、火山等天灾频发,"人定胜天"对日本人来说是再荒谬幼稚不过的了。祖祖辈辈生长在这块土地上的日本人,敬畏自然,相信人有限的知识和能力,在上帝的游戏里不堪一击,觉悟到自己能做的只有和天灾"共处"。

在地震预测技术方面,日本是世界上的尖端国家,他们运用海水下 2000 米的监测系统、人造卫星和全球定位系统等一切资源,不断开发提高科学预测的能力。法律方面,《大规模地震对策特别措施法》明确了在大地震发生时,政府中央指挥系统的建立。在地震发生 30 分钟内"地震受灾早期评价系统"可以自动算出受灾规模,引导当局准确迅速地展开救援工作。此外,《建筑基准法》被一再更新,提高包括城市基础设施在内的各类建筑的耐震基准。现有标准达到了一般住宅在 6~7 级地震时不至于倒塌,商务楼抗 8

级地震的安全性。事实证明,7.3 级的阪神大震灾中,绝大部分的建筑物本身没有倒塌,显示了出色的耐震性。

为了防患于未然,日本每年投入防灾的巨额资金,世界上无任何一个国家可以匹敌。日本人在世界各地遇灾时采取的正确对应常常被人们传颂,临危不乱不仅仅来自实战经验,更多的归功于各种"防災訓練(BouSaiKunRen)"(防灾演习)。一年中与防灾相关的日子有:1 月 17 日——防灾和志愿者日,7 月 1 日——国民安全日,9 月 1 日——全民防灾日。当天,举国上下,从首相官邸到幼儿园都要进行各种规模的防灾训练。地方上还根据各自的实际情况,设立有自己的防灾活动日。比如:5 月 31 日是名古屋市综合水灾训练日,1 月 18 日是国际大都市东京专为定居的外国人设立的防灾训练日。

记得所在居民小区的避难训练,先接到通知,说请务必参加某月某日的防灾演习。附带的防灾手册里,内容包括:如何固定家具,防止家具倒落,家庭防灾用品清单;断气断电断水的情况下如何应急维持生活,等等。当天,我在预定时间拉下电源总闸,关紧水道、煤气,迅速赶往指定的公园。左邻右舍也都准时到达,大家分成小组,有的照顾老弱妇幼,有的发放救灾物资。联络员把清点出的人数,跑步送到附近的学校,再由那里层层向上汇总。我还报名参加了救护志愿者特训,对着橡皮人做人工呼吸和心脏按压,并取得了"修了证",很有成就感。

曾经在报上读到这样一则真实故事:一位小学老师,有一天突然收到一封来信,发信人的名字让她隐隐约约记起是多年前教过的一个学生。老师激动又忐忑不安地展开信纸。信来自一次大火事故中的幸存者,说大难临头的瞬间,慌乱中忽然想起老师带他们做的避难训练,最终顺利脱险,感谢老师救他死里逃生。

报道防灾训练、制作防灾知识的专题节目是媒体的义务。有一次,我去一所中学采访训练现场。那天的演习是假设大约 6 级左右地震发生,学生如何自救和他救。课上到一半,突然警报声大作,老师立即指导学生用坐垫护住头部,躬身到课桌下,大约 30 秒后,宣布摇晃差不多结束,学生们按离出口距离近的顺序快速相随离开教室。聚集到操场上后,马上自主确认人数和查看"伤情"。当天,各班还轮流进入到设在模拟震动平台上的"屋内",体验 6 级地震的实震状态,随后又穿越由地震引起的"火灾现场"——模拟烟雾走廊。

火灾往往与地震接踵而至。日本的民房以木质建筑为主,材质轻,地震时对人的伤害小,然而发生火灾的概率大。演习是在消防队的指导下进行的,现场停有三辆消防车。我临时决定上消防车的升降梯上作报道。

得到消防队的允许后,我登上了升降梯的平台。升降梯呈倾斜状一节一节往上延伸,每延伸一节就细一号,最后停在了大约四层楼的高度。虽然从下面看上去是没什么了不起的高度,但人在上面,每升一节心也往上悬一节,脚下仅两尺见方的平台,着实孤零零"高高在上",脚心冷飕飕,两腿开始打战。我用力抓紧栏杆,所幸嘴还听使唤。

这要是在台里，一旦地震发生，新闻报道部里的第一反应不是避难，记者们忙着发地震速报，摄影师抓住桌角也会继续摄影，记录下那一瞬间摇动的画面。

在不少国家，靠海滩的建筑物人气旺，物价高。在日本则不然，人们对海啸的认识占了上风。人们通过防灾训练学习如何应付突如其来的灾难，转恐惧感为危机意识，似警钟敲响。

"地震大国"实质是"演习大国"，目标是"减灾大国"。

调查显示，日本86％的家庭购置有携带式收音机、手电筒和药品，储存着应急食品，确认过政府发行的防灾避难图和去避难所的路线。走在路上常常会看到"紧急避难所"的牌子，它们或是学校，或是公园。

2000年3月29日，日本气象厅发布了金比罗山的火山警报，16000人迅速避难。热泥流淹没了大片温泉街，但无一伤亡。灾后，根据最新资料，防灾地图立刻被更新，表现山与灾害共处、不断改进的觉悟。正如东日本大地震引发的核电站辐射，显示了人类引以为豪的所谓高科技的弊端；发生10米海啸的三陆沿岸，多年来海啸防波堤、防潮水门的建设一直是当地的防灾重点，但大自然轻而易举地突破了人类的防线，给了日本沉重的打击，也赋予他们重整旗鼓继续钻研的力量。

3月11日的大震灾后，各家报纸在头版头条登出大标题："負けないで、頑張って！（MaKeNaYiDe  GanBatte）"（不屈服，加油）！

在大震灾的大约 1 周后，我陆续收到来自亲朋的、对我发出的问安邮件的回复，其中，一著名旅日女画家写道："……但是，冷静、忍耐的日本民族在天灾面前显得十分顽强、团结，人们互相帮助，互相问候，互相传递信息。没有人大哭大闹，没有人偷盗抢劫，没有人怨声载道！我为此而感动！也为遇难者和灾区而感到悲痛！我们正在以勇敢、团结、忍耐的精神，等待着第二波第三波的到来！"

加油！和大自然共存的人类。

★生动的表达方式，学来就用：

JiShin　KaMiNaRi　KaJi　O YaJi

地震　　　雷　　　火事　親　父　＝地震、霹雷、火灾和老爹乃世间四大可怕之物。把父亲和三大灾难同日而语是日本古代父权家长制社会的写照。现在常用来怀旧，调侃当今家庭父亲微乎其微的存在感。

# 26 | 排队，共享流畅

有一次在日本参加朋友的聚会，朋友的朋友听说我也到场，就把他的儿子带了来。原来，其公子在上海复旦大学汉语班学习，时值暑假返乡之中。

小伙子刚刚高中毕业不久，朝气蓬勃，见到我便滔滔不绝地谈起在中国的留学生活。从同一个汉字在两国的语言中因不同的意思造成的误解、笑话，到不同的文化背景导致对同一事态不同的理解等等，我们话题不绝，谈笑风生。

多少年后，谈话的具体内容已经隐约模糊，但其中他的一句疑问，我永远不忘，因为当时我被问得无言以对。

他问："为什么中国人不会排队？不排队只会造成混乱和不愉快。比如在公车站，一拥而上，你推我挤弄得谁也上不了，还危险。我敢保证，排队上车绝对比抢着上车的速度要快。可是那么聪明的中国人怎么就不懂这个道理？"

　　他有些激昂,我哑口无言。坦白地说,时至今天,我仍然没有找到合适的答案。

　　在日本,我们最能体验到一种秩序中的"流れ(NaGaRe)"(流畅)。超市购物,车站买票,游乐园入场,闹市中等车、吃饭、上厕所⋯⋯只要有人群的地方就有队列。有的队列独具特色,如果在百货店碰到外国旅游团,你会看到导游在自动扶梯前向购物的游客们讲解示范。乘自动扶梯这样一件平凡小事,在日本却有个重要的列队规则。人们会自动靠左边排成一列,将右边的部分空出来，以便着急赶路的人能快步从右侧顺利通过。如果左边全部排满，人们一般也不会去利用空出来的右侧，而是排在扶梯的左边启动处等待。这一潜规则使疲劳而不需要赶时间的人享受乘自动扶梯时的片刻休息，选择行走的人可以畅通无阻。旅游团的导游向外宾讲解完才请大家上梯，为的也是"人様に迷惑をかけない(HiToSaMa Ni MeiWaKu Wo KaKeNai)"(不给他人造成麻烦)，以防阻碍原有的流畅。

日本人对顺序、规则的遵守是自然形成的，即使是在史无前例的"3·11"东日本大震灾这样的非常时期也依然如故。当天，承担运输主干的电车停运，能够利用的交通工具差不多只剩下出租车，等出租车的队伍都排成了长龙，有的长达数公里。人们在3月的寒气中缓慢移动，夜色逐渐降临，月亮撒下一片冰冷，寒风中瑟缩的人们，笼罩在不断的余震和夜色的惊恐中。远近不时传来的救护车和消防车的警笛更让人心惴惴不安。再看等待出租车的长龙，依然整然有序，没有人争先恐后，情急喧哗。深夜，有政府职员开始从队伍的后面发放毛毯，发到途中毛毯不够时，有的年轻人自动把毛毯让给一起排队的老人。公路上，上百万人从深夜走到凌晨，望不到头的人流，形成一条条归家的队伍，默默前行；便利店前的长队无声无息；水源处，男女老幼手提器皿排队领水，没有人找理由插队。

灾难面前，这种非强制性的秩序，在一定程度上稳定着民心，传递着相互间的默契和扶持，显得淡定而温馨，也体现出一个民族的尊严和力量。

不止一次在新闻画面中看到过抢购特价或紧俏商品的场面，蜂拥而上的人流和混乱失控的现场，有的甚至造成踏伤事故。这在日本很难想象会发生。对日本人，往往只要拦上一根绳或画上一道线，就能限制住他们越雷池半步，且毫无疑问地遵循"先来后到"的原则。

有些特殊的队伍排得更是出色。在商家推出诸如"一元电脑"、"一元手机"这样等同于白送商品的活动时，以年轻人为主的排队者会带着帐篷、裹着棉被，有的甚至一排就是几天几夜，风餐露宿。有的还会自动组织起来，每隔一段时间就点一次名，既预防了加塞儿现象，又建立了群体感，相互鼓励坚持到底。

还有一种父母、家人的特殊队伍会出现在每年学校报名招生期间。一些过分注重教育的家长，会从孩子的幼儿园、小学开始选择名门，然而窄门难进，于是就在接受报名的前夜开始排队。他们在地上铺上垫子，裹着毛毯坐到天明，途中还有家人来做交接，看着可笑又可爱，可怜天下父母心。

有人把中国的公共场所比作弱肉强食的竞争舞台，大家都希望自己能够最有效、最轻松地得到自己所要的，生怕吃亏。日本"3·11"大震灾后，在日本的中文媒体指责中国侨民急于返乡，大闹成田机场，因为不满大使馆的安排，互相推挤插队，埋怨咆哮，打乱了原有的井然秩序。

记得我20世纪90年代回中国时，看到公车站有执勤人员整理秩序，组织排队，内心备感踏实。谁知汽车一到，原本还成形的队伍一哄而散，排在前面的老人眼看着被推得跌跌撞撞，瞬间就到了人群的边缘。当时的心情真可谓义愤填膺。在日本，无论妇孺老少，只要你排队，你就得到一份权利，很少会有人恃强凌弱，剥夺你的这种权利。

我自己也尝过被"边缘化"的苦。小时候，到过年了，家家户户忙着做新衣，裁缝店门前客满为患。有一次和妈妈一起去排队，因为队排得很长很慢，妈妈决定先回去办点事，就把我一人留下接着排。好不容易到了队伍前面，就听店里人说："只收最后10个人的东西了，其余的明天再来吧。"我早在10人之内，意识到将独自为妈妈完成任务，心里美滋滋的。可还没来得及喜上眉梢，就听身后有大人喊叫："这个小孩儿不是，不算。"小小的我充其量才到大人们的腰部，仰起脸又惊又气，说不出话来。等妈妈再回来时，人群早已散去。

我们每个人都曾经是柔弱的孩子，也都会成为衰弱的老者。公共场合正常排队是最公平、最有效率、对所有人都是疲劳度最小的方法。有时看日本人排队近乎巧妙：夜晚的公车总站，人们从四面八方聚集而来，一一列队在站牌下。后来的人如果不急，想有个座位，就"另立门户"在队列后面重起一个队列，等下一辆车。后来的人可以选择排在前面的队列的后面，还是加入后面的队列，或者自行再起一个队列。不需要执勤人员，人们各取所需，把自己码在不同的队列里。这样一列列排下去，人头攒动却鸦雀无声。都说日本人是强调精益求精的族群,排队排到这个程度,已几乎是一门公众艺术了。

一个有秩序的社会,往往也是一个高效社会。曾听一中国机构驻日官员说他的新任司机,刚刚从国内来,东京蜘蛛网状的高速上堵车是家常便饭,年轻人在北京练就了一身高超的并线本领,只见他在有条不紊的车队中见缝插针、并来并去。坐在后排的官员终于忍不了,问他:要是大家都像你这样开,如何?

其实,左穿右插到达目的地,最终相差不了多少分钟,相反,并线危险性高,可能造成更大的堵塞,结果将适得其反。同样,在排队时,如果一个人乱排队或插队,整个秩序必然混乱,谁都不愿意承担这种没必要的风险和责任,所以人们达成了默契,这种默契服务于社会,意味着流畅,这也是日本人淡定守规矩的另一个原因,因为他们清楚,冒险打破流畅会得不偿失。

电影《阿凡达》刚进入中国市场的时候,名声大噪,一票难求。曾在网上看到一则长帖,详细叙述了在北京电影博物馆排队买票的闹剧。他们夫妇早上4点多起床赶往影博,当时已经排了200人。一个机灵的小姑娘为防万一,制作了纸片,写了号码,发给每个人。大家都以为万无一失了。过了7点,队伍壮大到700多人,保安开始维护秩序,指挥挪动车辆和队伍,人群立刻开始往前涌,喊叫的、吵架的、斥责保安的一片混乱。后来来了一个领导,又叫来了几个警察,都无济于事。之前发号码的姑娘主动跟警察沟通,提议有号码的人站出来重新排队。不料,人群中突然冒出了好多手持临时自制的号码的人，警察们最终也束手无策，只得任由人流从狭窄的入口往里挤。入口处，里三层外三层夹成了旋涡，哭喊声一片，地上还有积雪，只要有一个人摔倒，马上就会引发一场踩踏事故。最后，他写道：又是一出老老实实排队却没有好下场的悲剧。

遵守与维护秩序是日本人生活习惯的一部分，从小接受的教育的一环，已融入他们的血液里。有不少外国人把日本人比作"一群羊"：死脑筋、墨守成规、指左不往右。试想，一个国家是一个大牧场，灵敏的牧羊犬和听话的羊，牧人会选择什么更多？

"十年树木，百年育人"，中国在强调孩子知识教育的同时，不得小看平等、守纪的理念教育，否则每个人都可能饱尝"边缘"之苦。

★生动的表达方式，学来就用：

YiSoGaBa MaWaRe

急 がば 回 れ ＝ 欲速则不达。

# 27 | 对强者的仰望

　　2011 年 6 月 4 日,中国网球选手李娜在法网女单决赛中,以 2 比 0 战胜对手,夺得法网女单冠军,成为亚洲大满贯赛事的第一人。这一壮举让所有的中国人欢欣鼓舞,它形成的冲击波立刻扩散到世界,特别是同为亚洲体育强国的邻国,日本。

　　领先亚洲,率先敲打世界网球之门的日本,曾先后涌现出伊达公子、杉山爱、松冈修造、锦织圭等网球精英,正因为如此,日本对李娜法网夺冠的反应之快、媒体报道的篇幅之大几乎是铺天盖地。

　　日本共同社和时事社均在第一时间发出了新闻速报。接着,几大主流报纸媒体《读卖新闻》、《朝日新闻》都将其当作世界级大事放在首要版面。就连通常偏右的报纸《产经新闻》也在体育版给了李娜极大的篇幅,大加赞赏。更不用说权威体育报纸《日刊体育》、《每日体育》等以头版头条登出"李娜亚洲人法网初夺冠",文章除了对赛事作了详细介绍外,还记载了李娜如何一路打拼,如何

历尽艰辛，最终掌握了自己的命运，获得亚洲球员史无前例的成绩。优胜瞬间的画面在电视屏幕上一再展现，百看不厌。

从李娜夺冠渲染日本媒体，我们清晰地看到了日本人的"強者への崇拝(KyouSha HeNo SuuHai)"（崇尚强者、赞赏强者的理念）。

相信很多人对20世纪80年代在中国盛行的日本电影中，高仓健扮演的日本男子汉形象有一定的认识：沉默寡言，表情冷淡，受着各种压抑和冤屈，内心深处则蕴含着非凡的生命激情，一旦紧急关头，突显不凡身手，平定乾坤。

日本社会"以和为贵"的集团主义精神和高度发达的礼仪文化，孕育了人们能忍耐，承压力，暗暗积蓄能量，以至释放时一鸣惊人的夙愿。日本人崇尚这种没有夸夸其谈之浮躁，骨子里蕴藏着超强能力的强者风范，崇尚真正有实力的强者、强国。

反之，对强者的崇拜必然导致对弱者的蔑视。

在日本上过学、上过班的人，大都耳濡目染甚至切身感受过日本的霸凌行为。据日本文部省统计，"いじめ问题（YiJiMe MonDai）"（霸凌问题），是中小学生辍学的主要原因。电视、报纸上时不时会看到学生被同学霸凌致伤、致死的报道。起初会感到非常不可思议，因为日本社会秩序严谨文明，人人谦和礼貌，看起来是一个无比和谐的大环境，难以想象内部会有谁在欺负谁。

我在日本的幼儿园和小学校里做过义工，注意到在孩子们发生纠纷时，老师很注重让孩子双方检察自身的错误，然后相互道歉解决纠纷，不太去追究哪一方的绝对错误，或者哪一方是否霸道欺人，而是更强调和谐准则。孩子们自然而然地学会自我反省、道歉，以赢得伙伴们的原谅，而不是一定要判断出谁是谁非。

有一个中国父亲，听说日本学校里的霸凌事件频繁，发誓哪怕拿着棒球棒不离左右，也要保护好自己的儿子。所幸的是，从儿子上小学的那一天起，就和同学关系搞得不错。可是当他仔细观察后发现，儿子很会巴结讨好强势的孩子，他很是反感，教育儿子要有骨气，儿子却不以为然，还说：自己愿意这样，因为那些孩子能带自己玩儿！既然孩子自己乐意，人际关系又不坏，父亲再想不出什么好说的，只好退避三舍。的确，儿子从来都是属于大多数的那一拨，没有遭到过被欺的厄运。后来儿子上了中学，有一次，父亲去学校看儿子的合唱演出，觉得舞台上全班学生的队伍里有一个孩子有些离群，回家一问，果然是儿子总提到的一个常被笑话的孩子。儿子列举出那个孩子种种不合群的缺点，还分析说：被欺负的人有很多毛病才落得个被欺负的下场。父亲愕然了，因为他从小在中国接受的是正义感的教育，人家再不好，也不该成为你欺负的理由。父亲陷入了如何跟儿子沟通，又不使儿子变成被欺负的群体的烦恼之中。

二战末期，日本本土 20 多万人死于原子弹爆炸，几乎所有城市都遭遇过美军的狂轰滥炸，人员和财产遭到巨大损失。接受了无条件投降后的日本，完全被美军控制，全国上上下下对美军优礼有加。当时，占领军最高长官，麦克阿瑟将军有一张和天皇的合影：随随便便的麦克阿瑟和整装立正的日本天皇。日本人对此既感到羞辱愤然，又自觉理屈词穷。

最终，美国遵从日本文化保留了天皇，却按美方的意愿从宪法的制定，到社会体制的改革，为日本重造了天地。就结果而言，这成为日本战后经济高速发展的重要因素，日本人不得不承认和感激。尽管内心不喜欢美国，但是，第一，心怀崇敬；第二，离不开它的保护伞；第三，知道美国还有很多值得他们学习和研究的东西。

2010 年的上海世博会日本馆，一艘"遣唐使船"登场亮相。这是日本角川文化振兴财团赞助,中方负责复制的遣唐使船。完工后,按历史记载的真实路线之一,从古难波津,今天的大阪港起航,途经濑户内海、九州的五岛列岛,横越东海,经过一个多月的航程抵达上海,成为世博会的一大亮点。

"遣唐使船"把人们带到了 1300 多年前,那个辉煌的隋唐时代。那时亚洲及西域诸国都曾派出大批使节到中国学习,一批批肩负众望的日本使节满怀追求与向往,乘风破浪来到这个当时经济文化最发达的国度。从公元 7 世纪开始,日本先后派出遣唐使达 20 次,数千人。时光荏苒,学成而归的日本人和中方的回访使节一起,为日本之后的发展做出了巨大贡献,谱写了中日交流史上不可磨灭的重要篇章。

中国人讲"滴水之恩当涌泉相报"。而日本人,即使曾经为师,你一旦落后无力,他也会对你嗤之以鼻,这一特性在二战中体现得淋漓尽致。

我曾经在采访南京大屠杀纪念馆时看到过一张照片,是清末民初时期的中国:衣衫褴褛的中年男子流落街头,瘦骨伶仃病入膏肓之样。远处的墙上挂着横幅:不赌、不嫖、不吸毒。

这张照片我至今记忆犹新,它是当时中国社会的一个写照,值得我们后人反思。对日本帝国主义来说,曾经强大、他们的祖先曾经拼命谦虚学习的中国,那时,已经不复存在。

有一个日本年轻学者的论文里写道:"纵观地球上的生命,40亿年来,无论动物植物都是弱肉强食而延续至今,位于食物链顶点的人类,永远是强者支配弱者、无休止竞争的社会,平等不过梦幻而已。"

在中国,也有激进分子放言:"对于崇尚强者的日本人,尊严是打出来的,应该和他们好好地打一仗。"

时代在前进,策马扬鞭一路打进别人的家园,被赞誉为政治家、军事统帅的年代已经一去不复返。

和日本人打交道、做生意,要想得到他们的配合,先得在某一方面强过他们。日本人佩服德国人,因为日本有尼康,德国有莱卡;日本有东芝,德国有西门子;日本有丰田,德国有奥迪、宝马、奔驰!日本人一向以"職人(ShoKuNin)"(手艺人)自居,而德国这一点毫不逊色,东西做得好、精,日本人不服不行。

我组织过一些公益活动,呼吁日本人的参与和帮助。起先他们不放在眼里,经过 30 分钟的交谈,对方不自觉地改口叫"先生(SenSei)"时,我知道事情已经成了。先生在日文中指一些专业领域值得尊敬的人士。工作中也一样,要得到同事的认可,只有做得比他们更好更有特色。

其实,说日本人欺软怕硬,也不完全公平。他们也讲尊老爱幼,对年长的人要用敬语;路上碰到小朋友过马路,过往车辆都会自动停下来让路;公共设施处处体现出对残疾人的呵护,等等。

中日关系因钓鱼岛事件而恶化之际,东京街头多次出现反华游行。一次,在繁华街六本木一带漫天的太阳旗下,2000 多人打着"尖阁诸岛(钓鱼岛)有 1000 兆元的石油,不准中国侵略"等标语前行时,两个日本年轻人挺身而出与大队人马针锋相对,抗议他们攻击中国人。还有一次,时值中国的农历大年初一,华人商店聚集的东京池袋一带,反华分子打着"犯罪集团就是支那人留学生"等标语游行。过路的三名日本人站出来痛斥他们用语肮脏,妨碍治安。有华人媒体当场采访他们,他们回答:"为同是日本人感到羞辱,痛恨他们煽动民族主义情绪。"他们站在两千人面前,勇敢无畏。

我想,"遣唐使船"亮相上海世博会不仅仅为了回溯历史、沾沾自喜,真正含义在于提醒人们:差距、偏见和隔阂依然存在,自强不息,与邻为善,尊重包容才是人与人、国与国之间建立和谐世界、共同发展的准则。

★生动的表达方式,学来就用:

NouA Ru  TaKa  Wa  TsuMe  WoKaKuSu
能ある  鷹  は  爪  を隠す =
雄鹰不露利爪。指真正有能力的人不会自我炫耀,夸夸其谈,飞扬跋扈。

# 28 | AA 制

　　有个多年工作在中国的日本友人跟我说,常常看到中国人在餐馆一起吃饭后,推推挡挡打成一团,刚到中国时看得心惊胆战,以为出什么事了,后来才知道是为了争着买单。

　　我以为他想做什么负面评判,不料,他却很正面地评价说:"很符合中国文化,很人情味。"

　　的确,在日本几乎没有类似的现象。日本人在这方面,按他们自己的话说,相当"ドライ(Dry)"(干爽),也可以译成:无味干燥。通常情况下,大家一起上餐厅、酒吧,如果没有特殊原因,事先说好了谁请客,那一定是 AA 制的付钱方式,日语叫作"割勘(WaRiKan)"(各付各的)。

　　AA 制是日本餐桌上普遍的规则,即便是平时要好的朋友或同事,在餐厅用餐后,也会在收费处排成队,各掏各的腰包,要不就在饭桌上把一分一毛算清楚,一起汇集起来付出去。没人会觉得不

妥,一切都极其自然,顺理成章。

在很多人看来,AA制起源于欧美。其实,早在江户时代,日本的剧作家、山东京传就提议AA制,并由此风行,所以,AA制最初在日本被叫作"京传勘定"。日语"割勘"的意思是按人头数做除法,大家平均分担。

日本公司以酒会多著称。在"飲み会(NoMiKai)"(酒会)上,像我这样没有酒量的人，即使用便宜的番茄汁混时间，最后照样要平摊费用。吃饭用餐也一样，所以饭量小的女孩子要吃亏些。但如果是套餐，就简单了，各点各的，完了，各付各的。基于这种消费习惯，日本的餐厅，特别是日本料理店，大都会提供一份一份的定额套餐。

中餐菜单一般都是单品，大家点，不到最后不知道自己吃了多少钱。这让日本人觉得不踏实，所以，日本的中餐馆也供应方便的套餐。

AA制并不单单体现在餐饮上。日本人一起外出，哪怕几块钱的车费也会各自承担，更不用说入场券等其他消费。

入乡随俗，在日本住久了，我们都习惯了AA制。即使是和中国朋友吃饭，饭后一边继续说笑一边挨个儿在收银处付款，整个流程不见中断，也没有任何不自然，大家都在不知不觉中被日本同化了。

再后来，我移民到了新西兰，一个接受移民、多元文化的国家，不同肤色、不同种族、不同装束的人比比皆是，他们说着自己的语言，吃着自己的传统食品，传承着自己的宗教信仰。虽然移了民，生活上还最大限度地保持着各自的风俗习惯。不像日本，悠久的历史文化加上对外来事物的挑剔，犹如一个大染缸，大有把所有进入日本的外国人染成日本人之势。

没错，新西兰不同，这里的中国人还保持着我们的"英雄本色"，一帮朋友在餐馆吃饭，一到付账，你推我挡，闹成一团。通常是我不善于这种阵势,自己早早地败下阵来,于是总是成了朋友请我,心里过意不去。也曾提议过我们别"打"了,AA制吧,朋友回答:好,好,下次。然而到了下次,老戏重演。

或许,朋友有朋友的道理,我们中国人原本就不该"忘本"。我有一个远房阿姨,有一年到日本来旅游。我奉父母之命,在她路过我所在城市时,陪她购物和领她去泡温泉。那天过得特别愉快,在当地最著名的温泉尽情吃、喝、泡、洗之后,我们红光满面地来到前台,阿姨拿着钱包走向结账处,我想都没想就跟过去,站到她身旁掏出了自己的一份。

我显然做错了事。阿姨迅速地瞟了一下我手上的钱,严厉的目光径直扫在我脸上,严峻地说:"我们可是中国人哪!"并向服务员递出了足够我俩费用的大票子。我吓得赶紧缩回了手。嗨,这么大的帽子,怎么敢戴,我可从来没有怀疑过自己是中国人。

在中国,争得面红耳赤也要由某人付全部费用,主要是因为大家和和气气地吃完一顿饭,结账时却各掏腰包,会觉得场面尴尬无情,破坏了融洽的氛围。

有人质疑日本人喜欢AA制是因为家族意识不如中国人。比如在经营形式上,中国以家族形式居多,而日本则以团体形式为主。所以中国的"亲兄弟明算账",大都只是生意场上的套话,而真正的亲朋之间是不能"算账"的,因为钱分得太清会伤感情。好友之间也尽量不谈钱,按照中国传统的社交方式,今天你请,改天我再回请,礼尚往来是增进感情、看重朋友的表现。一搞AA制,就显得生分,不把自己当朋友,甚至慢慢就不再来往。

而日本人则恰恰相反。AA制是日本式社交方式的一种,付同样的钱,享受同样的美食和服务,平等地交谈,不用怕对方点太多昂贵的食品,担心自己有没有带足够的钱,或者怕自己点得太贵了给对方造成负担。

用餐是日常琐事,每个人都会有和朋友、同事或者客户共餐的时候,争得"付账权"的人在朋友面前保全了面子,被买单的则要暗地里打算什么时候回请,实在是件很累的事。从这个角度来说,AA制排除了相互的人情债的心理负担,自用自付,心安理得,轻松愉快。

在AA制为主流的日本,不仅朋友、同学、同事之间,就连恋人之间也照常不误。对一些日本女性而言,自强自立的社会趋势改变着传统的恋爱观,精神上的慰藉已经高出了物质上的追求。不过,AA制做得如此彻底,也让很多姑娘叫苦不迭。

被男友AA制的姑娘们抱怨男友没有风度,不懂礼节,甚至认为,男友根本不把自己放在眼里,是一种不体贴的表现。可惜,现在的日本男性中,本着"互不相欠"的原则在恋爱的大有人在。他们为自己的行为辩解说,是尊重女性的自立,动辄把请不请吃饭和体不体贴拉上关系,纯属无稽之谈。作为男性,只要付钱就可以得到女性的爱的话,则大可不必谈恋爱。更有甚者,指那些觉得男人请客天经地义的女性,是某种意义上的卖色。

这无疑使很多女性愤愤不平,叹息当今日本男性的小气不仅体现在金钱上，也在精神上，不愿意为女友做任何付出，让女性感觉不到心里的安慰，希望男友请客吃饭，只是想体会被珍惜的感觉，云云。如此，常在网络上争得硝烟弥漫。

在欧美国家，没有特殊理由而为对方买单，可能会落下施舍的嫌疑。这一点和日本不同。

在日本是可以心安理得地被请客的，那是当你在和上司或长辈共餐时，如果对方主动提出为你付款，绝对不是中国的客气，所以没有必要多虑和推辞，更不能抢着付，只须诚心诚意地道谢说："ご馳走様でした（GoChiSouSaMa DeShiTa）"（承蒙款待）。

日本的社会，上下关系分明，特别在职场，上司可以毫不留情地指责下属，下属必须尊敬、服从上司。上司的收入大都高过下属，上司买单是呵护下属，同时促使下属的服从。所以，在和上司用餐时，让上司请客，还是向对方表示敬意的一种表现。但是千万不要忘记道谢。按日本的习俗，最好做"二度礼（NiDoRei）"（再度道谢）。第一次，当然是在对方付款之后，第二次，则是在随后又碰见的时候。固定的用词："この前はご馳走様でした（KoNoMaEi Wa GoChiSouSaMaDeShiTa）"（上次承蒙款待）。

可见，还是不如自己付账来得轻松。

在海外和中国出来的朋友们分享移民的感触时，记得有个朋友说，移民对他来说最好的事是再不要三天两头地参与饭局了，大事小事都要请客吃饭，没事还要找事设饭局，实际上请客的和被请的，没有一方是真正愉快的，虽然从来没掏过自己的腰包，却吃得没滋没味,浪费了食品还坏了身体。

AA制,从这个简单的社交习惯,可以看出一个国家的国民性。

日本人喜欢按规矩办事,不喜欢冒风险,就像吃定额套餐一样,在已经知道价格的前提下才会放心用餐。

而中国人相反,不喜欢被框框架架的东西束缚,规矩是人定的,所以做事的前提是搞好人脉,这就需要礼尚往来、请客吃饭,先做朋友再谈事情,各有各的经营之道。

★生动的表达方式,学来就用:

KaNeNo　KiReMe　Ga　EnNo　KiReMe

金　の　切れめ　が　縁の　切れめ

="钱"终人散。钱在缘分在。指用金钱构筑起来的关系,一旦金钱用尽,关系也就不复存在。

# 29 | 宝贝垃圾

　　我有位老乡把去日本旅行时看到的垃圾箱前的一幕拍下来，放在了网上。那是一家商场门前的一排垃圾箱，分门别类共有 8 个：塑料瓶、玻璃瓶、铁罐、铝罐、硬纸板、废纸、塑料制品、其他垃圾。正当他为如此复杂的垃圾箱感到疑惑时，过来了两位身穿学生服的男孩，在一行游客众目睽睽下，他们首先将瓶盖拧开投入一个箱中，然后把瓶上的贴纸撕下，投入另一个箱子，最后再将玻璃瓶投入又一个箱中，一举一动干净利落，十分娴熟。

　　老乡在这组照片下写道：早就听说日本的垃圾分类之细，今天算是眼见为实了！

　　的确，日本对垃圾的处理到了"无微不至"的地步。当你入住某个地区时，从当地政府那里得到的居住资料中一定少不了一份垃圾处理表，——标明"可燃ごみ（KaNenGoMi）"（可燃垃圾）、"不燃ごみ（FuNenGoMi）"（不可燃垃圾）、"资源ごみ（ShiGenGoMi）"

居民区的垃圾回收点

(资源垃圾)等的回收规则和日期,换句话说,绝对不能在指定的日期外扔垃圾和在指定的日期内扔错垃圾。

　　在垃圾分类上,有的地区细到令人头晕目眩的程度。比如,横滨的分类高达 10 多种,发给居民的相关手册有 27 页,详细说明达 518 条之多。这还不是极致,因为最多的城市已经把垃圾分类的种类增至 44 种。

　　我个人就曾经被这些条例整得"魂灵出窍"。有一次扔一根口红,按规定分离开外管归入小型金属类,内管进塑料制品类,但没用完的唇膏需要清除出来,我折腾了一会儿,还是没弄干净,最后抄起牙签,一副不扫除你誓不罢休的架势。全神贯注间忽然意识跳出躯体,从上方俯视自己恶战口红的背影,不禁哑然失笑。哎,难怪日本的老人要戴着老花镜处理垃圾"归队"呢。

日本的居住区,每隔10多家就有一个垃圾点。这些垃圾点平日干干净净,只到指定日期的早上才拉起尼龙网,形成一个垃圾场。最基本的分类是可燃的日常垃圾、以塑料制品为主的不可燃垃圾和各个种类的回收垃圾,包括割下的草、修剪出的树枝叶、可再利用的资源垃圾等。

最精细的是每月回收一两次的资源垃圾。10多个大垃圾箱排成一溜,分别标有:玻璃瓶、啤酒罐、塑料瓶……瓶瓶罐罐要求洗净,揭了标签,有色的、无色的,高矮大小分门别类。报纸、纸板箱、牛奶盒等纸张类要摊平、垒齐、扎成捆。旧衣物除了当可燃垃圾外,状态好的也可作资源垃圾扔,但有严格要求:领带都必须在洗净后,旧袜子在成双成对且没有破洞的前提下,等等。居民们必须义务轮班做当天回收垃圾的监督员,有的地区则由老年人组成志愿队,提醒监督大家正确地处理垃圾。他们目光锐利,明察秋毫,若被他们唤住,告诫说哪个瓶子没洗干净,哪捆纸上的订书钉没卸掉之类,会觉颜面扫地。大家认认真真,轻手轻脚,摆平放齐,那情形更像是在举行仪式,送垃圾上变宝之路的告别仪式。

有的垃圾可以自行处理,比如有些地区,政府出资赞助居民家庭购买堆肥机,将菜根果皮等变成混合肥料,直接用在自家的花园里。

还有些垃圾需专人回收,比如厨房里产生的废油。它们决不会流入下水道，更不会成为地沟油。回收的废油或炼成生物柴油，成为清洁能源，或化身生产材料，用于工业油脂、肥皂、动物饲料等。

有的垃圾不需处理就可以变宝。它们主要来自"粗大ごみ(SoDaiGoMi)"(家电、家具之类的大型垃圾)。

到 20 世纪 90 年代，日本各地都有固定的扔大型垃圾的日期。那时，不少清贫的外国留学生、低收入的日本人都瞄准这些日子去捡垃圾，有时能捡回很不错的电视、冰箱、沙发、橱柜等一应日常用品。后来，政府颁布了新的法令，明码标价了各种大型垃圾的回收费。居民必须先给政府部门打电话预约，在约好的时间里把东西搬到门外，贴上事先买好的垃圾票，等业者来取。

如果想投机取巧，逃避回收费，把大型垃圾搬到没人的地方去扔掉，那一旦被发现，除巨额罚款外，还可能被处以几个月到一年不等的监禁。有时电视节目找事，在某些多发地点安装上摄像头，抓一两个"中标"的，全图曝光，丢人现眼不算，还要受处罚。

日本从 20 世纪 90 年代初起经济下滑，人们生活开始精打细算，不像从前那样大手大脚。政府也把回收去的家用品，经过挑选和清洁修理后，搬进特设的旧货店——资源再利用馆，廉价销售。

我离开日本时，把自己的一辆可以变挡的自行车，排进了资源垃圾的行列。那辆自行车没怎么使用过，橘黄色依然鲜艳，只是放在屋外的缘故，锈迹斑斑。邻居铃木先生，一位退休的小学校长见了，问可不可以给他。几天后，他推着擦得锃亮的自行车来给我看,还带了铃木太太做的我喜欢的红豆糯米饭,以表谢意。

在独门独户的区域,人们比较容易相互监督,然而在闹市区,高层建筑,能否按规定扔垃圾,就得凭个人的素质了。看过一则报道:在一幢100多户人家居住的公寓大楼里,一对年轻的夫妇一向在垃圾分类上马马虎虎。监督员,70多岁的川井爷爷屡屡拿着他们的"罪证"敲他们的门,他们每次都道歉并下保证,却屡犯不改,最终遭房东解约,扫地出楼。

日本,这个国土面积不到中国4%的国家,生活着相当于中国10%的人口,环境与资源尤其珍贵。细微的垃圾分类,是日本提出的一种未来生活模式的尝试。一开始,日本人也觉得困难,但慢慢地越做越顺手。首先是街道更加干净了,其次,心理上也得到为环保尽力的满足感。垃圾分类和回收的目的是最终减少焚烧的数量,对于政府来说,与直接焚烧、掩埋相比,分类回收费用虽然高,但因为作业基本分担给了每一个居民,成本并没有提高,却获得了再利用的经济效益。

在很多国家,一些公园和便利店的垃圾箱会被来路不明的未经分类的垃圾袋填满。在日本,这种现象很少见,有些公共场所干脆没有垃圾箱。不设垃圾箱的目的,是培养行人自觉地把垃圾带走。

有个留学德国的朋友对我说,在欧洲游览名胜古迹时,成群结队、井然有序的日本游客给他留下了深刻的印象。特别有一次,他在希腊的一座古代露天圆形剧场看音乐剧,时值盛夏,许多人买了冷饮和水果带进场内,边吃边看。演出结束后,所有的日本游客都很自然地掏出一个小袋子,捡起自己座位四周的果皮、饮料瓶等垃圾后才离场,使得场内日本团体坐过的地方与其他游客的座位"泾渭分明"。

日本全国有名的登山胜地很多。富士山、大雪山等国立公园,在登山口均设有登山须知:"别把没有带进来的东西从山里带出去,务必把带进来的东西和产生的垃圾带回去。"以世界最年少的19岁攀登上世界五大陆最高峰的著名登山家野口健,从2000年开始,带领他的团队展开了世界各大名山的"清扫登山"活动,其中,4年间清理珠穆朗玛峰垃圾7.7吨,回收氧气瓶423个。

其实,日本二战后初期也缺乏相应的环保措施,致使工业污染和各种公害病泛滥成灾,公害造成的水俣病事件,死亡50多人,后遗症者无数。"水俣(MiNaMaTa)"和"公害(KouGai)"这两个日文词因此作为世界语被认知,成为日本的耻辱。1973年发生的第一次世界石油危机,引发了日本节能技术的开发,也拔高了国民的节能意识。多年来,环境有了很大改善,单位能耗已达到世界最低水平。

3月11日的东日本大震灾,以及之后灾区核电站的核泄漏,给日本社会带来了巨大的影响。这年夏天,因为严重的电力不足,掀起了全民大节能运动。向来听号召的日本人积极响应,人们以此为契机开始重新考量生活,在很大程度上改变了不少人的价值观。一个新词成为流行语,叫"断捨離(DanShaRi)"(不需要的不买,用不着的去舍,远离奢侈,物尽其用,维持最简洁的生活)。尽量减少垃圾,不创造垃圾。

一本由中日两国学者共同编写的读物《地球环境读本》,在开头即给出以下结论:产业革命以后,人类圈迅速扩张,在未来 3000 年,人类的重量可以与地球相匹敌。

我庆幸自己活不到那一天,但真到了那一天,地球何堪,人类何堪?环保,需要的往往是一点想象力和面向未来的责任感,垃圾可以是放错了地方的宝贝。

★生动的表达方式,学来就用:

MaKaNu　TaNeWa　HaE Nu

蒔かぬ　　種　は　生えぬ = 不播种就没有收获。又指事无偶然,所有的事都事出有因。

# 30 | 小心"潜规则"

古人曰:"入其俗,从其令。"就是我们通常说的入乡随俗。

到了一个新的地方应该入境问俗、因地制宜。世界上诸多国家中,日本是一个相当挑战外来人入乡随俗能力的地方。两千多年的古老历史加之不停的对外来文化的引进和吸收,使得日本社会忌若繁星,生活中"暗黙の了解(AnMoKuNoRyouKai)"(潜规则机关遍布)。

**礼节潜规则** 日本人见面多以鞠躬为礼,尽管随着时代的变迁,见面握手的人较以往增多。鞠躬的时间长短和幅度大小,取决于当事人的身份和诚意。如果初次见面,互相交换名片是常规,在日本,名片的使用相当广泛,有工作的人大都拥有"名刺(MeiShi)"(名片),主妇们也会按照自己的喜好,自行设计不同质地、花纹的名片。递交名片时,要将名片的字正对着对方。

去日本人的家庭拜访,除非事先约好,否则不能贸然造访。进

屋脱鞋,脱下的鞋要顺齐、放好。作家柏杨说:只看门口的鞋就知道屋里是日本人还是中国人,日本人的鞋整洁整齐,像商品一样。

招待客人忌讳满杯,勘茶、盛饭时加到 8 分位,以免客人喝一杯就够、吃一碗就饱,象征无缘。用餐时放下的筷子要横放在自己面前,朝着对方直放,显得具有攻击性和不敬。千万不要用筷子去接别人筷子上的食品,因为这是火葬场捡骨灰里的骨头给对方的方式。饮酒时,主人向客人敬酒后,客人要马上接过酒瓶给主人斟酒,相互斟酒是饮酒的礼仪,表示主客之间的平等与友谊。

礼尚往来就更不用说。不管对方是来看望病人、奔丧、祝贺乔迁、生子,收了礼,事后都要以礼答谢,东西不一定贵重,往往一方精致的毛巾足矣。

准时,在日本人也是礼节。我曾经介绍过一个医学部的留学生朋友去一家律师事务所做中文家教,她每次都在 5 分钟前准时到达,几年如此。一次偶然的机会,律师急急忙忙从外面赶回来,发现家教正待在事务所门外,并没有尝试让事务员开门。原来,她即使提前到达也会等到 5 分钟前才敲门。他背后就向我夸他的家教非常懂礼节。

**言语潜规则**　日本人的言语忌讳主要表现在发音上,如数字"4"("死")、"9"("苦"),都因谐音,属"縁起が悪い(EnGiGaWaRuYi)"(不吉利数字)。在喜庆的场合注意避免送这个数目的彩礼,而以 3、5、7、10 为最佳选择。数字"42"的发音是死的动词形,所以有的医院干脆不设这个号码的病床。"13"也在忌讳数字之列,许多宾馆因此没有 13 号房间和楼层。

除了数字以外,在婚礼上忌说去、归、返、离、破等用词。

高考的学生则一家人都跟着免用让人联想到落、滑等的语言。

怀孕的人家一定忌讳流失、死等凶兆的词句。

商店开业和新房落成时,忌说倒闭、崩溃、倾斜、衰败及与火有联系的语句。

去医院看望病人,不能使用令人联想到死之类的言语,带去病房的只能是花束,不能是盆栽,因为盆栽意味着"漫长",违背早日康复的意愿。

日本对言语的忌讳不止于民间层次,媒体有明文规定不能使用言及生理缺陷的用语,比如小矮子、大胖墩、秃顶、麻子、瞎聋、哑巴等字眼,一律称"身体障害者",必要时具体到眼睛不自由者、耳朵不自由者等。

日常生活中,称呼上的忌讳是不能直呼其名,所有的名字后面都可加敬语"さん(Sun)";对男孩或男性下属用"君(Kun)";女孩或关系亲近的女性用"ちゃん(Chan)"。

年事高的人忌讳"年迈、老人"等字眼,一般用"御年輩(GoNen-Pai)"或"シルバー(ShiRuBa)"(花甲)。不少叔叔、阿姨,甚至祖父母宁愿让晚辈以名字的爱称来称呼自己。日本给老人祝寿,会选择特定的年岁,比如61岁叫"还历",意思是过了60就返老还童,回到1岁;77岁为"喜寿";88岁为"米寿",因"米"字拆开即成八十八;99岁为"白寿",只待"白"字上加一横满"百"了。

**行为潜规则** 日本有纪律社会之称,人们的行为举止受公众规范的制约。正式场合忌衣冠不适、举止不妥。公共场所提倡少话低语,地铁或公车里,日本人要么阅读,要么把玩手机,最多的是闭目养神,很少听到有人旁若无人地大声交谈。最忌讳与人四目相对,所以注意不要盯着别人看,喜欢观察别人的朋友要小心自制,充其量暗地里扫视一下而已。这个在温泉、公共浴室更是铁律。

如果把女人比作"花"的话,有一句谚语概括了最理想的形象:

立てば芍薬(TaTeBa ShaKuYaKu)(立如芍药)、

座れば牡丹(SuWaReBa BoTan)(坐似牡丹)、

歩く姿は百合の花(ARuKu SuGaTaWa YuRiNoHaNa)(行走起来百合花一般)。

虽然只是目标,但可见日本人对站姿、坐态的讲究。

正规场合,站立时双臂自然下垂,双脚并齐直立;坐椅子时,男性双脚垂直平放,女性则双膝并拢斜放。在日式建筑"榻榻米"的房间里,正确坐法叫"正坐",双膝并拢跪地,臀部压在脚跟上。轻松的坐法有盘腿坐和横坐:"盘腿坐"即把双腿交叉在前,臀部着地,这种坐法只限于男性;女性则可选择"横坐",双腿弯曲横向同一侧,身体不压住双脚。在"榻榻米"上行走时不能穿拖鞋。

在日本开车最好不要鲁莽鸣笛。曾经有年轻人对前面的车鸣笛,不幸竟然是黑道的车,结果被大打致残,成为头条新闻。日本强调礼让行车,很少听到鸣笛,所以鸣笛会被看得相当严重。车与人之间,通常是车让人,特别在一些没有信号灯的小路口,车让行人是常规。在日本开车,还要会利用车灯说"谢谢",比如,在打了并线灯,并顺利并进了另一条车流后,让车尾部的双蹦灯像眼睛一样闪两下,向让路的后车致以谢意。一丝温馨,和乐融融。

**社交潜规则** 日本不流行西方国家那种成双出对的晚宴,政界、商界大都没有偕夫人出席宴会的习惯。工作中也不对私事津津乐道,如果和对方还不很熟悉,对方又没有自主奉告的迹象,且不要打听其年龄、婚姻状况、工资收入等隐私。

社交活动中,日本人爱用"敬语"和"自谦语",如"托您的福"和"粗茶淡饭、照顾不周"之类,这些用语在日常生活中无处不在。日本人不喜欢针锋相对的言行,人与人之间极少发生口角,主张低姿态待人,听对方发言时,会频频点头示意,但这只是告诉对方自己听得很用心,并不一定代表持同样意见。自己表达见解时最好不要边说边指手画脚。

日本人计划性很强,忌讳做无准备的事,男女老幼几乎都随身携带着"手帐(TeChou)"(记事本),事无巨细都记在里面,先联系、预约后再按计划行动。

通信时，正规的书信仍然是传统的竖写，严守婚葬庆哀的言辞避讳；致哀信不使用双层信封，忌祸不单行；信的折叠，须把有字的一面折在里面；信封一定要使用糨糊封口而不是透明胶带或者订书机；邮票不能倒贴，否则意味着关系恶劣，不再交往。

多年来我们习惯用"一衣带水"来形容中日关系，其实，日本是一个与中国有着不同文化、历史以及行为模式的国家。

在日常生活和待人接物上，日本规矩多，人与人之间往来少，相对淡漠，不爱探究和进入他人的领域，不如中国人纯粹质朴有人情味。然而也因为如此，日本人能够超越人情照章办事，讲究原则和规定，不分亲疏远近一概平等。

日本禁忌繁多，此文中介绍的只是粗略皮毛。碰上自我意识很强的人，觉得这些条条框框啰啰唆唆，一概不予理睬，偏要这样，其实还真没人能奈他如何，不过，仔细想一想，"入乡随俗"无非是：第一，不为别人带来太多的麻烦，为自己避免误会。第二，表示自己对异乡人生活习惯的尊重，容易打成一片。第三，有利于自己了解当地的民风民俗。也许这正是我们远行的目的所在。

★生动的表达方式，学来就用：

GouNiYitte Wa GouNi ShiTaGaE

郷 に入っては 郷 に 従 え ＝ 入乡随俗。

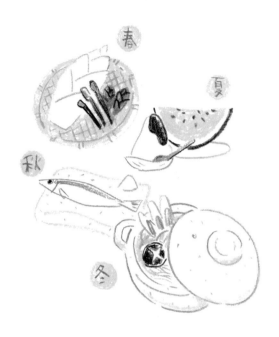

春

夏

秋

冬

# 风土

*Feng Tu*

# 31 | 8月，夏日的寄托

　　拿奖金是一件开心的事。和中国每个季度以至每个月都可能领奖金相比，日本的各行各业就逊色得多了。从政府机构到民间企业，人们一年只能盼来两次奖金。

　　一个是"お正月（OShouGaZu）"（新年），一个是"お盆（OBon）"（盂兰盆节）。

　　"盂兰盆节"原本是在每年的农历 7 月 13 日至 15 日间，民间祭奠祖先的一种佛教仪式，后演变成日本夏季最盛大的传统节日。1965 年被统一到阳历的 8 月 15 日前后举行。虽然不属于法定节假日，日历上也不一定标注，但每年各企业都会放一周左右的连假。和新年一样，在外工作的人们纷纷返乡，期间，航空、铁路、高速公路都会出现大规模的拥挤状况，很有中国的春运架势，日本人称之为"民族大移动"。由此可见新年和盂兰盆节在日本人心目中的位置。

　　两个节日，一个在严冬，一个在酷暑，一个是迎新，一个是祭

长崎的精灵流

祖,但都意味着阖家团聚。

8月13日这一天,全家人会去扫墓:清洗墓碑、供奉鲜花果品。有些地区,还在墓地和家里点起灯笼,照亮和迎接先祖的灵魂回归故里。家里一般会设灵台,摆上各色各样的供品。逢故人整冥寿等纪念性周年的人家,还会请僧人诵经,做点招魂火之类的佛事。到了8月16日,照样要点灯,叫"送别火",送祖先上路。著名的京都"大文字烧",就是这个活动的升华。用松木扎出75座火床,在京都境内的东山,接近顶峰处排成一个"大"字,三笔画的长度分别是:73米、146米和124米。在黑夜中一齐点亮,熊熊火焰映照着深邃的夜空,场面辉煌而壮观。

"盂兰盆法会"来自中国,在今天的中国佛教界仍有传承,但在民间,相关活动几乎已销声匿迹。只是有的地方还留有过"鬼节"

的习俗,有些相似之处。我小的时候,外婆家每年都要在这一天摆上一桌酒菜,点起油纸灯笼,供上果品。大人们一大早就开始里里外外忙进忙出,老式家屋的厅堂被换位布置。具体怎么布置的,至今已记不起来,只记得,当时隐约觉得家里好像要请客,却又不似欢庆的那一种,没人顾及向我解释是怎么回事,跟在屁股后头问急了,就匆匆地抛给我一句"外公今天回来吃饭"。还是小姑娘的我,对早逝的外公基本没有记忆,他是墙上黑镜框里的老者,和蔼却苍白。不过,当时已迷迷糊糊知道"死"这个定义,于是吓得一天躲躲闪闪,忐忑不安。

相比之下,日本"盆节"的祭祖仪式,包括重头戏"盂兰盆舞",对故人的思念中更展现了人们夏日纳凉的欢快。

夏夜,在鼓乐声中,男女老幼身着"浴衣"(单衣和服),和着欢快的歌谣,跳起盂兰盆舞。盂兰盆舞是集体舞,形式有些类似中国的广场舞。日本从南到北有3250个市区町村,舞蹈动作、特色各有不同,规模最大的是德岛县的阿波舞,每年都吸引着100多万外来游客专程前往参加,规模之大让人震惊。"盆舞"起初用来表达人们与先灵分别时的不舍之情,如今更是一项亲朋邻里之间增进感情、共享夏日良宵的娱乐活动。

人们从下午就开始陆陆续续地走出家门,欢聚到各地区的中心处,那里早已是楼台高筑,张灯结彩,鼓乐喧天。地上也铺好了席位,排好了桌椅。晚饭当然是各式各样的小吃。到处是结伴的新朋老友,相互叙述各自的近况、儿时的记忆……全身被荧光圈武装得五彩缤纷的孩子们,穿梭于玩具摊与游戏摊、人群与灯影之间，这一天，任凭孩子们怎么疯，大人也是不会怪的。人们饮酒嬉笑，载歌载舞，直至深夜。尽管实质是欢乐场景，但日文中"お盆"这个词，依然隐隐约约给人一丝悲寂。把这份悲寂升华到了夏天的庆典，这大概就是这个传统节日被代代传承的关键所在。

刚到日本的时候，我在伯父经营的中华料理店打工。有位常客，也是伯父的老友，叫栗原。他是当地一所小学校的校长，亲切中略带一种权威。栗原太太则不同，总是笑眯眯地、静悄悄地跟在他的侧后方，夫妻相敬如宾、形影不离。栗原校长很喜欢纠正我的日文，每每来店里吃饭，总是不停地挑剔我语句中的措辞和发音。我很开心他这样做，栗原太太却怕打击了我的学习热情，总是笑眯眯地听着，时不时护着我，夸我。有一年春节过后不久，突然接到了栗原校长病逝的噩耗。我和伯父去悼唁的时候，栗原太太一身黑孝孤零零地站在灵柩旁，对每一位来宾鞠躬致谢。几年后，我大学毕业，进了当地的电视台任记者和主持人，栗原太太每次见到我都笑眯眯地说："要是栗原还活着，该有多高兴呀。"栗原校长去世那一年的 8 月，他的儿子和学校的老师们为他扎了一条大船。

放河灯也是"お盆"的传统项目，长崎县的"精霊流（ShouRou-NaGaShi）"（放河灯），全日本闻名，规模之大之壮观，首屈一指。这里的河灯远不是普通的"灯"，而是巨大的纸船。逢"初盆"的人家要为逝者扎船，把亡者的灵魂平安地送往西方净土。"初盆"是指亲人过世的七七忌日之后迎来的第一个 8 月，盂兰盆。

长崎的河灯不仅最具特色，而且送法与各地大相径庭。8 月15 日这一天的下午 3 点，市区的主要干道就会禁止车辆通行。零零碎碎的爆竹声开始在城市的各个角落此起彼落。寺庙里响起钟声,从国内外慕名而来的游客熙熙攘攘涌向中心街的两旁。各家的灯船陆陆续续地从四面八方聚往市中心,多的时候达 3000 多艘。船的长度从 1 米的小船到长 20 米的四连节大船,造价从几万到上百万日元不等。船的四周被黑白灯笼围绕,船头正面是黑白大写的故人的姓,或是巨大的遗像。船身在家人、同事、亲朋好友的护拥下,载着对失去的亲人的思念,在一路爆竹和烟花中,缓缓前行。有的从容穿过中心街,有的会在口哨声中表演华丽的船身飞旋,几圈转下来,连带道路两旁的喝彩声,把气氛推向高潮。俨然是一派节日气氛。

然而,当高高挂着年轻人遗像的灯船经过,当年轻的父母悄然肩负着一只小船,默默地跟在浩浩荡荡的船流里"送走"他们幼小的孩子时,陌路人也会黯然伤情,潸然泪下。

灯船的终点是长崎的港口,大波止。传统是放入海中随波而去,基于环保原因,早已改成在港口被回收拆散。所有的灯船走完,已是深夜,爆竹声也一直响彻夜空。长崎的"精灵流"就是这种把巨大的悲痛,用最热闹的方式表现出来的经典仪式。悲痛和思念在大约一个月的灯船制作过程中,凝聚到极致,终于在 8 月 15 日这一天,如怒涛般汹涌而出。其气魄与声势,每年都被电视全国转播。含义之深奥,更是吸引了众多的文人墨客为之泼墨挥毫。

长崎出生的著名歌手佐田雅志有一首广为人知的歌曲就叫《精灵流》。歌词唱道:

为了你,今年朋友们又聚到了一起

你在天国看见了吗？我们为你燃放的爆竹烟花

遵循承诺，你喜爱的唱片也一起放响，我们跟在你的船后慢慢前行

我无知的小弟弟，兴奋地跑前跑后，辉煌的精灵流已经拉开帷幕

我试着，奏响那把当年属于你的吉他

被不知何时生了锈的琴弦割破了手指

你亲爱的妈妈，今晚穿着淡黄色的和服，仅仅一瞬间，憔悴了许多

遵守承诺，不让你看到你不喜欢的眼泪，只是默默地跟在你的船后慢慢前行

时间悄无声息地在人群中缝织，犹如呵护着你我的人生

★生动的表达方式，学来就用：

BonTo ShouGaZu Ga YiShou Ni KiTaYou

盆 と 正月 が 一緒に 来たよう＝忙上加忙，喜上加喜。新年和盂兰盆节双双而至，大事、好事都撞到了一起。

# 32 | 别让"泡汤"泡了汤

四周的山丘绵延起伏,白雪皑皑,环绕在当中的是一池热气腾腾的温泉。一对恋人,肩膀以下浸泡在温泉里。男子诡秘地取下顶在头上的毛巾,递到女子眼前,慢慢打开,一枚晶莹剔透的钻戒展露出来。这不是电影里的一幕,正是我的好友梨香的真实经历。这对恋人之后走入了婚姻的殿堂。

在这样一个银白的世界里,这样的求婚方式,是没有哪一个女孩子能够拒绝的。

"汤"在日文中是热水的意思,也是"温泉"的代名词。如今,我们已经不难在中国的电影、电视剧或各种刊物上看到日本的温泉情景。风靡一时的电视剧《杜拉拉升职记》里,拉拉和王伟双双去日本出差,镜头里的日本宁静而美丽,充满了古典的浪漫。现实中越来越多的"杜拉拉"们,利用各种假期,两三个小时的飞机行程,来到四季风景如画、鱼肥蟹美的日本,沐浴在温泉的呵护中,释放

和温泉旅馆"坐渔庄"在职半个世纪的女将松本美代　左：作者

生活中的种种烦恼和压力。

　　诸如这些，也正是日本人热爱泡温泉的主要原因，特别是日本的温泉大都由露天和室内部分组成，室内部分也一定会有大玻璃窗，使之和窗外的风景连成一体。一般认为，寒冷的冬天是泡温泉的日子，其实，在日本泡温泉是一年四季的享受。无论身处春光明媚或是被枫叶点点染红的山岭丘陵、波光粼粼的大海，还是万籁俱寂的星空、银装素裹的天地，随着四季的转移，泡温泉可以感受到不同时节的自然景致，使人彻底放松，以最原始的方式完全融入到大自然的怀抱，天人合一。

　　温泉是多火山的日本列岛赐予日本的一大自然恩惠，在岁月的演进中，日本人把这一自然恩惠升华成了一套温泉文化，并且发挥、弘扬到了极致。

在温泉旅馆的玄关脱掉鞋袜，换上旅馆的拖鞋，外出时踏着旅馆预备的"下駄（GeTa）"（木屐）。被引进房间时，糕点和茶水已经等在那里。进房间后的第一件事就是更衣。换上"浴衣（YuKaTa）"（简装和服），凉的时候，外面可以加一件半身长的夹袄。在旅馆内溜达、在外散步，一件浴衣就是"正装"了。这样的轻松，西洋宾馆是无法媲美的。除此，还可享受与日常的家庭饮食大相径庭的"温泉料理"。

日本人把温泉旅行当作暂时脱离现实的机会，因此，会利用各种名目去泡温泉。大学一年级时的新生温泉联谊会，至今历历在目。大家从学校集体乘专用巴士出发，几十分钟后到达郊外的温泉街。四个人一个房间，我们班本来就只有四个女生，当然被安排在了一起。大家放下行李，换上浴衣，喝茶吃点心。回到大厅，约上本班或者别班的同学，成群结队地出去散步、观光、购物。温泉街的两旁旅馆林立，每家的建筑都各具风格，有些追求纯传统"和式（WaShiKi）"（日本式），有些则巧妙地融入了现代化的摩登感。温泉街上卖的东西大都体现着当地的地方色彩，但全国各地的"温泉蛋"大致相同：在冒着热气的泉口支起一个篓子，里面放上几个生鸡蛋，只几分钟后，蛋就熟了，剥开，撒上被炒过的细盐，香！嫩！

晚饭设在旅馆的宴会厅里，师生们清一色的浴衣，榻榻米上一排排矮桌上摆满了山珍海味、美酒佳肴。席间，热菜会一道一道地上，都是一份一份的，没有你争我夺的必要。大家面对面，挨个儿坐在桌子两边的"座布团（ZaBuTon）"（棉垫）上。平时照面只对我们微微点头的教授们,这一天好似邻家的叔叔,谈笑风生。曾经因学术研究旅美多年的宫上教授,在美国闲暇时,通过大量阅读自修了"看手相"的本领,在师生中小有名气。饭后,他的身边自然围了一大圈人。他端详了我的手相后,断定我有朝一日将"呼风唤雨"(还有待验证)。新生中最文静的女同学水岛却被他"看破"已经不是处女,引来哄堂大笑。那是我们在大学的四年学习生活中,与教授们最"无间"的时光。新生的集体温泉旅行,增强了团队精神,加深了彼此的感情,留下了美好的共同记忆。

日本的温泉可谓星罗棋布,几乎每个地区都拥有自己的温泉街,有的在城区,有的在海边,还有的在幽静的溪谷。北海道的登别、洞爷湖,关东的箱根、伊豆半岛,九州的汤布院、别府等都是著名的温泉乡、世界知名的观光和疗养场所。遍布全国的温泉数不胜数,泉质不一,功效繁多。有的无色无味,有的硫黄气味浓重,夹杂着一缕缕白雾腾空而起。有的温泉街上还有著名的美术馆、陶瓷馆、拍摄古装戏的电影村,等等。宛如一个个世外桃源。

在日本学习和工作期间,利用周末闲暇,我都会和朋友结伴去泡温泉。去的次数多了,温泉街上就有了自己的"老店铺"。

在日本的书店里有不少关于"温泉旅馆美女将"的书,生意兴隆的温泉旅馆都有一个招牌式的人物存在,那就是"女将さん(OKaMiSan)"(女掌柜)。从 100 岁高龄的老婆婆,到还在上高中的女学生。即使平素走在街上并不至于让人回首的女人,换上一身正装和服,鬓发高挽,在旅馆的门内亭亭玉立,深深一躬;或者双膝跪拢,两手扶地,一躬到地,怎么看都是一个美女。如果你是生客,女将满脸诚意地对你说"欢迎光临"。如果你是常客,那就是"您回来了"。一流女将会记住每一个常客的爱好,且体现在住宿期间的服务里。不要说男士,就是我们女性客人,也会冲着某一家的某一个女掌柜的为人而流连忘返。

独特的文化加上周到细致的服务,日本温泉旅馆提高了"旅文化"的本和质。

在日本泡温泉有很多规则要遵循。挂在浴室入口处的布帘印有"男"、"女"或"殿"、"姬",分别代表男女浴池。为了让客人欣赏到不同的景致,这两块布帘大都会隔天调换一次,所以要确认好了再进去。此外,有全家人同时沐浴的"家族浴室",一些有小孩子的家庭和恋人们会申请使用"家族浴室"。如今,保留着传统"男女混浴"的旅馆已经不多,即使有,进混浴浴池的女性,到底还是上年纪的"欧巴桑"居多。

衣服和随身物品都要放在更衣室,有趣的是,打扫男更衣室的也大多是大婶,男人们却能做到对其视而不见。脱了衣服,带着一条小毛巾进洗浴场,小毛巾既遮体又用来洗身。必须先洗净身子方可步入浴池。泡一会儿后,再出来用浴液洗头发和身体。莲蓬头下排有小凳子和接水用的小盆。肥皂和洗发剂之类只限在这里使用。用完的小凳、小盆要放回原处……之后,再回到浴池里泡。随身的小毛巾要叠放在头顶或者池子边缘,不可放入池里,以免把水弄脏。出浴时,用小毛巾把身上的水大致擦干,然后再进更衣室使用大浴巾。

还有不少小的注意事项,比如:客人间彼此点头打招呼,不大声喧哗,不带进饮食,行动要平稳,注意安全,不妨碍他人,等等。这些规则听似啰唆,做起来并不难,只要稍微留意一下周围人的行动,就一目了然。只是千万不要盯着别人看,大家都"赤"诚相待呢。

有些外国人刚去日本泡温泉时,裹着毛巾下浴池,或者在池子里搓身子等等,闹出不少麻烦。要知道,正因为主人殷勤服务,客人有章必遵,日本的温泉水才能保持清澈,环境才能整洁、舒适,也才能达到充分享受的目的。

已走过千年历史的日本温泉,不被岁月抹杀其魅力,反而随着岁月的积淀,更弥漫着浓厚的人文气息,以至在当今日本旅游业中占据极为重要的角色,即所谓"不洗温泉浴等于没到过日本"。难怪视"泡汤"为至爱的日本人说,温泉是他们"心的故乡"。了解规则,享受温泉,别让你的日本之旅"泡了汤"。

★生动的表达方式,学来就用:

YuWoWaKaShi Te MiZu NiSuRu

湯 を 沸かし て 水 にする ＝前功尽弃,好不容易烧开的水放冷了用。

# 33 | 非诚勿扰北海道

　　大学三年级的寒假,我和几个朋友去了北海道。飞机降落在北海道的道府札幌市,环顾四周,并不是想象中一望无际的牧场和广阔的原野,展现在眼前的是名副其实的现代化城市。一下飞机也立刻感受到大城市的繁华和节奏,然而清澈冰洁的空气提醒我们,已经身处目的地北海道了。从市中心驱车不用几十公里,亦放眼可见令人憧憬的北海道风光。

　　北海道是位于日本北端的一个岛屿,是那块像蚕一样的地图上的蚕头,四面环海,土地辽阔,约占日本总面积的 22%。如果利用陆地交通去北海道,必须穿越日本最长的铁路隧道"青函隧道"(青森至函馆),它把北海道这个四面环海的岛屿和本州连接在了一起。这条隧道,海底部分长约 24 公里,陆地部分长约 31 公里,是世界上最长最深的隧道,竣工于 1988 年,费时 24 年。穿过这条隧道本身就是一个值得纪念的体验。不过,更多的人愿意选择更快

作者在札幌国际滑雪场

捷的空路,还可以先从空中俯视群山峻岭。

今天的北海道,在日本人的心目中是大自然的缩写。辽阔的大地,肥沃的牧草,纯净的空气和水源,盛产的稻米、牛、羊、乳制品,富饶的水产品,北海道的食品意味着无污染和健康。在这个天然的食物宝库里,品尝一下硕大的螃蟹、刚出水的新鲜海产、肉食烧烤、奶酪蛋糕,或者海内外闻名的日式札幌拉面等等,都是极品享受。

作为著名旅游胜地,北海道夏天湿度较低,气候宜人;冬天银装素裹,晶莹剔透;春天鲜花烂漫,田园肥沃;秋日天高马壮,色彩斑斓。一年四季都以其独特的魅力,吸引着海内外的来客。

近年来,受金融海啸的影响,在其他各国海外旅游人数减少的状态下,中国海外旅游业却一枝独秀。中国人通过电影、电视或者其他多种方式,开始更多地了解日本。2009 年,日本提出了"创造访日外国人两千万人的时代"设想,明确指出为实现这一计划,招揽中国游客至关重要。随即,日本政府宣布:从 2010 年 7 月 1 日开始,再次大幅度放宽发给访日中国人个人旅游签证的限制。

2009 年 4 月底,当时的日本首相麻生太郎,做了一次全程 30 小时的"旋风式访华"。期间,麻生首相有一个引人注目的举动——约见中国电影导演冯小刚。冯小刚执导的电影《非诚勿扰》,片中多达半数的镜头取景北海道。会见中,麻生首相对冯导说:得知《非诚勿扰》夺取 2008 年的中国电影票房冠军,非常高兴,为片中大量的北海道风光感到欣慰,他感谢这部电影引发了中国人的北海道观光热,加强了两国之间的交流,促进了相互的理解。对《非诚勿扰》剧组表示了高度的赞赏。

冯小刚的贺岁片《非诚勿扰》,是一部讲述通过相亲相识的中国男女在北海道旅游途中坠入爱河的喜剧片。影片长时间呈现美丽静谧的北海道风光,配乐是日本 20 世纪 60 年代的流行歌曲《知床旅情》,那优美的旋律贯穿始终,感染着整个画面,为主人翁的爱情故事增添了韵味和异国情趣。如果美丽、宽广、自然的北海道本身,就是一个适合于演绎抒情浪漫、刻骨铭心的爱情的地方,那么她为我的行程,也描绘了一段永恒的记忆。

北海道以其一年四季的优美景色引人入胜,至于什么时节造访北海道最好,普通日本人也都见仁见智。炎热的夏天,气温宜人的北海道是避暑旅行的最佳选择;春秋季节,蔚蓝的天空、广阔的牧野、五彩缤纷的大自然透着别处难得的气魄;另一个观念,也是我们一行选择严冬北上的理由——既然去北海道，就得是冬季，因为这就是北海道，一方"极寒的土地"。

无论是去鄂霍茨克海观看从北方海域漂来的巨大流冰，还是乘南极考察船，在冰海中用大型钻孔器边打碎冰块边前行的"破冰之旅"，都惊险刺激。世界遗产知床半岛、原始森林钏路湿原都是别无仅有的自然宝库。在给圣诞老人拉车的驯鹿牧场，成群的驯鹿婀娜优雅。一望无际的雪原中，结队的雪橇犬拉着雪橇在银白的天地中飞奔。还有每年从西伯利亚横渡大洋，飞到当地的湖沼中过冬的丹顶鹤、白天鹅的家族。这些都构织了一幅幅北海道冬季特有的宏伟画卷。

北海道的大雪山在短暂的夏天结束后，很快就会进入红叶季节。9月，色彩的波浪从山顶开始荡漾开来，溪谷湖畔，大地山林，被自然之笔用红、黄、绿随意涂抹。大雪山国立公园、阿寒湖、摩周湖、知床岭等地都是美丽的红叶名胜。在这里，季节的更替是转瞬之间的，到了10月，红叶依然耀眼，而山顶已经可以看到初雪皑皑。

冬季，在这里是令人翘首以待的愉快的季节。冬季的北海道实在是有太多的冰雪娱乐。北海道全年有1200多个庆典活动，其中大多数是在冬季。每年2月在札幌市举办的"雪祭"是日本最大规模的冰雪节，整座城市届时俨然是一座冰雪博物馆，到处矗立着大大小小的雪雕，"雪雕比赛"更是吸引着来自世界各地的艺术家、团体的参赛。期间国内外游客人数平均高达200万人。夜幕降临,华灯衬托下,一座座千姿万态的雪雕分外夺目,营造出梦幻般的奇境,其中,将螃蟹、墨鱼等北海道特产镶嵌于雕塑中的妙作,别具地方特色。这里还有孩子们喜爱的百米冰雪滑梯、迷宫、乘坐热气球、漂流船等上空中漫游,让人们体验穿越林海雪原的感觉。

北海道是日本滑雪运动的发祥地,人们从幼稚园就开始学习滑雪,学校的体育课也顺理成章地以溜冰、滑雪、打冰球之类的运动为主,北海道的孩子是没有不会冰上运动的。滑雪季节通常从10月初开始,一直持续到第二年的5月,换句话说,一年中有半年以上的时间可以享受冰雪娱乐。北海道又是优质温泉的名胜地,滑雪之后,洗个温泉浴,疲劳尽消。

滑雪场的选择很多,我们选择的是常常举行世界级大赛的札幌国际滑雪场。在这里,从高技能的冒险山道到宽敞坦荡的初学者路线,一应俱全,且配套设施完善。特别是这里的雪质柔软干燥,极其适合各类雪上运动。

我们一行乘缆车到达山顶。站在一望无际的银白的世界里,忽然感悟到自己是那么的微渺,生命又是如此的美好和纯洁。周围近乎神圣的一切使我们每个人都深深地陶醉,油然而起一种从心底要呼唤出来的冲动。做了一个长长的深呼吸后,我弯膝蓄力,正要滑出,来自身边前辈的凝视把我截住,转过脸去,四目相对,他满脸幸福与满足地说:"愛してるよ!(Ai Shi Te Ru Yo)"(我爱你)! 我无须思索,回他一个跟山顶的阳光一样灿烂的笑,告诉他:我,也爱他!

曾几何时,北海道在人们的心目中和浪漫画上了等号。无论是北海道成就了《非诚勿扰》,还是《非诚勿扰》成就了北海道,显然,这两者实现了互相渲染、互相烘托的效果。

一条通天的路,一直行驶到天涯海角,这种超越的感觉和景色在北海道无处不在。她也代表着一种生活方式,我们这些现代人缺乏却苦苦追求的宁静与祥和。而我,数年后,通过电影《非诚勿扰》再次感触到北海道广阔却不失细腻、豪爽却不失温柔的空气。

电影结束时,为爱投海自尽的笑笑活了下来,而且这次死里逃生也是她爱情的重生。秦奋的征婚就此得以结束。百年不遇的金融危机中,屏幕上股票全部上涨,一片大红,意预着人生无时无刻不在的理想和希望。

我呢,大学时代的那次北海道之行,留下了一段晶莹剔透的恋情。尽管年轻的心,不经意地让诸多的往事消失得如烟如云,以至日后想起来,除了山顶的告白以外,竟然没有多许记忆。但我依然感激那片土地,珍惜生命中时时刻刻都存在的美丽。

★生动的表达方式,学来就用:

Yi Shin Den Shin

以 心 伝 心 ＝ 心心相印。指人与人之间对某件事在没有事先探讨的情况下,意见、行为一致。不限于男女间。

# 34 | "变脸"术

住在长崎的时候,我有一个邻居,后来成为多年的好友,叫直子,因为家里开钢琴教室,所以大家习惯叫她直子老师。直子是牙科医生的太太,娘家也是当地有名的牙科医院。她无论言行举止,还是风貌装扮,都透露着典型的好人家的女儿、富裕层的太太品格。

直子的一天是从化妆开始的,而且必须要在丈夫起床前,完成全套程序,几十年如一日。这是她母亲,一个非常有教养的老夫人给女儿的婚前教育内容之一。

如今,在丈夫睡后卸妆,醒前梳妆好自己的女儿经,已近乎于陈芝麻烂谷子,不再被当今日本女子遵循。但生活中,依然很少碰到没化妆的女人。

有人称日本是"亚洲的巴黎",注重时尚与美容。日本的化妆品市场庞大,每年近21万亿的销售额,仅次于美国,名列世界第二,是名副其实的化妆大国。一些日本女孩的雷人妆,其夸张程度已经超越了欧美。

在人类历史中,化妆最先出现在宗教仪式中。公元前 4000 年,古埃及就出现了有关化妆的记录:用软膏状的香油涂身体,红色染料染唇与甲,甚至已经知道用黑和绿来做眼影。中国的《诗经》和《礼记》里均出现过"蛾眉"的表述。日本绳文时代的土偶,弥生时代的埴轮的颜面,都发现有使用红色颜料。6 世纪后半期,遣隋使从中国把红、白化妆粉带入日本,使中国的浓唇红、额头贴鲜绿花钿的中国宫廷妆在日本上层社会流行。

古代日本,男性也化妆,而且延续到 19 世纪末。当时,在社会高层,武士等拜见主君时,暗淡的面孔被视为失礼。织田信长、前田庆次、伊达正宗都有喜好化妆的记载。战国时代的武士们,曾为一旦头颅被取也不至于难看而化妆。

　　日本古代女性，地位越高，在化妆上越有严格的规定。熏香，是贵族女子化妆范围内的日常作业。还有一种如今看来不可思议的化妆习俗，它从古代到大正时代的相当长的一段时期，风行持久，即订了婚的女子涂黑牙齿，生了孩子的妇女剃去眉毛。这一习俗在 1870 年，明治政府发出禁令后，都没能停止。直到在 3 年后，皇后率先响应，最终才得以从贵族慢慢影响到庶民。直到昭和年代，仍然能看到涂黑牙的高龄女性。

　　这种习俗近似于中国妇女的缠足，在当时被渲染成一种时尚，归根结底，是以男人为中心的统治阶级对妇女的压迫和摧残。

　　随着时代的进步，女性开始按照自己的意愿打扮自己。意识的变革促进了日本化妆业的发展。20 世纪五六十年代主要流行浓妆，停留在效仿欧美的阶段。70 年代后期，形成了一套体现东方人个性的淡妆，广为流行。现代，日本女性的妆，已由过去的追求流行，转变成重视个性、健康的自然体。化妆从此更生活化。化妆品的种类随之越来越多，性能也越来越好。

　　对日本人而言，"化妆" 不光是展示自己最美的一面，也是一种礼仪。

　　基于这种价值观，20 世纪 90 年代起，许多百货商店开始出现男性化妆品专柜。从基础护肤品到粉底、眉笔、吸油纸等种类齐全。有调查显示，8 成男性上班族觉得外表直接影响工作效益，技巧到位的淡妆会使自己显得英俊，有清洁感。从男性上班族的皮包里翻出一两样化妆品已不足为奇。

　　日本人讲究化妆，又极力崇尚看不出化了妆的妆。在各项关于化妆的调查中,影星绫濑遥被评为"素颜美人(SuGaO BiJin)"(裸妆美女),是大家心目中最向往的形象。"裸妆"不是真裸,而是高技巧的自然妆,是工艺精湛的"变脸术",它能使大脸盘变小,小眼睛变大,雀斑不见,青春痘痘也稍纵即逝……

有这样一个真实的笑话:我们一群朋友男男女女,有一次结伴去泡温泉。这个小群体是因为同一个业余爱好而聚,长期以来,我们一直以圈内没出现"叛逆(男女恋人)"自负。当晚饮酒放歌,弄得很晚才分别归屋休息。第二天,大家照理会一直睡到晌午才起来退房。没想到,其中一位仁兄早上兴致颇佳,提前起来,要再去享受露天温泉。他这一出房门,迎面正撞上从旁边女生房间出来的阿秋,两人都大吃一惊。阿秋没想到这么早,男生屋里会有人出来,惊慌中低头就跑,仁兄却站在原地,好一会儿才回过神来。他急急忙忙折回屋子,把几个男生叫醒,说他"撞见了阿秋,又不是阿秋,面目全非"!他语无伦次地讲解了一番,男生们终于弄清楚,漂亮妩媚的阿秋,原来另有一张面孔。男生们于是大加评判,却没有注意到,一旁的秀树表情怪异。这件事过去大约一两年后,我们才知道,原来阿秋当时已经是秀树的女朋友了,秀树原本是想向大家坦白的,但那一场闹剧之后,变得难以启齿,两人又继续"埋伏地下"。

不怪电视、杂志常常爆料艺人卸妆前后的样子,着实可能大相径庭。

有一首日语短诗,这样调侃化妆过程:ふりむくな 運転中と化粧中(FuRiMuKuNa UnTenChu To KeShouChu)(不许回头 开车时和 化妆时)。开车时不许回头,是因为危险;化妆时不许回头,也

是因为危险,化了一半人不人鬼不鬼的,怕把人吓死!

从搞笑的短诗,可见日本女性的化妆技术之一斑。如此高深的技术决非一日之功。爱美的女孩们,基本上从初中起就开始化妆。即使校规严格的学校,也阻挡不了她们。杂志和化妆品商家们,会推出各项特意为校园女孩打造的裸妆技巧。女孩们从小就穿校服,要体现与众不同,就只有在头上脸上多花心思。

5月9日,May 9,与日文"メイク(MeiKuu)"(化妆)同音。于是这一天就被一些商家、团体取其谐音变成了"化妆节"。形形色色的"化妆节"活动在各地的繁华地段展开,年年吸引着众多的女性。活动的内容一般是,借机重新审视自己平日所化的妆,专家作评判、讲解。职业美容师示范化妆过程,传授假睫毛、小脸按摩等技巧。女性们往往受益匪浅,甚至有人感叹"人生观因此改变"。这句话其实不见得夸张,因为化妆虽然大多是做表面文章,但是一种能够影响内在的行为,能够让人变得更加开朗、精神,增加自信心。

现代医学也已经对化妆的力量给予了评价和证实。日本的PHP研究所对66岁至93岁的患老年痴呆的女性进行的相关调查显示,施妆和施以面部按摩的老人,都出现了表情丰富,甚至上厕所自理的好转。高龄化快速进展的当今社会,化妆对疾病治疗的积极作用渐渐被认知和推广。

有学术认为,导致日本人过分注重化妆,有它的社会因素。即通过化妆把想隐藏的部分隐藏,要显露的部分显露,以达到"对己实现"与"对他魅力"的双重效果。在日本的百货商店、剧院、餐厅等的化妆间里,不难看到从少女到 80 岁的老太太,在很认真地补妆。近年,电车、地铁站等公共场所,可以看到旁若无人向自己脸上补妆的人。这种行为恰恰破坏了化妆的"对他魅力"。

日本的早上,如果看到平时不太做家务的丈夫拎着大垃圾袋出来扔垃圾,那很可能是因为太太还没有来得及上妆。

没上妆是出不得门的。这让我想起一个常在新闻现场碰到的报社记者。做媒体的最忌讳迟到,哪怕晚到一分钟都可能错过关键的画面或要点。他可算是个天生的媒体人,不管是子夜还是凌晨,一定会提前到达现场。我问他是不是对自己要求严格,练就出的本领。他歪着头想了想,忽然笑起来,说:"还真不是,应该感谢的恐怕是我母亲。"原来,小的时候,每天早上他妈妈总是慌慌张张,很难做到准点出门。于是他天天早早地穿好鞋子,背上书包,站在门口等妈妈。他还记得,他一定不忘在小手里捏一管口红,好让妈妈在路上涂。

★生动的表达方式,学来就用:

ONi GaWaRa NiMo KeShou

鬼 瓦 にも 化粧 = 哪怕容貌不理想的女子,经过精心化妆打理,也都会变得漂亮起来。

"鬼瓦"是日本传统民家的大梁两端,为辟邪而特意安放的烧成鬼脸的瓦片。

# 35 | "变身"术

日本人的生活与时令季节紧紧相扣。厨房的菜谱跟着季节走,一年中的活动迎合着时空的斗转星移,从人们的服饰上,也一样能引发对季节转换的联想。

新年,去神社寺庙祭拜时,优雅、喜庆的和服营造出浓厚的传统节日气氛;2月,满20岁的青年男女迎来人生中的里程碑——成人节,西装革履的小伙子,艳丽的和服上白毛绒披肩的妙龄女子,一幅幅青春亮丽的画面;夏天的黄昏,祭祖的盂兰盆会和焰火大会

上,处处是身着清凉俏丽的单衣和服、浴衣的身影。

平日的装束也不例外。一年中的 6 月 1 日和 10 月 1 日,是日本全国性的"衣替え(KoRoMo GaE)"(更衣日)。更衣,原本是个很平常也很个人的事情,像日本这样"一刀切"的,可算别无分号了。

日本是一个非常重视团体精神的国家,这一点最直观地体现在制服上。从上幼稚园开始就有统一的制服,工厂、学校、商店、银行……一生中五分之一的时间可能裹在与周围清一色的制服里。制服大体分夏装和冬装两个种类,加上一些马甲呀毛衣作附属,更以 6 月和 10 月的第一天为界线。这一天,学生、上班族,甚至普通人的装束也会和前一天截然不同,全国上下犹如切换了季节的画面。在高楼林立的都市,即使看不到山川色彩的变化,也能由此意识到季节的更替。

日本的更衣习惯可以追溯到 1000 多年前的平安时代,当时的朝廷受中国影响,实施官服的"更衣制度",规定了夏装和冬装的更换时间。由于日本人本来就具有浓厚的服饰与季节的意识,官方的更衣制度不但立刻被接受,且很快被民间广为效之。

平心而论,统一的制服,甚至更衣制度,使本应随着气温变换而自行调整的穿衣个性和乐趣受到压抑。但由于日本职场对服装要求苛刻,人们大都喜欢这种服从,特别是女员工,宁愿有制服可穿,少费许多心思。

近年,环境问题被普遍关注,许多政府机关和公司倡导环保穿戴,把空调温度设置在夏天28℃、冬天20℃,推广夏季"凉爽服"和冬季"温暖装",通过服装的调整来减少用电量。

日本的职场,没有制服的也有,比如办公室的白领,每天必然是套装。穿私服上班的地方,则有另一套讲究,它直接关系到对自己的印象和评价。

男性上班族,外套可以不常翻新,但衬衫每天必定要换。如果哪位同事第二天还穿着和前一天同样的衬衫,就会被质疑昨夜没有回家。干洗店会以很合理的价钱接下这些衬衫。男士们大都把一周间换下的一并拿去,同时取回洗、熨如新品般的另一叠衬衫。对女性而言,每天更换一身套装是办公楼女士的"铁律",否则,不仅有"夜不归宿"的嫌疑,怕还在背后被议论家庭教养、个人素质云云。

工作性质的特殊性,使得女主持人的服饰打扮,向来沐浴着人们眼光的审视。

我们报道部有一个人见人躲的女记者,大概认为自己是老员工、前辈,应该善于指点出别人的"不当之处"吧,不管是不是她的分内事,都喜欢插手。还别说,她教导起人来的时候,一套一套的,听起来蛮像那么回事。只是对上礼貌周到,对横、对下专横跋扈的为人,让大家下意识地对她敬而远之。她最爱挑剔女主持人的不是,尤其会在服装上做文章。当众指责,你这身套装太老式了点吧,女播音是台里的形象,不要太寒碜了;穿得太休闲了,有碍专业意识。有一次,她指着女播音村田的上衣上的一点并不显眼的斑迹说:"你今天虽然不上镜,可穿这样龌龊的衣服来上班,是不是很失礼。"当时村田又气又羞,之后,我们再没见她穿那套衣服,据说回家就用剪子铰了。

女记者的指责是蛮横的,由此,日本职场对服装的要求亦可见一斑,越是面向社会的工作,越苛求着装的整洁、时尚和高档。不料,20世纪90年代中期起,日本经济停滞不前,其中的"高档"再难维持。经济危机的持续,孕育了许多物美价廉的服装品牌在日本一路壮大。

"ユニクロ(YuNiKuRo)"(优衣库),算是最突出的例子。海量的设计,优良的质地,亲民的价格,让优衣库迅速成长,发展到了穿一身廉价的 Uniqlo 竟代表了一种时尚的地步。这在泡沫经济时期的日本是难以想象的。优衣库的创始人柳井正,把从父亲手中接过的一间小小的服装店,用了短短10多年的时间,摇身一变,成为日本最大的服装连锁店,他本人的身价以92亿美元,一跃成为日本首富。卖成衣卖到首富,古今罕见。

日本人在穿着上分类仔细。外出的目的地不同,穿的衣服也不同。到附近的超市购物可以随便一些,而去百货商店、餐厅等地方时,即使是便装也要档次高一些的。工作的时候当然是穿商业装,旅行时要穿休闲服,运动穿运动服,参加各种典礼时要穿礼服,回到家则一律换上家居服,洗完澡后是宽松的睡衣。当年,不少中国人去日本前,特意准备一大箱高贵豪华的服装,结果发现没什么用武之地。

　　和服，虽然是日本的民族服装，但因穿着程序烦琐，行动不便，现在的年轻人已疏于问津了。早在明治时期，"洋服（YouFuKu）"（洋装）就开始在日本流行，日本人曾经在"合理，但属于外国文化"的洋装与"日本固有文化，但不合理"的和服间产生过心理格斗。

　　说到日本服饰的演变，绕不开日本人也有过穿着被强制的一段异常年代。二战时期的 1940 年代，日本政府为了宣扬军民一体的精神，半奖励半强制性地推行所谓"国民服"，是男性的服装，和军服非常相似。而当时的女性，一律被换上原本是农村干农活时穿的"もんぺ（Monpe）"（裙裤、劳动裤）。

　　如今，把古典融入到现代中来，成为一种新时尚。前卫设计师和商家挖空心思，把和服韵味十足的夏日浴衣，改成高出膝盖的迷你式，配上花边、泡泡袖、露肩膀，倒是真掀起了一股古装新穿的风潮。身穿新潮浴衣的美女，晒成的小麦肤色，染成的金黄色头发，夸张的化妆，大声说笑，渲染出一种矛盾而奇特的时尚效果。

　　要说奇特，最奇特的恐怕非日本人的冬装莫属了。曾经有来自北欧国家的游客惊呼，对北欧人来说，漫天的冰雪不值得惊奇，惊奇的是零下的严寒中，日本人的"单薄"。女孩们照样短裙，露着雪白的大腿。男孩们也是个个"轻装上阵"。穿上棉毛裤的人往往会沮丧地称：自己老了！尽管日本一到冬天，保暖内衣、保暖贴等各种暖身产品销路红火，它们也只是在暗地里默默地发热送暖。

　　古人云：三分长相，七分打扮。日本女性的身材在亚洲诸国中并无优势，但她们从小养成了"小恶魔系女生"的敢秀作风。哪怕日常生活中的便装,也处处可见技巧。如何使过于丰满的身段不显臃肿,使露出的腿看似仟细,个子看上去更高挑,从头发到脚趾,勤快的女性是不会妥协的。一分耕耘一分收获,不是说没有丑女人只有懒女人嘛。

时装杂志上的指南,永远是女性们乐此不疲的内容,理由不仅仅在爱美,还怕长期不看会落伍,跟时代拉开距离。电视节目的主持人上镜头时,有时会有商家免费借服装,在节目最后打上商家的名字。但更多的还是自己的私服。大家虽为服装的支出叫苦不迭,但每个季节有新款上市,照样乐呵呵地去逛街,添行头。多年下来,学会了一套在购买时,钻研和现有服装的搭配技巧。巧妙、合理的搭配能使一套服装"千姿百态",符合出席不同活动的要求。

得体的装扮与妆容,是判断一个女人修养的标准之一,也是对他人尊重、提升自信的方式之一。

我出国时的 20 世纪 80 年代,国人还不太讲究装扮,记得当时有人说:我又不找对象,打扮什么,浪费金钱和时间。嗨,到了日本后,没花多少日子,我就学会了"浪费金钱和时间"。

★生动的表达方式,学来就用:

MaGo   NiMo   YiShou

馬子    にも    衣装   ＝ 人在衣裳马在鞍。

# 36 | "师走"十二月

　　小时候,一到年底就听大人们感慨:真快呀,又到年底了,一年又要过去了。当时自己可没有那种感觉,眼巴巴地好容易盼到办年货的日子,平日不常见的好吃好穿,大箩大包地涌进家门,开心都来不及。要不说好景不长呐,20 岁一过,日子好像突然插了翅膀,"飞"了起来。一转眼,又长了一岁,一转眼,又到了年底,自己也在不经意中开始念叨同一句话:又到年底了。

　　念叨归念叨,心里对年末的情感依然如故。和新年相比,我更喜欢年末。少了些许新年重新整装上阵的压力,多了不少如马拉松看到终点的感觉,忙碌中怀着欣慰和期盼。

　　在日本,每逢年底,这个时期独特的例行事宜纷纷争先恐后地挤到日历上,从官方到民间的各行各业,12 月是一年中最忙碌的日子,日本人称之:师走。

　　"師走(ShiWaSu)"原是农历 12 月的别名。明治年间起,改指阳历 12 月。"走"在日文中是奔跑的意思。至于"师"字,大致有两

忘年会

种说法：最广为流传的说法是指学校老师，进入 12 月，平日悠闲地迈着方步的老师，也忙得跑起来；其次是指僧侣，日本人在新年和夏日盆会有祭奠祖先的习俗，过去，家家户户邀请和尚咏经，于是出现和尚、法帅奔走于民家之间的情景。

不过，在学术上有另外一种说法。日本最古的诗歌集，7 世纪的《万叶集》里，纪少鹿女郎有诗句咏梅，曰："十二月尔者 沫雪零跡 不知可毛 梅花開 含不有而。"这里的十二月被注读音"シハス(Shi-HaSu)"，推测受当时中国读音的影响，与日语"仕極つ(ShiHaTsu)"谐音，意思是一年工作的结束，四季的终了。后被传成"ShiWaSu"，元禄元年(1688 年)后，出现谐音字"師走"。这在学术上虽有一定的说服力，但人们依旧喜欢老师、法师因忙而奔走的解释,形象生动。

我不是老师也不是僧侣,12 月,住在日本时,我也奔跑,更准确地说,是赶场子。

"忘年会(BouNenKai)"(年末大聚会),是 12 月的重头戏,几乎是 12 月的另一个代名词。忘年会的规模大到几百人,小到一两人。形式各异,有的在高级料亭,有的在特色各异的餐厅、居酒屋,专为个忘年会,兴师动众地去温泉地的团体也不罕见。规模大的忘年会,通常从准备阶段起就大张旗鼓,事先会指名干事、干事长之类的人来负责具体事宜,各部门为营造气氛,早早地练习搞笑节目,届时到台上一比高低。如果这还不够,就从外面请文艺团体来捧场凑热闹,也有公司借此进行年终表彰的,为"明年一起努力!"鼓劲。忘年会是为这一年画句号的重要活动。

简而言之,12 月对我来说是钱包入不敷出月。不光师走,钱更走,因为聚会大都是 AA 制。随便翻开哪一年的记事本,12 月,都是满满的忘年会详情:时间、地点和不同的团体。最常见的可以看到报道部、播音组、记者俱乐部、商工会议所、扶轮俱乐部、老同学、汉诗研究会、手语学习班、贴画爱好组等等,五花八门。有的是自己所属的组织,有的是有过往来,应邀参加。完全不是我多么有人缘、受欢迎,是人人如此。

"忘年"一词最早出现在《庄子》齐物论:忘年忘义,振于无意。指忘掉生死是非,到达忘却年事年龄、无穷无尽的境界。这句古训被日本人引进、更改。镰仓时代(1185-1333 年),皇亲贵族们在新年到来之前,聚在一起,边饮酒边作诗填词,主要在"忘"字上作文章。回顾过去一年的苦乐,迎接新的到来,好的坏的,均已经享受经历,都该彻底忘掉。江户时代,民间《随笔·古今物忘れ》里首次出现"忘年会",记述人们以聚会作乐的形式,表达忘掉过去、轻装向前的乐观态度。

大人们感叹年关来得快,另一个原因,可能是对年末花钱产生的无奈。12 月,的确是花钱的日子。在日本,参加忘年会、办年货之前,首先要花的一笔钱是送年终礼。全社会几乎每个公司、家庭、成人都要考虑送礼的名单和物品。尽管现在不少年轻人开始忽视这一习俗,但它毕竟传承了几百年。

年终礼源于古代中国。中国农历的 1 月 15 日为上元,7 月 15 日为中元,10 月 15 日为下元,均为祭天地鬼神的日子。人们把大米、年糕等一年的收成供奉在年神和祖先的祭坛上,也分享给周边的人。传到日本后演变成送"お中元(OChuuGen)"(夏日礼)和"お歳暮(OSeiBo)"(年终礼)的习俗。其中年终礼为重。送礼的对象一般是上司、同事、客户、朋友、亲属、老师等,以感谢一年来的关照。

选购礼品是一项不小的任务,每年从 11 月下旬起,各大商场的礼品专柜一齐应运而生。顾客选择好了商品以后,把收礼人的名单和地址交给商家,商家会帮你漂漂亮亮地誊写一些问候语,包装得体后,发送到对方手上。经济状况好的年代,送礼的内容和数量相对豪华;这些年,人们更看重罐头呀洗衣粉之类的实用品,数量和单价也大大缩水。

如果说送礼是负担的话,收礼时的快乐应该算是补偿吧。

每到 12 月,我们报道部便不停地收到各种礼品,有部里的,有指名给个人的,大都来自工作上有往来的单位或个人。内容从葡萄酒、啤酒、熏肉、食用油,到香皂、毛巾、地方特产等等,一个个的精品盒,没有人看着不乐的。给部里的,大家会共享。给个人的,特别是上司,不好意思拿回家,大度地分给下属。有一次,上司在家里请我们烤肉,上司太太半开玩笑地埋怨说:"我连对方送的是什么都不知道,却要来还债,你说冤枉不冤枉。"

不管上司太太是否冤枉,下班后,在办公室里和大家分享的红酒香肠,美味!

值得一提的是,有一笔年底开销令日本人争先恐后乐此不疲:年末巨额彩票。

每年的 11 月 24 日,成百上千的男女老幼,一大早就排到了彩票销售点前。年末彩票的最大中奖额为 3 亿日元(约合人民币 2200 万元),除夕夜,由电视直播抽奖结果。对买彩票较劲的人,会千里迢迢赶赴历年战绩累累的销售点,更有甚者,当天穿什么颜色的衣服带什么首饰都有讲究。买回来的彩票当然不能随便乱放,据说包在黄包裹里,供奉在神坛上,中奖率最高。年末彩票的气氛,通过当天的新闻渲染,往往形成贯穿举国上下的一股潮流,连平日对彩票不屑一顾的人,也会忍不住在这个时候出手赌上一把,凑凑热闹。

"师走"最终是要以岁末大扫除来收场的。各个家庭自不必说,各个公司、部门,长假前的 12 月 28、29 日必然是大扫除的日子。老人、家庭主妇会主动为社区做些清洁工作。

著名神社、寺院的大扫除风景是各地方电视台的重要画面。

日本全国百年历史的神宫比比皆是,岁末大扫除属于全年宗教活动中的重要项目之一。头戴黑色乌帽、身穿白色狩衣的神职们拿着长长的"忌竹"扫帚,把神宫每一个角落打扫得干干净净,包括不惜重金,更换屋檐下的巨大草绳:注连绳。

在日本人心目中,年末大扫除并不是单纯的打扫卫生,也是把旧年中所有的不如意随尘埃一起清除,迎接新年的"岁神"和新心情的仪式。

忙累了,把自己浸泡在热腾腾、芳香四溢的柚子澡里,我视之为极乐。

12 月的冬至,是一年中白天最短的日子,也是天气开始真正转凉,严冬到来的启示。在日本,这一天除了洗柚子澡,还流传着吃南瓜的习俗,可别小看了这餐南瓜,据说"魔よけになる(MaYoKe-NiNaRu)"(能避邪)。其实,只是一种传承的生活智慧,古代人借南瓜丰富的营养来弥补冬季蔬菜的不足。

如今,吃不吃南瓜、避不避邪已没有多少人在乎,热衷于柚子澡的大有人在。我是一定要泡的,泡到身心温暖,泡到感冒远离,泡过漫长的冬季。

★生动的表达方式,学来就用:

NeKo　NoTe　Mo　KaRiTaYi

猫　　の手　も　借りたい ＝ 忙得不可开交。手忙脚乱到连猫的爪子都想借用的地步。

# 37 | 芸者今昔

雪白面孔、卧蚕眉、樱桃小口、古典发簪、精致头饰、艳丽和服、后颈部低低的脖领……日本"芸者(GeiSha)"(艺伎)的形象享誉全球,知名度非同小可。世界上有关日本的报道,无论是印刷品还是动画,她们粉墨登场的频率之高,俨然是日本传统文化的象征之一。

日文中"艺妓"指女性传统艺术表演者,为避讳这个"妓"字,在汉语翻译上"艺伎"被普遍认可。

我第一次惊艳艺伎形象,记得是上中学的时候。收到一份来自日本的贺卡,画面上紫藤树下娇艳的少女,从面容到头饰、服饰无一不精美绝伦,整体色彩大胆亮丽,独具特色。

第一次真正亲眼见到艺伎,是十多年后。当时居住在九州的长崎,长崎有一个百年"料亭(RyouTei)"(高级日式料理店),叫花月,是当地首屈一指的名店,店里客厅柱子上,留着据说是坂本竜马砍的刀痕,引以为豪。

作者在京都祇园

　　那天,我作为扶轮社(Rotary Club)的奖学金获得者应邀出席
了扶轮主干的宴席。席间,几个服装华丽的中年艺伎提着"三味線
(ShaMiSen)"(日本传统弦乐器),款款行礼而入。有男侍跟随把琴
箱、坐垫安排妥当后,退出静奉在门外侧。他们除了为艺伎打点琐
事外,还兼护卫任务。

　　艺伎们席地行礼并自我介绍后,开始弹唱,其中一个随乐翩翩
起舞。日本舞动作缓慢,注重眼神和身体各部位的角度,却不显露
细腻的面部表情,外行很难恭维。我开始仔细观察她们:虽说不上
花容月貌,但温柔端庄。如果她们卸了妆,即使在街上擦肩而过,
我也绝不会认出她们。

　　曲终舞罢,艺伎们开始为客人斟酒、与客人聊天。从饮酒行
令,到闲聊历史、国际大事、花边新闻应对自如。让我意外的是,她
们并不刻意献媚,态度大方自信。客人对她们也以礼相待。就说

演出费,不会随随便便掏出现金塞过去,而是用信封装好,含蓄地写上"花代(HaNaDai)"(买花钱),交予。

艺伎的演出费不菲,但她们行头昂贵,开销大。培养一名艺伎长年累月投入很多,一旦出山,特别是年轻貌美的,身价很高。尽管如此,上层社会、巨商富贾有重要的宴席,还是不惜重金请艺伎来为酒宴锦上添花,活跃气氛,提高档次。

艺伎起源于15世纪中叶。

实现了天下统一的丰臣秀吉大兴茶会,当时的北野天满宫等神社的巫女们,年龄大的被转业到茶屋,对来往商客卖茶点,并以歌舞吸引生意。日子久了,这种商业手法不断推陈出新,加入了弦乐演奏,这是后来艺伎的雏形。

到了江户时代,为了便于管理,以表演舞蹈和乐器为生的艺伎被职业化,起先有男有女。明治以后才演变成女性的专业,"芸妓(GeiGi)"称呼随之出现。卖艺不卖身的行规也被广泛接受。

京都、大阪等地区叫"芸妓(GeiKo,或写作芸子)",学徒叫"舞妓(MaiKo,或写做舞子)"。东京等地沿袭"芸者(GeiSha)",出师前叫"半玉(HanGyoKu)"或"雏妓(OShaKu)"。随着影响力的扩大,以江户(今东京)新桥、柳桥和京都祇园等地为中心,相继出现了繁华的艺伎馆,主要服务于统治阶层与富商阶层。

古代日本,从事色情行业的女子称作"女郎"、"游女",社会地位低微。级别最高的称"太夫"、"花魁"。太夫或花魁不但年轻貌美,且通晓茶道、诗歌、日本舞蹈,近似于金陵秦淮河上才华横溢的名妓董小宛,社会地位相对较高,服务对象也只限于达官贵人。

艺伎的地位与太夫、花魁相当，但只限于陪客饮酒作乐。话虽如此，风花雪月的世界里，难以抗拒的金钱诱惑，古往今来，置身"灰色地带"的不少见。时至今日，出入高级料亭等地的正统派艺伎有，地方上温泉街的"枕芸者"之类的伪艺伎也有。

艺伎的生活传统上需要"旦那（DanNa）"（男性资助者）。对于资助者来说，捧艺伎是男人身份和地位的象征。艺伎中，最终委身于权贵，脱离艺伎生活的大有人在。历史上平清盛的爱妾仏御前，源义经的爱妾静御前，包括明治维新以后，木户孝允的正妻几松都，伊藤博文的原配伊藤梅子都曾是艺伎。

日本艺伎有史以来一直与政界保持着密切的关联，直到最近，出入高级料亭的艺伎一向是记者获取政界高层机密、小道消息的途径之一。

历史上，绝大部分艺伎是为了生计所迫从事这一行业的。不过，20世纪最出名的艺伎中村喜春另当别论。她出生在东京很有名望的医生家庭，家境富裕。因自小酷爱表演和舞台上艳丽的和服，毅然投身艺伎行列。不久，她凭着自己的天赋和努力声名鹊起，红透日本。她还是当时唯一会讲英语的艺伎，著名影星卓别林也曾慕名赴日，观看过她的演出。

名艺伎中也不乏侠女风范的。风靡全球的小说《艺伎回忆录》的原型、二战后的名艺伎岩崎峰子便是其一。她曾面对过诸多世界政坛的风云人物，且以很强的自尊心著称。1970年，岩崎峰子参加接待英国查尔斯王子的茶道会时，查尔斯王子因有感于其精彩的表演，径自在峰子的扇子上签了名。峰子不但没有觉得荣耀，而且很不高兴，回去就把扇子扔进了垃圾篓。她还在后来的著书里暴露，1975 年，英国女王伊丽莎白访日时的一次宴席上，岩崎峰子以传统文化形象作陪，女王态度高傲，不仅对她们不理不睬，就连国宴厨师们精心献上的，女王自己事先点的法国大餐也不沾不碰。言辞中毫不掩饰对女王傲慢冷漠、不体恤人意的批评。

400 多年来，艺伎作为日本的独特文化不断发展，在 20 世纪初，日本一度拥有超过 8 万名艺伎。70 年代以后，在新文化的冲击下，逐渐萧条，后受泡沫经济的影响再度衰落。现在从事这一行业的女性只有数百人，她们大都集中于京都和东京等少数大城市。谁曾预料，时代跨入 21 世纪，艺伎界又看到了曙光。

在日本国内，艺伎是京都的象征，操着一口嫩滑的"京腔"。我喜欢京都，街道、建筑、历史和浓厚的文化氛围，隐约有我想象中的盛唐形象。这里之所以成为艺伎文化的据点，要追溯到 1869 年。

当时，日本把首都从京都迁至东京，天皇一族也随之搬出京都，移居东京。充满失落感的京都意识到特色危机。京都府上上下下开动脑筋：一种以豪华艳丽著称的舞踏表演应运而生，并得以推广，实质扩大了艺伎的用武之地。这时期的京都是夏目漱石、谷崎润一郎等文豪、名流忘返流连之地，繁荣兴旺。艺伎从此与京都不弃不离。

虽说京都艺伎多，但也不一定走在大街上就能碰到。2008 年统计为 200 余人。一睹芳容的最好去处是艺馆林立的祇园一带。晚上，这里处处点着古色古香的灯笼，空气中飘荡着悠远的乐曲，艺伎们的古典装扮，传统优雅的举手投足，仿佛带着人们穿越时光隧道，回到古代祇园的画卷中。

在那里我碰到了艺伎学徒"舞伎"千夜子。听得出她的京都腔还不娴熟，来自外地。乘她上茶时聊了起来。她高中毕业后，因为对艺伎的向往，通过互联网找到了京都的培训机构，经过两年严格培训，刚刚开始出来献艺。这样的培训机构现在越来越得到关注。近来，每年都有几十名受过良好教育的现代女孩，从全国各地慕名而来，进入这个行业。

过去学艺大都从 10 岁开始，二战后，日本的儿童福祉法出台，年龄提高到 16 岁。学期基本仍保持 5 年。期间除了舞蹈、唱歌、琴瑟、茶道、书法、插花等课程，还新添了英语。化妆、穿和服，日常生活中的走路、鞠躬和斟酒等均予以严格培训。

千夜子很坦率地说，她们更像是演员，白天和普通女孩一样时尚，晚上有宴会时才"进入角色"。

日本第一个诺贝尔文学奖的获得者川端康成的成名作《伊豆的舞女》和《雪国》都是描写艺伎恋情的。艺伎是日本传统文化的载体，行业的复苏迹象表明艺伎文化仍在深刻地影响着日本。这种复苏是传统价值观的回归，也是人们渴望稳定、企盼重现太平盛世，对昔日繁华景象的怀旧之情。

＊生动的表达方式，学来就用：

HyaKuBun　Wa　YiiKen　Ni ShiKaZu

百　聞　は　一见　にしかず ＝百闻不如一见。

# 38 | 食四季旋律

自从联合国教科文组织对世界各地的传统艺术、风俗习惯等非物质文化遗产进行登记以来,在"饮食文化"项目的登记上,各国间的竞争日趋激烈。随着法国、墨西哥、地中海的美食被陆续列入名录,韩国的宫廷御膳、日本的传统饮食纷纷加入了申报的行列。

日本在"3·11"大震灾后不久即组建专门机构进行相关申报活动,背后不难看出,日本政府欲借此挽救因福岛第一核电站事故造成的日产食材的信任危机。

申请中,日方着重强调"和食(WaShoKu)"(传统日式饮食),使用食材的多样性及独特性、工艺之精细、历史之悠久等特点。其实,这些对吃"和食"长大的日本人来说纯属理所当然,而"和食"真正的最佳在四季的风采,是连接生活与季节的纽带。包括我们这些在日本生活多年的外国人,也能够深深体会到这一点。

日本作家佐藤爱子曾经这样回忆她孩提时代餐桌上的佳话:

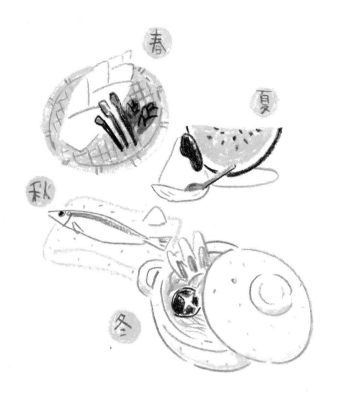

同样身为作家的父亲在不同的季节，每每第一次遇到时鲜食品上桌时总要"哈哈哈"地大笑，比如："啊呀，松茸下来了！哈哈哈。"还命令孩子们也要笑，因此往往是一家人哈哈大笑。乍看起来是有点儿傻，随着年龄的增长，更深地领悟到父亲开发引导我们对于自然的恩赐表现出感激和喜悦之情。

第一次在传统的日本料理店吃日式套餐的外国人都会惊叹眼前琳琅满目的盘盘碟碟，首先是数量，通常从五六种，到多达甚至二三十种。日本菜肴讲究优雅的艺术感，料理的形状和色彩的搭配,迎合着不同的食品,器皿的颜色、形状、大小均无一相同。每一道菜,内容和器皿都形成一个整体的精美造型,犹如一幅工笔画,让人赏心悦目。在一饱口福之前,首先要用眼睛和鼻子来"品尝"。所以日文中,在美食入口,说"美味しい(OyiShi)"(好吃)之前,还有一句特定感叹词:"美味しそう(OyiShiSou)"(看着闻着好吃)!

我喜欢的一家传统日本小料亭,随着季节的转换,不仅食谱不同,食物"登台亮相"的风格也不同,伴着一枝樱花、半节翠竹、几片红枫,或者雪白、鲜艳的山茶花……每每主厨向顾客介绍今天的菜单时,如数家珍,客人一阵赞叹之后,主厨露出欣慰和自豪。一个真正的"料理人(RyouRiNin)"(厨师),除了拥有对食材的识别、处理、烹饪这些知识与能力以外,还要有一颗艺术的心,在料理中巧妙地呈现季节,也是评价水平高低的重要元素。

日本料理讲究"旬(Shun)"(时令感)。

食材上,海鲜类有春天的鲣鱼,夏天的鳗鱼,秋天的秋刀鱼,冬天的牡蛎、河豚;蔬果类有春天的竹笋、油菜花,夏天的黄瓜、玉米,秋天的松菇、板栗,冬天的春菊、橘子,等等。

随着温室栽培的普及,超市食材柜的季节感变得越来越淡漠,但许多蔬果的营养价值,在不同季节会发生明显变化,比如7月的西红柿,维生素含量是1月的2倍,菠菜等冬季蔬菜的营养价值是夏季的8倍等。让家人吃到最富营养的食品,加之常年的生活习惯,日本主妇们习惯依照时令,以"旬"来展现餐桌上季节的色香味,且为长寿的饮食秘诀之一。

有一年的金秋，一个朋友送我一个包装精致的小盒子。拆开包装纸，再打开盒盖，里面是柔柔的松枝，上面并排躺着三根"松茸（MaTsuTaKe）"，就是佐藤爱子的父亲为之"哈哈大笑"的松茸。是一种生长在赤松林里繁茂的落叶枝下的松菇，香味浓厚，口感美嫩。由于产量越来越少，价格越来越昂贵，是日本秋季名副其实的山珍。

第二天朋友打了电话来问我怎么样，我说："做了汤，满屋子都香。"

他问："三颗都做了汤？"

我答："是啊。"他大呼可惜，原来：用手撕开，在火上稍稍烤焙，即食，最佳。我恍然大悟，这种吃法美味不会有任何流失，无奈为时已晚。

我说："没事儿，今天烤我得了。"于是两人哈哈大笑。

秋天的海味，最具权威的恐怕非"秋刀鱼（SanMa）"莫属了。秋刀鱼是秋季冷彻的海水里数量庞大的鱼类资源，不光鲜美，而且特别符合秋季食用：油润、营养丰富。做法主要是烧烤。传统烧烤秋刀鱼的场面如同一幅怀旧思乡的画作：家家门前点起一只只小炭炉，滴滴答答的油脂滴落在炭火之上噼啪作响，泛起的烟雾带着焦香随风飘散，融合在晚霞之中，弥漫在急急归家的路上。

现在，已经几乎看不到有人这样在门前烤秋刀鱼了，但大多数日式料理店仍然坚持炭火烤法。秋刀鱼是大众鱼，价格便宜，但坚持炭火烧烤，并且烤得地道的店，价钱会稍微高一些。浓浓的秋意里,大学的男生们常常一面抱怨价钱一面管不住自己的脚,频繁地掀起店门上的布帘。

接下来的冬日,日本全国各地架起风格各异、名目繁多的花样火锅。多年生活在九州的我,吃惯了"モツ鍋(MoTsuNaBe)"(肥肠锅)。锅底是处理过的猪、牛肠,切成一寸长短,覆盖了厚厚一层卷心菜,少许韭菜,最上面撒上蒜头片和鲜红的辣椒皮。比起大多数内容丰盛的火锅,它简单素朴,然而热腾腾香喷喷,辣得恰到好处,我是总也吃不腻的。

不久,万物生发,春回大地。餐桌上的颜色一下子清晰明亮起来,口味也明显淡雅。

春季,我最喜欢的,也是最具代表性的食材之一是"菜の花(NaNoHaNa)"(油菜花)。嫩绿的枝叶和鲜黄可人的花簇,点缀在你的盘中碗里,春意盎然。往往在开水中过一下,滴几滴酱汁,柔而不烂,清香甜美。

此外,春天的阳光里,新生的竹笋、豌豆、蚕豆、芦笋……都用不着过多的烹饪,就已经是鲜美之极的。

"鰻(UnaGi)"(鳗鱼),是日本夏日料理中的佼佼者。将处理好的鳗鱼沾上加糖的酱油用炭火烤熟,再浇上一点调料,直接吃是蒲烧鳗鱼;放在白米饭上,就成了鳗鱼饭;捏成米团,即成鳗鱼寿司,都是著名的日式美食。鳗鱼具有改善食欲、增进体力的效果,日本人习惯吃鳗鱼来消夏。特别在夏日的"土用丑日"。

古代,万事都属五行,即金木水火土。四季中木一春、火一夏、

金—秋、水—冬，"土"就多余出来，而古人认为每一个季节里都有
"土"，即在各季节的最后的 18 天。"丑"是十二生肖之丑。夏日的
"土用丑日"往往最热，人们难耐高温，食欲缺乏，出现苦夏的情况。
于是，江户时代，一些卖烤河鳗的商贩打出吃烤河鳗可以不出现苦
夏的广告，渐渐形成了这一天食用鳗鱼的习俗。

日本各地大都能找到鳗鱼专营店，传统的鳗鱼老店是我的最
爱之一。它们常常混居在闹市楼群中，可以一边品尝烤鳗鱼，一边
感受陈旧的店铺内悠久的时光。我每次必点的是油炸鳗鱼骨，细
细长长，香脆可口。我通常是先点一份，边吃边等着正餐上来，用
完餐后，再点一份带走。喜好上了即一发不可收。

如果说鳗鱼餐是夏日小小的奢侈的话，"素麺（SouMen）"（丝
面），一种极细的凉面，则是最典型最普遍的家常饮食，却可以吃出
万般情趣。

我曾经去鹿儿岛品尝过"唐船峡"的"素麺流し（SouMenNa-
GaShi）"（流水丝面）。唐船峡是旅游胜地，传说是丝面发祥地。它
位于丛林山谷间，顺着弯曲的山路进去，再拾阶而下，眼前豁然开
朗：亭台楼阁，幽静凉爽，汩汩涌泉近在咫尺，是日本百处天然名水
之一，泉边有弯弯的溪谷，数不清的鱼儿来回穿梭。每张圆桌上都
有一个圆形的水路，清澈的泉水转流不止，把煮熟的丝面一点点放
进去，用筷子逆流接住，捞出，沾上配好的汤料，清凉润滑。加上一
碟生鱼片，一条香喷喷的盐烤鱼，绝佳的享受。

在日本每到炎夏，很多地区举办别出心裁的丝面大餐：把劈开

的竹子连接起来,长达数十米,利用斜坡,让丝面和水一起顺流而下,人们站在竹竿两边,端着汤料碗,举着筷子,接面而食。吃出了夏天的清凉和热闹。

品尝季节的佳肴,感谢大自然的恩赐。如果把四季的食材比作季节的音符,那么除了看、闻、尝之外还可以听,因为传统的和食是一曲四季的旋律。

★生动的表达方式,学来就用:

HaNa　YoRi　DanGo

花　　より　团子 ＝ 务实。与其在花下赏花作诗,不如享受赏花点心。宁肯抓住实际利益而不要花哨的空头名誉。也用来讽刺不识风流只求实利的人或事。

# 39 | "死脑筋"的精明

　　准时准点,是日本人
的特点。即使没到过日
本,您也可能从电影电视
的荧屏上看到过日本站
台内奔跑的人流,惊诧日
本人的生活节奏快到如
此不可思议的地步。实
际上,人们奔跑的主要原
因是因为从飞机到 JR 铁
路、地铁甚至公共汽车都
准时准点的缘故。

　　在日本,每个公共交通工具的站台都有时刻表,注明每一班车
的抵离。便利的交通渠道形成一张周密的蜘蛛网,人们可以通过

手机上网等方式,简单地查到从出发点到目的地的全程所需时间。一旦出发时间确定,下一步,具体到搭乘几点几分的哪一班车,以及转乘时中间预计花费的时间,都已有明确提示。人们已经习惯用这样的节奏赶车,因为他们知道将要上的这一班车和将转乘的另一辆车都会准时到达。

从感觉上,对于300公里的时速而言,1秒钟只是一个短得不能再短的时间单位,但是,日本引以为豪的"新幹線(ShinKanSen)"(高铁),却是以这短短的"秒"来计算行程的。新干线的时刻表的精确度,一直保持在世界上独一无二的高度。驾驶员在途中必须不断地确认时间,以保证进站时刻的准点,不能迟到也不能早到。

不仅新干线,飞机、地铁,几乎所有的公共交通工具,如果没有碰到什么特殊情况是不会晚点的。就连路面上的公共汽车,只要没有遇到堵塞,司机也会按时刻表调整行驶车速,确保不发生误差。因此,无论什么场合,最好不要幻想用"晚点了"做借口,真要是遇上交通障碍,往往新闻会赶在你前面做报道,无须去找证据。

提到严谨与精细,西方有德国,东方有日本。日本人做事的精细,有时候简直到了令人难以置信的地步。

还是做学生的时候,学校里的一个校工做得一手好蛋糕,特别是她的奶酪蛋糕堪称绝品。有时她会带一些到学校来,分给大家品尝。向她询问做法,回答说:特别简单。几次下来,煽动得我跃跃欲试。终于,有一天把她约到住处,事先按她的要求准备好了所有材料,一一排放整齐,想象着自己也能做出一板美味的奶酪蛋糕,满心欢喜。

然而,一旦开做,立刻觉得不对劲了。程序的确如她所说:简单! 但每个程序中,鸡蛋的蛋白多少、蛋黄多少,搅拌时间多长、糖的比例、奶酪的温度等等,好像制作的是一款精密仪器,不允许有哪怕一丁点儿差额。慢慢地,我心里开始嘀咕,觉得有些小题大做,嘴上就不自觉地抛出一句句:"大丈夫じゃない(DaiJouBuJaNai)"(不要紧吧、没关系吧)。

日本人是不会立刻拉下脸面的,她依然微笑着坚持着她的原则。蛋糕做成后,要放进冰箱一段时间才算完成,我们就坐下来聊天、喝咖啡。她漫不经心地,仿佛并无所指地讲起当年她开始学做蛋糕时的事。

年轻时,她报名参加了一家烹饪学校开办的糕点学习班。班上,老师反复强调原料不能多也不能少。她起初没怎么把老师的话放在心上,认为一两克的误差影响不到大局。结果,称蛋液时,老师走过她身边,看到秤上显示的不是规定的 25 克,而是 24 克,立刻花容失色,一边慌忙为她添补上那关键的 1 克,一边以她为戒,大声提醒所有在场的其他人。那一刹那,所有人"うそっ!(WuSo)"("不可能!")的惊愕目光,掀起一股寒风,齐刷刷地掠过来。可怜她无地自容,自此,也开始"克克计较"起来。

最后,她不无感慨地说:"其实我的糕点老师是对的,如果我今天这里多 1 克,明天那里少 1 克,总有一天我会因此失去正确味道的感觉。"

所谓"桃李不言,下自成蹊",多年后,我在工作上指导后辈的时候,不知不觉中脱口引用了她的话,暗暗诧异,潜移默化中被"同化"的教育力量。

日本人的精细体现在很多方面。鲁迅先生评价日本的国民特性:严谨认真。他在著作《藤野先生》里,记录了从东京到仙台学医的生活片断。对于留学生鲁迅,藤野严九郎老师提出要求看看他的课堂笔记,结果让鲁迅"很吃了一惊",因为笔记被藤野先生"从头到末,都用红笔涂改过了,不但增加了许多脱漏的地方,连文法的错误,也都一一订正"。

抗战胜利,日本投降,日军缴出武器时,所有武器的名称、数量、类型一一登记造册,一丝不苟,犹如在做工作交接。

每年夏季,日本必然有几场台风呼啸而过。在从事媒体工作时,我注意到,每每台风过后,媒体对受灾情况做的统计报道中,不会用"约1万户人家遭到台风影响",而一定要精确到:931户人家房屋地板下进水,334户地板上漫水,5766人住入避难场所……

日本人的精细在制造业尤其突出。日语中有个词叫"物作(MoNoZuKuRi)"(做东西)。日本企业的竞争力很大程度归功于此,它与"制造"有根本的不同,具有集经验与精湛手艺于一身的"職人(ShoKuNin)"(工匠性)。"做东西"大都建立在师徒传承,对产品精益求精、对创意不懈追求的长期现场工作的基础上。日本的工厂遍布世界各地,所配备的生产机械,国内外的工厂没有什么区别,但一些精密元件必须在日本国内造,原因并非机械问题,而是操作者的手工技术问题。令人惊讶的是，一些国家级高科技装置、配件，竟然出自传统小型半手工工厂。

精细，往往难免给人以刻板僵化、狭窄、钻牛角尖的感觉。有这样一则故事常在提及中日两国的差异时被引用：一日本人和一中国人在饭店打工，老板让一只碗刷4遍。起初两人都很听话，可是不久，中国人发现刷3遍，碗就已经很干净了，于是不再坚持，还大度地把省工的诀窍告诉日本人。日本人却不领情，反过来责备他：不能这样，4遍就是4遍！中国人回敬日本人：死脑筋。

日常生活中，中国人常说"差不多就行了"，日本人则是"差一点儿都不行"，一个是将就，一个是讲究。日本人循规蹈矩，针尖发丝大的事儿也会像高科技一样去对待。中国人聪明，善于变通，缺乏规则制约。

故事的结局是：不久，"死脑筋"的日本人保住了工作，聪明的中国人被老板炒了鱿鱼。

"死脑筋"其实很精明。

一家中国服装工厂，接了一批日本订单，为这批订单，日方还专程派来了监管员。日本人监管员寸步不离地盯着裁床拉布的中国员工。按常规，中国员工总是把布重复叠很多层，然后在最上面摆好纸样，画线之后，一刀裁下去就是十来件，省工省时。但日本监管坚决不允许铺第二层布，中国员工不理解，他也不解释，一味地固执己见。纽扣定位时，疑问又出现了。中方员工一贯的做法是，把裁好的布摆起来，量好纽扣的位置，一针钻下去，布料上立刻出现一个小孔,流水线上的工人就在这个孔的位置上缝扣子。日本监管要求的做法是:一件一件用画粉在量出的位置上轻轻点一下。

订单完成,交接后,日本监管对百思不解的中国员工说:我们的衣服卖得贵,你们的衣服卖得便宜,同样的东西,原因就在于我们的做工仔细到每一个扣眼。

历史上,缺乏规则制约,让中国人吃的亏就太多太大了。

甲午战争前,北洋舰队访日,日本海军参谋长东乡平八郎上舰参观,栏杆扶手弄脏了他的白手套,他回去报告:"舰艇吨位虽高,不堪一击,纪律如此,士气可知。"

无独有偶,解放战争末期,蒋介石在葫芦岛乘军舰,军舰上灰尘遍布,气得他大骂:要亡国的!

无论国家还是个人,看到对方的长处、反思自己的短处才能进步。早在"九一八"事变后,中国反日情绪高涨,铺天盖地的拒买日货运动中,鲁迅先生就说:"即使排斥日本的全部,那认真的精神这种药,也还是不得不买的。"

如果有这样一种药,能很快改变人的马虎,那该多好。不难体会鲁迅先生的急迫心情。

★生动的表达方式,学来就用:

WuENiWa  WuE  Ga A Ru

上  には  上  が ある ＝ 天外有天。

# 40 | 厕所里的神灵

在哪里吃饭,有很多选择。冬日火炉旁的烛光晚餐,夏日大自然里的野餐,平日,在餐桌边、客厅里、阳台上,凭心情,几乎哪里都可以。不过有一点,大多数人可能不会想到,也不会选择在"トイレ(ToiRe)"(厕所)吃饭。

相信吗,还真有人在厕所吃饭。日本第一学府东京大学的厕所门上就贴有"禁止在厕所饮食"的警告,而且贴有类似纸条的远不止这一处,一些办公楼、商场也在其中。特别是近几年,在公司或学校的厕所吃饭的日本人愈来愈多,许多厕所的垃圾桶里能看到用过的一次性便当盒、面包袋等。

20世纪80年代,许多去过日本的外国朋友们纷纷传说:东京宾馆的厕所比咖啡店还漂亮。如今,不用说日本的星级饭店,一般餐厅、百货大楼的厕所都普遍讲究,甚至连公司、大学或是高速公路休息站的厕所也美轮美奂,而且最大的特色是"きれい(KiRei)"

公共厕所

（干净）。

　　大概世界上没有哪一个民族比日本人更有"洁癖"了。他们对周围干净环境的追求永无止境,厕所亦是最极致的表现,其结果,终于出现了"厕所餐"这种超乎寻常的现象。

　　爱在厕所用餐的人,当然不认为他们的行为超乎寻常。在她们眼里,厕所是最令人安心的隐私空间。尤其是职场的厕所,是上司、同事无法侵犯的异次元空间,是可以打私人电话、发私人短信,可以深深舒上一口气,享受"公中有私、宾至如归"之感的地方。

　　就用餐而言,在厕所这个圈起的空间里,既避开了和同事、同学间不必要的周旋,又可以无拘无束、不介意他人的眼光专心用餐,而且没有给任何人造成麻烦。孤独但全身心放松的时间,为接下来的工作学习充电、蓄锐。这么一分析,厕所用餐族的行为还是挺合理的。

如此钟爱厕所空间的日本人,自然会不遗余力地维护其中的隐私。一些外国人不在意的如厕细节,对心思细腻超乎寻常的日本人来说事关重大。

"音姬(OtoHiMe)"(拟音装置)的发明,是最典型的例子。镶在便座旁的墙上,轻轻摁一下揿钮,即发出哗哗的水声,以掩盖上厕所时发出的尴尬响声。时隔不久,姊妹产品随身"音姬"诞生,它看上去就是一个花形粉底音乐盒,随时随地可以飘逸出各种水声或美妙的音乐。问市第一年就创下 11 万的高销售量。

话说,早在 19 世纪,日本就已经有了"原始音姬",那是一种盛水的青铜壶,底部有口,用流水达到消声的目的。

痴迷高科技的日本人,在厕所这个不大的空间里,发挥足了聪明才智。不少第一次到日本的外国人,曾被智能马桶搞得不知所措。只要一坐上去,就听到"滴滴"的启动声,表示它已感应到人的存在,所有机关进入了待命状态。便座旁边小图标排列,它们各负其责:座圈加热、温度调节、冲洗的模式、热风烘干、除味、背景音乐、停止命令,等等。

这些还不够,如厕时还可以同时做健康检查:分析尿液样本、量血压、量体温。

为站着上厕所的男士设计的便池显示出一种俏皮和风趣,池内水中有一点彩色亮光浮游,它为男士们设定出"目标",以防"水花四溅",弄脏了环境。

环保意识在这个小小的空间也展现无遗。记得看过一部纪录片,记述日本的便座发展路程,其中印象最深的是研究人员如何费尽心机,制造出逼真的人便,放进便座,以便反反复复地研究冲水的速度、角度和力度,达到最佳、最节水的冲洗功能。

日本智能便座每次冲水的用水量不足 5 升,不到世界上其他国家平均用水的一半,却能冲得更给力、更干净。一般家庭的便座,背后的水箱本身就是一个带水龙头的小水池,每次如厕后,冲洗厕所的同时水龙头自动开始放水,用来洗手,洗过手的水经由水池底的小孔直接存入水箱,以备下一次冲洗之用。既节约用水,又节省了架洗手池的空间。

此外,在日本无论走进哪个厕所都没有必要自带手纸。为鼓励人们使用再生纸的手纸,这类手纸往往更具特色,印有数字游戏、笑话、钞票等,可谓五花八门。

日本人对厕所的钟爱,除了体现在提供舒适以外,还体现在文明设施的人性化上。比如:为婴儿换尿布用的收藏式小床;带幼儿者用厕时将幼儿安全固定的坐椅;供老人站起时用的扶手;身体不适者用的紧急按钮;能套住拐杖的开口圈。

这些还只是硬件,相对容易做到,要做到软件方面的人性化就考验人的细心度了。有的厕所备有挥发性消毒液,供给如厕前喜欢自己擦一下垫圈的人;有的公厕配有纸垫,成摞地挂在墙壁上,撕一张放在垫圈上,用完随水冲下;一些厕所还为有急需的女性备有生理用品,细心周到。

使用厕所的人也相当配合。不少人习惯冲水之后,掏出喷香剂喷洒便池,为自己遮羞,也为下一个使用的人着想。在水龙头下洗完手,即使是在公厕,顺手用揩手纸把台面的水迹擦去,则是大多数女性的习惯动作。

当然,厕所根本意义上是行方便的地方。我曾经采访过一次防灾训练,内容是拟定灾后如何在公园迅速建起公共厕所。公园一角的树丛中,排列着几十个貌似下水井盖的装置,中间刻有一个椭圆形。拧出钉子,即可以掀起椭圆形的盖,露出下面一个圆柱形的大桶,桶面有防止小孩或小动物不慎跌落的交叉杆。在上面支起一套如同简易衣柜的可拆卸支架,再罩上外罩,一个有手纸袋、防虫功效、通风窗口的厕所就出现了。

日本人的"厕所情怀"非一朝一夕。其根源可追溯到自古对"厕神(KaWaYaGaMi)"(厕所里的神灵)的敬畏。

日本人相信家神中有一位类似中国古代传说中的紫姑,掌管厕所的神。许多地区至今仍流传着各种供奉厕神的习俗。厕神,实际是一个财神,直接主掌财运。干净的厕所能招财进宝,自行打扫厕所的人财运亨通。常常听到人们津津乐道一些原本业绩平平的公司,因积极打扫厕所而生意兴隆的事例。流传很多大企业的老板、成功人士爆料自己每天打扫厕所的花絮。媒体的各种问卷调查也发现:生意好的公司、餐厅,厕所的确清洁漂亮。且有结果显示:厕所"干干净净派"的家庭总收入均高于"马马虎虎派",前者的自我财运感也远远超过后者。

其实,两派的性格差异本身说明了问题。如一位主妇回答:厕所干净漂亮更让我愿意请朋友来家里做客,多了人际交往,保持乐观开朗。显然,"干干净净派"在工作和生活中更具条理性、计划性,更积极向上。

除财运外,厕神还直接与怀孕、生育相关。曾经去看望过一个在家待产的同事,家里打扫得一尘不染,问是不是有人帮忙,她笑答:都是自己,最下功夫的是厕所。果不其然,厕所里窗明座净,配有自家院里采下的鲜花,幽香清新,显示出一个主妇的贤惠和品味。她双手合十做调皮样说:"玉のような子が生まれる(TaMaNoYouNaKoGaUmaReRu)"(生出健康聪明的孩子)。是的,常常洗厕,是日本民间传承的,生个健康聪明宝宝的孕妇"秘方"。

女孩子们有另一个信条:常常洗厕能"美人になる(BiJinNiNa-Ru)"(变漂亮),且要抱着对厕神的感谢之情去清洗。

2011年的除夕夜,有"日本春晚"之誉的NHK电视台的红白歌会上,歌手植村花菜以一首自己作词作曲的《厕所之神》爆红。

歌曲描述了一个小姑娘和祖母的生活情景，人生不同阶段的不同感受，祖母清洁厕所的教诲贯穿全曲，感染了东瀛列岛。

在日本，不仅有以厕所为主题的歌、电影，如何打扫厕所改变风水的书，书店里还能找到名厕所集。《东京厕所地图》汇集了当地的最佳厕所，很多人慕名前往参观、使用。

目黑雅舒园里有东京最具声誉的"一亿日元厕所"，我也随所属义工组织去体验过，豪华精致。这是一家婚礼会场，却因厕所举国闻名，婚礼生意随之红火。或许正是厕神的功劳。

放下这篇文字，您也去打扫一下自己的厕所？

＊生动的表达方式，学来就用：

YisseKi　NiChou

一　石　二　鸟　＝一箭双雕。

政经

Zheng Jing

# 41 | 短命首相的无奈

安倍　晋三

2006 年 9 月 25 日出任首相,2007 年 9 月 26 日宣布辞职,在任 366 天。

福田　康夫

2007 年 9 月 26 日出任首相,2008 年 9 月 24 日宣布辞职,在任 365 天。

麻生　太郎

2008 年 9 月 24 日出任首相,2009 年 9 月 16 日宣布辞职,在任 358 天。

鸠山　由纪夫

2009 年 9 月 16 日出任首相,2010 年 6 月 4 日宣布辞职,在任 266 天。

2010 年 5 月 30 日晚,中国总理温家宝从韩国首尔飞抵日本东京,这是他第二次对日本进行正式访问。次日,温家宝总理在东京会见了鸠山由纪夫首相和明仁天皇,6 月 1 日上午结束了为时 42 小时的短暂访问,飞往蒙古。第二天,也就是 6 月 2 日上午,日本首相鸠山由纪夫即宣布辞去内阁总理大臣之职。

很明显这是事先计划好的,完成了接待中国总理的来访,站完最后一班岗之后辞职。值得一提的是,温家宝总理在 3 年前第一次访日时,和他握手的是安倍首相,时隔 3 年,在这期间日本首相也已经更换了 3 届。

当年的安倍晋三在任 366 天,接替他的福田康夫在任 365 天,紧接着麻生太郎在任 358 天,而这次的鸠山由纪夫在任仅仅 266 天,是日本现行宪法下当选的首相中屈居第五位的短命首相。

频繁地更换最高领导人无疑不利于社会的安定与发展,包括日本的媒体都开始讽刺自己政府的这一异常现象是:真正懂得"谦让"和"皇帝"轮流做的游戏规则。

前日本首相竹下登曾有俳句(音律 5,7,5 形式的日本短诗),吟曰:
KaShu  YiChiNen  SouLi  NiNen No  TsuKaYiSuTe
歌手    1 年    総理   2 年    の 使い捨て＝ 歌星红 1 年 总理使用期 2 年 用完随手扔

其实,回顾日本历史可以发现,百余年来,首相任期在一年左右的比比皆是。日本首相一职设立于 1885 年。至今,任期最短的首相当属东久迩宫稔彦王,他是日本历任首相中唯一的皇室成员,在任 54 天。

东久迩稔彦是昭和天皇裕仁的叔叔,1887 年出生,曾留学法国圣西尔军校。1937 年的"七七事变"后,任日本陆军航空本部长。1941 年,一度被日本军部等推荐出任首相,然而,由于裕仁天皇和内大臣木户幸一均反对由皇室成员出任首相,没能如愿。二战末期,东久迩稔彦担任日本本土防卫总司令官,曾秘密策划推翻裕仁天皇,让年幼的明仁皇子登基,他本人担任摄政,统治日本。密谋最终因战局紧张及国内外形势而流产。1945 年 8 月 15 日,日本宣布无条件投降,铃木贯太郎辞去首相之职。皇族加陆军大将身份的东久迩稔彦,被视为收拾战后残局并能够控制住局势的最佳人选。8 月 17 日,以东久迩宫稔彦为首的内阁成立,内阁没有什么实质权益,主要任务是完成对政府的改造,协助日军解除武装,迎接美军进驻日本本土,以及签署无条件投降书等一系列工作。后来在改革问题上同驻日盟军总司令部发生矛盾,被迫辞职。前后不足两个月。

排名第二的,乃自称是为寻找长生不老药而东渡日本的徐福的下属的后裔羽田孜。羽田 1994 年 4 月出任日本首相,然而就任后不久,由于社会党退出了执政联盟,羽田孜在国会失去多数支持,同年 6 月 30 日辞职,任期仅 64 天。

其次就是二战前勇敢地提出了"小日本主义"的首相石桥湛山。石桥湛山出生于东京,他的父亲是日本佛教日莲宗学僧杉田湛山,他本人曾是一名报社记者。日本在取得甲午战争和日俄战争两大胜利后,萌发了吞并中国东北的念头,在狂热的军国主义自称"大日本帝国"的氛围下,石桥湛山则极力反对日本军部的对外扩张路线,并以大量的统计资料来证明拥有殖民地在经济上的消耗和得不偿失。他明言:大日本主义只是个幻想。可惜,他的主张没有被已经膨胀的日本社会所接受。二战结束后,石桥湛山曾在吉田茂内阁任职,1956 年 12 月出任日本首相,他一上台就宣布要寻求同中华人民共和国建交的途径。不幸的是,不久他因患脑梗塞,无法处理公务,上任 65 天后辞职。1973 年,石桥湛山以 88 岁高龄去世。

还有一位短命的"桃色首相",任期 69 天。宇野宗佑,曾是一名旧日本陆军少尉军官,出任首相没几天就爆出桃色丑闻,被揭露包养艺伎。起初,这一事件没有在日本国内引起轰动,但当美国媒体转载渲染之后,宇野宗佑在国际上臭名远扬,不得不引咎辞职。

2007年4月,温家宝总理访问日本。那是继小泉纯一郎政权下,中日关系一度诡谲莫测,多年的冰河状态以来的首次访问,故被喻为"融冰之旅"。我当时正在东京,有幸参加了"国交正常化35周年纪念·温家宝总理来日欢迎晚宴"。

当天上午,温家宝总理作为中国领导人,第一次在日本国会发表了演讲。中日两国都实况转播了这一历史性演讲。我和千千万万祈愿中日和平的人们一样,激动地守在电视机前。

温总理在演讲中高度评价了战后日本坚持走和平道路,以及对中国改革开放的支持,在言及最敏感的历史问题时温总理说:在一个国家、一个民族的历史发展进程中,无论是正面经验或是反面教训都是宝贵财富,从自己的历史经验和教训中学习,会来得更直接、更深刻、更有效,这是一个民族具有深厚文化底蕴和对自己光明前途充满自信的表现,沉思历史,将使我们更加深刻地体会到中日和平友好关乎两个国家的命运和人民的福祉。整个演说被长久不息的掌声打断十多次。

当晚的酒宴上,温总理特地提到了上午的演讲。他说演讲结束后,他立刻致电在北京的80多岁的母亲,问:"我讲得好吗?"

母亲的回答是:"孩子,你讲得很好,因为你是用心在说话。"

温家宝总理接着说:"从小,母亲就教导我要用心说话。"

我震撼了！没想到，我们中国的领导人会在这样的场合，说出如此感性和个人的话语，所有在场的人都被打动，屏息宁听。那平和而深邃的话语至今萦绕耳边，此生不忘。

紧接着温总理的发言，当时的安倍晋三首相不乏幽默地回应说："上午，温家宝总理的演讲，在国会获得全场一致的掌声，让我无比羡慕，因为我在国会发言时，充其量只有执政党为我拍拍手。"

后来听说，温家宝总理每天中午，只要在中南海，都要回家陪妈妈吃饭，是国务院有名的大孝子。

百善孝为先，移孝作忠。如果说温总理母亲的谆谆教诲是总理从其父辈获取的恩惠的话，从安倍晋三开始的这几届日本短命首相，倒也不乏来自于祖辈的恩惠：第二、三代政治家用家史和金钱垒起来的登向首相的阶梯。如此分析起来，"短命"，在一定程度上，因其必然的因素导致了必然的结果。

★生动的表达方式，学来就用：

NaNa KoRoBi YaOKi

七 転び 八起き ＝ 不屈不挠。即使七次摔倒也要在第八次爬起来。也用来形容曲折多难的人生。

# 42 | 日本为什么捕鲸

在日本的超市的鱼柜里,很不起眼地排列着可数的几点加工了的鲸肉,与一年四季丰盛的鱼类相比,显得极没有市场和存在感。这印证了一个事实:离开了鲸肉,谁家的主妇都不会为难。比起"烧き肉(YaKiNiKu)"(烤肉店)、"ラーメン(Ra—Men)"(面店)这些随处可见的饮食店,大街上也不会看到烹饪"鲸(KuJiRa)"(鲸肉)的专卖店,这也印证了一个事实:鲸肉并不广受欢迎。

既然如此,日本为什么还要顶着国际压力,打着"科学研究"的幌子也要坚持捕鲸呢?

奥斯卡获奖纪录片《海豚湾》,用偷拍的手法记录和描写了日本纪伊半岛西侧的和歌山县、太地町捕杀鲸的事实。影片一度遭到日本激进团体和民众的干扰,导致各家影院相继取消放映。为此,影片的主演里克·奥巴瑞曾在日本的大学呼吁,不应视捕鲸为"文化"。当时就有学生反驳他:"您说捕鲸不是日本文化,但对于

世世代代捕鲸的太地町的人来说,这就是文化。"

鲸,作为一种肉食在日本存在,可以追溯到弥生时代。而有规模有组织地捕鲸,始于 20 世纪 20 年代。但是,鲸肉真正成为食物在日本全国范围被推广,是第二次世界大战以后的事情。战后的食物难时代,鲸肉是贫瘠的百姓摄取蛋白质的主要来源。

我有一位日本朋友,他至今仍然一提到鲸肉就犯恶心。他回忆说:当时的老百姓,买得起的肉类只有鲸肉,鲸肉几乎是廉价食品的代名词。学校里供应的午餐,有肉的时候,必然是鲸肉。有一天,他实在咽不下去了,想偷偷吐掉,被老师发现,硬强迫他吞了下去。接着,老师向全班训话,是孩子们听了无数次的老生常谈:不许浪费食物之类。

这让我联想起父母向我描述过的中国的三年自然灾害时的情景:不懂事的孩子看见黑乎乎的窝头就哭闹,因为粗糙无油,咽不下去。见鲸肉而哭闹,日本的中老年人当中,有同样的幼年记忆者,并不罕见。

在物质丰富的今天,捕鲸还有意义吗? 日本政府为捕鲸的定位是"传统文化的保护"。不可否认,从古书文字到地方民谣、传统工艺等等,的确可以领略到日本食鲸文化的传承。可是,随着时代的变迁、人类的进步,传统文化是不是也应该有所变革呢。值得一提的是,在日本捕鲸的背后,远远不只是"食文化",它牵涉更多更复杂的政治因素。

近年来,反捕鲸人士与日本捕鲸船的冲突愈演愈烈。2010 年 2 月,新西兰反捕鲸活动家彼得·贝休恩坐水上摩托靠近捕鲸船后登船,被日方以"非法入侵"等罪名带回国,后在东京被判 2 年监禁,缓期 5 年执行。日本人对此事件的态度,大体可以分成两种,一种是漠不关心,另一种是支持。持支持态度的人,理由很简单,他们相信贝休恩是"政客"。

相信贝休恩是政客的原因来自国际反商业捕鲸相关条约形成的历史背景。20 世纪 80 年代,日本经济高速发展,在欧美引起广泛的"日本威胁论",捕鲸问题在那种大气候下,成为各国政客联手排斥日本的主题之一。

美、英等国拉了一批成员国加入国际捕鲸委员会(IWC),包括瑞士这样没有海岸线的内陆山地国家,于 1986 年通过了禁止商业捕鲸公约。日本见势不妙,也去拉蒙古国等本来和捕鲸问题根本扯不上关系的国家来助阵,但为时已晚。

正如在国际温室气体排放量的计算上,掌握主动权的工业发达国优势于新西兰等畜牧业国家一样,国际协议的制定,往往维护着一部分特定国家的自身利益,简而言之,是政治和利益的抗争。就像更多的日本人相信,澳大利亚和巴西等国强烈反对捕鲸,意在开发海洋旅游业。捕鲸禁令在客观上加大了日本对从美国进口牛肉的依赖。

2010 年 6 月,国际捕鲸委员会的 88 个成员在摩洛哥举行年会,为化解支持与反对的双方长期以来的对立,一项新协定被摆上桌面:以逐年缩小配额的方式更改商业捕鲸禁令。结果是,双方未能达成共识。一向强烈反对捕鲸的澳大利亚,提交了逐步终止捕鲸的方案。主张捕鲸的日本,表示不能接受。会议不得不又绕回到准不准捕鲸的话题上。

洽谈会的失败,对 IWC 带来致命性的打击。日本有意结合支持捕鲸国家另起炉灶,组成新机构取代 IWC。挪威等国则扬言,已经厌烦了出于政治而不是科学立场的反捕鲸,强调:"以可持续性管理为基础的捕猎,是环保的食物生产方式,禁止捕鲸的呼声只能削弱人类面临的对真正环保问题的关注。"

滑稽的是,支持与反对双方都持有各自的科学证据。

日方的科学数据显示:大部分鲸种数量有增无减。而且,由于鲸的食量巨大,一头巨型鲸每天能吃掉近两吨的鱼虾,是世界人口渔业消费量的 3 至 6 倍。如果继续放任鲸类繁衍,会加剧人类的渔业供给日渐不足的困境。基于维护海洋生态,就必须在保护种群可持续繁衍的前提下,适当控制和开发利用。

相反,反捕鲸方也摆出数据显示,世界鲸类总体数目呈减少趋势,有些群种甚至濒临灭绝。

在"能捕鱼,为什么不能捕鲸"的问题上,反捕鲸之所以能引起共鸣,很大程度上反映在鲸是哺乳动物,无法像鱼那样迅速大量地繁殖后代,而且身姿柔美可爱。换句话说,不那么可爱的,不算人类朋友的动物就天生该死、该杀吗?再者,至今仍在一些国家存在的食用狗肉、猴脑、马肉等现象,是不是更该被谴责呢?

千百年来,人类以征服者的姿态对野生动物大开杀戒,对盘中美味津津乐道,鼓吹珍禽异兽的奇特食效,为自以为是的胜利沾沾自喜。目前全球每年约有 1 万吨鱼翅贸易,并且,随着民众荷包里财富的增长,鱼翅已不再是少数人特享的"珍馐",贸易量在持续上升。尽管鲨鱼对人类来说可能不算可爱,但用电锯活生生地把鲨鱼的背鳍、两个胸鳍和一部分尾鳍割掉,然后将全身流血不止的鲨鱼扔回海中,以至活活疼死,这样的"食文化"是不是也该重新考量呢?

总体来说,在日本有捕鲸传统的就那么几个特定的地区,吃鲸肉的人也不为主流,大都要上网购买。鲸肉在国民菜篮子里的存在几率与牛、猪、鸡肉和普通鱼类比起来微不足道。值得关注的是,日本战后虽然经济上去了,但外交一直不振,无法摆脱美国的身影,捕鲸问题无形中渐渐演变成日本政府一定想要交出的一份"政治答卷"。

我期待着一个真正科学的、公平的关于海岸捕鲸的提案早日形成。因为,除了大熊猫、基维鸟(Kiwi)之类由于生态环境的变迁已无法自然生存繁殖、濒临灭绝的动物之外,人类任凭自己的情感而对特定的动物进行一味的呵护并不理智。澳大利亚的袋鼠繁衍过剩就是最好的例子。同样,像日本那样把利钩伸到遥远的公海也难怪被骂嚣张、被攻击。由于价值观不同而相互排斥,最终导致暴力甚至战争的人类悲剧还少吗?

纪录片《海豚湾》最终在日本各地上映,票房状况良好。来看电影的大部分民众表示,观映的目的是想知道到底是怎么回事,因为他们对捕鲸一无所知。

★生动的表达方式,学来就用:

YiWaShi  A mi  Ni  KuJiRa

鰯  網  に  鯨 ＝异想天开。沙丁鱼的网是捕不到鲸鱼的,泛指不可能发生的事。

# 43 | 远亲不如近邻

在日本居住的大约 20 年中，粗略算一算也搬过不亚于 7 次家。从语言学校到上大学，从学生到公司职员，环境再好一点的，面积再大一点的……这或许也是留学海外的朋友们的共同经历，我们像一只帆船，不停地起航，不断地奔赴下一个港湾。

在日本搬了家，到了一个新环境后，要做的一件重要的事是走访邻居，去隔壁打招呼。带上一份小礼物，敲开对方的门，一般不进到家里，只在门口向对方作简单的自我介绍，然后递上礼物，表示今后请多关照。对方也会就此告诉你他（她）的姓名，双方简短寒暄之后告辞。碰到礼仪特别周到的新"外来户"，甚至会把整个"丁目（ChouMei）"（街道、居民区）都拜访到。

我们中国有句谚语：远水难救近火，远亲不如近邻。日本人挨户拜访新邻居的理由便基于此，除去最怕被搁置在团体之外的民族性，他们更清楚邻里间和睦相处的重要性。

邻里间的聚会　左一：作者

　　2010 年 9 月,日本海上保安巡视舰在钓鱼岛附近海域追撵中国渔船,直至相撞,最终逮捕了中方船长。尽管最后释放了船长,但是,敏感的主权问题在中日两国间引起轩然大波,使中日关系在短短的 20 天中出现了明显的倒退。2012 年,由日本政府和右翼一手导演的钓鱼岛购岛闹剧,更使中日关系跌入建交 40 年以来的首次"冰冻状态"。

　　日本,对我们中国人来说是既熟悉又陌生的国度。追本溯源,同属儒学文化圈,然而文化的相同点和不同点错综混杂,反而容易造成似是而非的研判。

　　日本民间团体"Global Voices from Japan"数年来坚持主办"外国人看日本"征文活动。近年,征文活动已经发展到包括来自世界上约 50 个国家和地区的上千篇来稿。投稿语言有日、英、中、韩四种。每年 5 月,揭晓获奖作品。

记得有一年的最高奖得主是来自中国江西,就读于早稻田大学的博士生晏英。晏英以一篇《祭奶奶》,以向去世的祖母倾诉的形式,描述了自己七年的日本留学生活。他通过把自己与祖母背井离乡、颠沛流离的一生相对比,讲述了他在日本如何勤工俭学,又如何获得了无数善良的日本人的帮助,走向成功的故事。文章感情纯朴真切。在对日本的描述中,他写道:我喜欢这个社会,不用拉关系走后门,大家将全部身心用在工作和学习上,有努力就有收获。日本人对工作一丝不苟,待人礼貌热情。我考上摩托驾照后,有日本人送给我一辆摩托。我从山梨县来东京时,有日本人全家出动帮我搬家,还掏钱雇车为我运东西。不时地收到一位日本大伯寄来的自己种的大箱的蔬菜。隔壁邻居从来不排挤我。战争,只是一小部分政治家挑的祸。当一小撮人利用国家的幌子来欺世盗名的时候,这一小撮人并不代表国家,这时民众的狂热都是被这些人蒙骗的。他们不光加害了外国民众,也使本国民众深受其害。哪个国家都会有好人和坏人,以国家为单位来划分好人与坏人是不可取的。

近年来,有人高谈阔论:留日生都从亲日转向反日、抗日,而留欧美的中国人则能亲欧美自始至终。这一说法无疑有欠公正。回顾历史,鲁迅、蒋介石、周恩来、郭沫若等留日精英,都没有因为日本军国主义的侵略行为而失去对日本人民的深厚感情。今天,我自己身边就有许多杰出的留日学生,现在正活跃在中日两国间的各个领域,于公于私都起着友好往来的桥梁作用。

"一衣带水"、"相濡以沫"不只是说说而已。孙中山从事革命活动的基地之一就在日本。2010 年的上海世博会上,日本馆里曾举办过"孙中山与梅屋庄吉史料展"。梅屋庄吉是日本跨明治、大正时期的实业家,和孙中山相识时,孙中山 29 岁,梅屋 27 岁,两个年轻人一见如故。梅屋庄吉愤慨于亚洲被欧美列强凌辱,有感于孙中山的革命思想,终其一生,用财力支持中国的革命事业,在家境败落的情况下仍借债捐款。晚年,又为侵华战争的早日结束奔走于两国上层之间。像梅屋这样多年追随孙中山的日本友人,有文献记载的就达 300 多人,他们为了中国的革命、两国的友好事业出钱出力,还有的甚至献出了生命。

20 世纪 40 年代,中国人民历经 8 年奋战,取得抗日战争的伟大胜利,其中也包含了无数日本反战人士的支持和援助。2010 年,在中国媒体以及众多日本友人的协助下,一名在山东省济南市的烈士陵园内长眠了数十年的日本人宫川英男的部分墓土被带回日本,自此,这位在异国捐躯的"日本八路"得以安眠于故土。宫川英男抗战期间来到中国,在侵华日军中积极宣传反战,牺牲在山东。像他这样为了中日和平而献身的日本友人不计其数。

如今,有更多的日本专家和友好人士长年支持着中国的社会主义建设。被称为"治沙愚公"的远山正瑛,83 岁时来到内蒙古的恩格贝治沙。他陆续带来了上万的日本义务植树者,他们自己买树种树,食宿自理,不要求任何回报。

日本奈良的纺织专家,65 岁的丹藏淳治,退休后来到世界上最大的经编纺织品基地浙江海宁市,自愿无偿出任技术顾问兼高级工程师,将毕生所学倾囊奉献。

………

援助不单限于民间。中日建立邦交后,日本政府以贷款、无偿援助和技术合作等方式帮助中国的建设。20 世纪 80 年代,日本贷款占了中国基础设施建设费用的 40%。贷款利率约为 1.4%,远低于 4% 的世界银行的贷款利率,利用日元贷款建成的铁路、设施、港口遍布全国。日本政府对华"利民工程"等,以支援贫困地区的初级教育、医疗保健、民生环境等为重点的各种无偿援助占来自外国官方援助总额的 2/3。

2008 年 5 月 12 日,四川发生强烈地震,日本政府、企业、个人提供了大量的援助资金和物资。新中国成立以来接受的第一支国际救援队就是日本救援队。该救援队积极参与了灾区学校的重建、培养心理治疗人员等项目。

"相濡以沫"从来都不是一方的。早在 1923 年,日本发生关东大地震,损失惨重,死亡 14 万多人。北洋政府决定救助,号召百姓忘却战争前嫌,不再抵制日货,以减轻日本人民的负担。各地相继成立救灾团体,筹款筹物。京剧大师梅兰芳为救灾义演,帮助重建日本帝国剧场。2011 年的"3·11"日本大震灾发生后,来自中国的救援物资批量占世界之首,中国人民和政府向日本提供了从物资到人力的多方面援助。

时至今日,两国间的人员往来不断扩大,常住中国的日本人数有 10 多万,居住在日本的华裔已经突破 100 万。

我住在千叶县的时候,有一段时间每天定鲜牛奶。有一天,我不小心打碎了家门前的奶瓶，破裂的玻璃远比想象的锋利，在感觉到疼痛之前，已经被割了几处口子，鲜血泉涌而出，一眨眼的工夫一双手竟已是血淋淋的。邻居大妈正在院子里收拾花圃，见状一边大呼大伯打119，一边急急忙忙地奔过来，想是怕我晕倒，一把抱住了我，弄得她身上血迹斑斑。我虽然显得不知所措，但还不至于晕倒，正在极力作解释的时候，远处已经传来救护车的"吡咮吡咮"声。我顺利"当天出院"，当晚，大妈端过来一份热腾腾的晚餐，叮嘱我不要急着下水。

远亲不如近邻，谁都希望有一个好的邻里关系。与此同时，两家之间也好，两国之间也罢，为一条栅栏、一个岛屿闹出纠纷本不足为奇，但是大打出手绝对不是解决的方法。人类史上为权益、领土的战争比比皆是，最终留给人类的只有伤痕和更深的怨仇。何况，现代战争再不会是古代的刀光剑影、近代的枪林弹雨，可能意味着人类的末日。我坚信，越是有利害冲突的国家，在政治、经济、外交上的政府层面出现重大障碍时，人民与人民之间的友好往来越不能中断。民间的草根友好失去了，绿茵就真的会枯萎。

愿我们都拥有良好的"邻里"环境，并为之付出不懈的努力。

★生动的表达方式，学来就用：

ToO　Yi　XinSeKi　YoRi　ChiKaKu　No　TaNin

遠　い　親戚　より　近く　の　他人

＝远亲不如近邻。

# 44 | 学历门

　　"学历门",是近年流行起来的一个新词。人们已经习惯把一些带有爆炸性的事件及新闻,冠以"××门"来形容和广泛关注。比如,欧洲意甲联赛中的"电话门"、前央视足球评论员黄健翔的"解说门"之类,尤其是政治、娱乐等领域的名人事件,冠以"××门"的不计其数。它最初起源于著名的尼克松政治丑闻"水门事件",可以说是从"门"应运而生的一个崭新的表达方式。

　　随着打工皇帝唐骏的假学历事件炒得轰轰烈烈,"学历门"这个词的出现,也就顺理成章了。

　　孕育出"学历门"的自然是"学歴社会(GaKuLeKiShaGai)"。在竞争激烈的当今社会,学历是判断个人能力最简明扼要的途径。这一点,日本也不例外,一个人拥有的学历,直接影响到从事的职业的好坏和薪水的高低。企业雇用员工时,第一轮莫过于考量对方的学历和毕业的大学,很多一流企业直接与一流大学达成招工

大学的毕业典礼后　中:作者

的默契。

　　日本的最高学府东京大学一向是为政府机关输送高级官僚的平台。有这样一个笑谈:东京大学毕业的前首相宫泽喜一,无处不展现对母校的深厚情谊,被采访也好,与他人交谈也好,总不忘把母校挂在嘴边。因为他最喜欢问别人的一个问题是:哪个大学出来的?

　　大家心知肚明,唐骏只是沧海一粟。还有无数的唐骏为了找工作时、跳槽时能够一路康庄大道,采取一些非正常途径,按唐骏自己的解释是:不是造假,只是结果有水分。这个"水分"来势汹涌,无孔不入。政治、财经、学术,就连本该与显赫学历没有多少关系,靠演技、歌舞吃饭的演艺界明星们也加入到拜高学历的行列。

现在回想起来,早在20世纪90年代,"学历门"这个词出现之前,我就碰到过一个准备上演"学历门"的主角。当时因为工作关系,我经常接触到一些中国官员,他们为我们与国内电视台的合作项目牵线搭桥,我们也帮助接待安排他们来日访问的一些具体工作。几次交往下来,慢慢地就成了熟人。有一次,中年的张处长透露他即将去中国某名牌大学博士班,我的第一反应是:你反正上班工作清闲,每天喝茶、读报、聊天,又不是没时间,去读书,的确是个好选择。于是,不无羡慕地笑道:"重回校园做学生,那感觉一定不错!"张处长没有接我的感叹,而是回我一个诡秘的微笑,淡淡地说:"哪里真去做学生,要个文凭而已。"

要说日本也不乏政客、名人的"学历门"嫌疑。其中就包括著名的漫画家手塚治虫、名作家桥田寿贺子、细菌学者野口英世等名人中的名人。最有代表性,社会反响也最大的,应归前任首相小泉纯一郎莫属。

2004年,一场"学历门"风波闹得小泉灰头土脸。当时的官方网站上刊登的首相的履历是:毕业于庆应大学,之后留学伦敦大学政经学部2年。政治家信口雌黄的胆子确实非普通老百姓可比,明知道自己的学历里有水分,小泉纯一郎竟然还在访问英国时,当众兴高采烈地对布莱尔首相说:我在英国留学两年,曾亲眼目睹过英国大选,那段经历是我人生的一大财富,等等。话音落地,很快就被日本媒体铲了起来,无须费多少功夫,媒体就已经查明,小泉纯一郎所谓的在伦敦大学的留学,实际上只是参加了谁都可以随意报名听讲的、面向社会的公开讲座。而且在籍不到 1 年,不仅没有取得任何学分,更不用说获得过任何学位,充其量是"游学"而不是"留学"。回顾他对布莱尔首相和媒体说过的话,不得不佩服他的"胆识"。

尽管这场"学历门"危机曾经让小泉威信大降,但最终并没有影响他连任首相,人们可能一开始就没有指望他的学历怎样。相比之下,小人物与学历有更斩不断的纠葛,毕业的大学直接影响到工作、升迁、在社会的定位。

无疑,孕育"学历门"的土壤是过度激烈的高考竞争。

日本的"大学受験(DaiGaKuJuKen)"(高考制度)有国、公立和私立之分。入国立和公立大学必须通过两次大学入学考试:第一次为全国"大学入試センター試験(DaiGakuNyuShiSenTaShiKen)"(大学入学统考),第二次为各大学的自主招生考试。

私立大学一般不需要统考的成绩,有各自的入学考试和下属高中推荐等招生渠道。日本私立大学的数量远远超过国、公立大学,约占大学总数的 80%。私立大学的学力悬殊,从录取率几十分之一的一流大学,到几乎只要报名就能上的大学,一应俱全。

在日本,私立大学中虽也有名牌,但总体学力、影响力最大最好的名牌,几乎都属国立。而且国、公立大学收费相对低廉。因此,名声赫赫的国立大学和寥寥无几的几家私立名牌就成了考生们争夺的目标。为考上名牌大学而参加复读班,甚至一考就是多年的"浪人(LaoNin)"(复考生)不乏其人。日语中用"試験地獄

(ShiKenJiGoKu)"("考试地狱")来形容高考的激烈度,并且流传"四当五落(YonTouGoLaKu)"的说法,意思是每天的睡眠时间控制在四小时以内,其余时间统统用来学习,即能如愿考上理想的大学,"当"在这里是"中"的意思;然而如果贪睡,睡了五个小时,就该准备落榜了。

正因为大多数年轻人都经历过考试地狱,毕业于哪一所大学,从某种意义上就大体把你划入了不同 IQ 的群体。

著名出版社的 44 岁的副总编,在东京赤坂的酒店喝闷酒发牢骚的情形被杂志八卦。原因是春季人事变动,比自己小 2 岁的后辈竟然跃过自己荣升总编。"凭他一个区区日本大学的毕业生……",副总编的脸上挂着鄙夷。副总编的母校是早稻田大学,却在仕途上败给了比自己大学档次低的后辈,借着酒势,连那小子的学校一起骂了进去。

像副总编这样在评论某人时,把其与母校牵连起来的情形在日本不足为奇。诸如"别看他这么低调,他可是京都大学出来的"、"那家伙还是立教大毕业的呢,怎么做事这么没谱"、"也难怪他拼命地干,中央大出来的不加油能行吗"之类在言谈中属家常便饭。

来自一流国立学府的毕业生是不会忌讳言及自己母校的,此外则不然。我在海外碰到过一个来自东京的学生,攀谈起来,不知怎么聊到了母校,他毕业的大学叫"目白大学"。说实话,从未听过这所大学,我本能地歪了一下脑袋,他几乎是在我这个动作的同时,说:"不介意不介意,连我家亲戚都没一个知道这所学校的。"他自己介意,所以才会习惯性地说这句解嘲的话。

欧美的能力观是:通过训练和经验达到的现实中的实力。而日本的能力观是:无限的潜力。一流大学的毕业生在就业上占绝对优势,并非已具备了不起的实力,而是被想象着拥有所谓"潜在能力",于是得到了被接受和被长期培训的机会。早稻田大学出身的副总编之所以不平,是因为20多年前他是高考的胜利者,即日本式能力观的能力持有者。相反,"没能力的人"自然没潜力、无价值,这种能力观导致就业战中遭挫折的学生自以为:我不行,只是无名大学毕业的无用之徒。

同样是日本前首相,对日本20世纪六七十年代的发展做出了卓越贡献的田中角荣,没有任何学历。田中角荣出生在北方新潟县的农村,父亲几度行商失败,家道中落,因贫困只念到高小,后辗转到东京,半工半读完成中专夜校课程。作为一位政治家,田中角荣一生的最大功绩首推1972年,顶着国内外的反对势力,毅然恢复了中日邦交,不仅使日本在与美国明争暗斗的外交舞台上先声夺人,而且为亚洲的安定奠定了基础,为后世子孙造福。在日本政治家中,他被推崇为靠勤奋努力,从贫民攀升到权力顶峰的最伟大政治家。日本人戏称他为"带电子计算机的推土机",赞誉他惊人的知识量和行动力。

田中角荣的故事在日本家喻户晓,激励了众多在学业上不很理想的年轻人。事实上,随着时代的发展,日本社会对学历的看法正在发生变化。越来越多的企业在招聘新人时,更看重个性和能力,而不仅仅是学历。高学历已经不再是畅通无阻的"通行证"。

滑稽的是,恰恰是因为唐骏的过于成功导致了东窗事发。他能力不差,找个好去处不难,倒是更多被认为没有"潜在能力"的人们需要祝福。

---

★生动的表达方式,学来就用:

GaKuMon Ni OuDouNaShi

学问 に 王道 なし ＝ 在知识的领域里没有捷径可走。

# 45 | 日本驻奥克兰总领事访谈录

　　石田八郎总领事简历：1975年进入日本外务省，曾在驻美国、加拿大、新加坡、泰国等日本大使馆任职，1987年首次在日本驻新西兰大使馆任职，2005年任日本驻芝加哥总领事馆首席领事，2009年7月出任日本驻奥克兰总领事馆总领事至今。

　　黄莹：石田总领事，您好！感谢您今天百忙之中接受采访。首先在此向基督城地震中丧生的日本学生、在东日本大震灾中的所有遇难者表示哀悼，对受灾者表示衷心的慰问。这次发生在日本东北部的大震灾，其造成的伤害之大可谓世纪性的。几乎全世界的媒体都在跟踪报道，日日关注。时至今天，当然是天灾，但是，之后的核泄漏以及在相关问题的处理中，是不是也存在"人祸"的部分，也就是处理不当、不及时的地方呢？

　　石田总领事：的确，甚至在世纪性之上，可以说是千年不遇的大灾害。把大海啸也算进去，真的是1000年也不一定发生一次的

作者专访石田总领事

大规模了，再加上核电站的事故，就成了日本灾害史上史无前例的重创。现在，日本政府和地方自治体以及日本国民正团结一致，全力以赴。还有来自 130 个国家的 30 多个国际机关给予了日本灾后支援。关于其中是不是有"人祸"的问题，原子能发电站原本是人类建造的东西，因此其中是否有"人祸"的因素，我想，接下来有必要做严谨的调查。目前有计划成立一个从政府部门独立出来的、作为第三者的调查机构，对与核电站有关联的官方、原子能安全委员会等政府机关、民间公司进行详细调查，看是否有过失，对这次的事故进行一个正确的评估。我认为，这个评估结果应该不仅仅对日本很重要，对世界上有核电站、无核电站的国家，对全世界来说都是重大的事故。因此，重要的是分析调查的结果应该成为将来对世界有价值的东西。当然，在此之前，解决眼前正在发生的问题、反应堆的冷却以及污染的防止等迫在眉睫。

黄莹：大难之后的日本国民，他们表现出来的秩序和沉稳是有目共睹的。与此相比，日本政府在灾后的应对和处理上则显得不够麻利，当然，这些都是旁观者的看法。作为政府部门的内部人士，您认为有这个现象吗？如果有，问题在哪里？如果没有，为什么外界会有这种感觉呢？

石田总领事：我想，是可能有人觉得政府的对应不够有力，不够快。这次的大灾害中的死亡人数大约13000人，再加上15000人至今失踪，下落不明。同时15万人以上无家可归，仍然必须继续在避难所生活，在这样一个状况下，要解决这一系列的问题，也难免让人感到慢。现在，菅首相下面形成了在核电站问题的解决上以枝野官房长官为首，在受灾地区的支援和复兴问题上由仙谷副官房长官负责的领导体制，在得到地方自治体和国民大力合作的同时，警察、消防、自卫队都正在尽着最大的努力。另外，值得感激的是，有来自中国、新加坡、新西兰等多方面快速派遣的救援队，救援物资也接连不断。借此机会，表示由衷的感谢。

黄莹：各种迹象都表明，日本要从这次的打击中完全站起来，需要相当长的一段时间。同时，也有一种说法认为，日本在GDP上已经被中国赶上，又逢如此重灾，会不会从此不振，"太阳下山"。当然，这是我们不愿意看到的结果。那么日本在核泄漏处理和灾后复兴上，是不是已经有了可靠的全面规划？前景如何？

石田总领事：的确，这次的大震灾的受害总额高达20兆日元，日本是处在非常严峻的环境之中，这是事实。为了应对震灾，日本政府正在紧锣密鼓地展开有关复兴的会议、审议会，等等。您也知道这次的重灾地，东北地方是很重要的地区，电力供应、大企业的零部件工厂，在农业、水产业上也都是很盛行的地方，目前的复兴计划不是恢复原来的形象，而是会实行在东北地区创建日本 10 年后、20 年后的未来形象，有梦可寻的模特儿地区，是这样的复兴和再建计划。当然，因为灾害之大，可能会花上 5 年，甚至 10 年也不一定，尽管如此，我们会尽最大的努力。从日本全体的经济来看，由于电力供应等诸多问题，一年半载会有一些难以避免的影响。但是到明年，所有的复兴措施都会兴起，经济应该随之重新活跃起来。太阳有升起和下山的时候，下山后的太阳一定还会再升起来。

黄莹：的确，战后日本仅仅用了二三十年的时间，从一无所有成长为经济大国。希望也能尽快从这一次的打击中站起来。这次的大震灾无疑对日本经济造成重创，就日新贸易而言，观光业、农畜产品的进出口等等，将会受到什么样的影响？

石田总领事：日本和新西兰间的贸易关系是互补型的贸易关系。日本向新西兰出口汽车、机械类，而新西兰则向日本出口农产品类。因此，从这样的贸易项目来看的话，两国间的贸易关系不会因这次的灾害受到特别大的影响。不过，新西兰作为一个对核能有很强意识的国家，可能暂时会有人对去日本旅行感到不安，同时因为大震灾，日本东北部的民众，我想也很难有来新西兰观光的兴致。对旅游业、观光产业有可能会造成短期的影响。但是，生活在东京等大都市的日本人都和平常一样,过着正常的生活。重要的是采取沉稳理性的行动。

黄莹:接下来这个问题,我个人常常被问及,在新西兰的日本裔住民的状况,好像大约不到 2 万人,他们的移民背景和在本地的生活状况,能为我们作一个大致的介绍吗?

石田总领事:显然没有华裔社区的人多。在新西兰全国大约有 14000 人的日本裔的住民。可以简单地分成两类,也就是长期居住者和永居者两类。长期居住者主要指被日本公司的总部派遣到这里来的工作人员、留学生、工作假日利用者,他们最终都是要回到日本去的。永居者是指在新西兰拥有永居权,将会一直生活在新西兰的人。就是这些永居者实际上也分各种不同的情况,最近和新西兰人结婚,因此定居下去的情况比较多。永居者的职业也是形形色色的,有经营餐厅的,从事观光业、电脑行业的,也有语言学习、工作假日的中介等等,主要以服务行业为主。

黄莹:中国自古和日本有着极其深远的全方位的交流往来。不仅在中国国内,在新西兰也有很多对日本和日本文化感兴趣的朋友。不少华人朋友回国时选择在日本转机,短期旅游。您对我们华人朋友有没有什么特别想说的?

石田总领事:我个人有两次在新加坡的工作经验,因此和中国人、华裔一直保持着很好的关系。日本从历史上深受中华文明的影响,有被认为是同文同种,比如我,因为脸长得像中国人,有时会被认为是中国人。但实际上两国无论是历史还是语言,都具有各自的独特性。在本地新西兰的华裔也是如此,我认为,中国人一向维护和传承自己的语言和文化,甚至方言。中国人还非常重视对孩子的教育,并且不断努力提高个人的能力,这样的人很多,是中国人的一个特征。这些都是值得当今的日本人学习的地方。今后的时代是亚洲太平洋、环太平洋区域承担起更大的使命的时代,我相信这是日本人、中国人都更广泛发挥其作用的时代。因此无论日本人,还是中国人,本着相互理解、相互尊重的精神继续相互之间的友好往来非常重要。

★生动的表达方式,学来就用:

TenWa　MiZuKaRa　TaSuKuRuMoNo　Wo TaSuKu
天は　　自ら　　　助くる者　　　を助く
＝天道酬勤。

# 46 | 画不成句号的"终战日"

　　8月15日，是一个不能忘怀的日子，一个吉日。第二次世界大战对日战争胜利纪念日，也有叫日本投降日或战败日的；韩国意味深长地称之为光复日；然而在日本，这一天被称为"終戦紀念日（ShuSenKiNenBi）"。

　　每年，日本政府会在东京的日本武道馆举行"全国战殁者追悼仪式"，慰祭战争中的亡灵，重申战争带来的灾难，祈祷世界和平及国家的发展。一般由天皇或者首相致辞，而内容是否包括"侵略战争"、"深刻反省"这类字眼则是亚洲各国的瞩目焦点。

　　其实，即使言辞中就过去的战争给亚洲各国带来的灾难表示道歉，提及战争的责任，亚洲各国人民就能释怀吗？一个把这一天用一个状态词"终战"来画句号的战争挑起国能得到真正的谅解吗？

　　在很多人的意识里，日本一直不肯为二战道歉，这并不属实。

长崎的平和祈念式典

首先,1972年的《中日联合声明》说"日本方面痛感日本国过去由于战争给中国人民造成的重大损害的责任,表示深刻的反省";1990年,明仁天皇在时任韩国总统卢泰愚访日晚会上称"由我国所招致的一段不幸岁月里,对于贵国国民遭受的痛苦,深感痛惜";1993年,细川护熙首相在国会演讲中称"日本过去的侵略行为和殖民统治,给许多人带来了难以忍受的痛苦和悲伤,我对此深切反省,并表示道歉",第一次使用"侵略"一词;1995年,村山富市首相发表谈话称"在不很久的过去一段时间里,殖民统治和侵略对亚洲各国的很多人造成了很多伤害和痛苦,对此表示痛彻的反省和由衷的歉意";1998年,小渊惠三首相发表《中日共同声明》称"对过去对中国的侵略中给中国人民带来的巨大的灾难和损害,痛感责任,表示深刻的反省"等等,日本领导人公开表达歉意约40次之多。

所以日本人就不明白了,面对这么多道歉记录,为什么还被穷追不舍呢?我碰到过这样的日本人,质疑周边国民,都过去半个多世纪了,还没完没了地要求道歉,是不是醉翁之意不在酒。我提醒他有没有注意到日本国内有一部分势力,试图为那场战争描金,为当时的日本军国主义开脱,强调战争的必然性,鼓吹当时世界局势混沌,硝烟四起,日本入侵周边诸国是本着驱逐西方列强、统一亚洲的宏图。还有后来频频出现的教科书问题,等等。

正是这种用"终战"来画句号的心理,使日本至今仍被追究讨伐。

住在长崎时,每年的 8 月 9 日中午 11 点 2 分,1945 年的原子弹投下时分,全市会拉响警报以示悼念。无论在学校、公司还是在大街上,人们都会停止动作,原地垂首、合掌,与警报声同步默哀。情景宛如电影画面忽然被按下静止键,笼罩在一片悲痛中。身在这个场景中的我,虽然也在人群中做停顿状,心里却是思绪澎湃:我知道当时尸横遍野、满目废墟、惨不忍睹;我知道日本拿出很多证据,阐述当时日本大势已去,加上苏联的宣战,投降指日可待,而美国还是基于新武器的杀伤力试验,连扔下两颗原子弹;我知道各国的军事学术界也有学说,证明原子弹投下的非正义性和不必要性。可我还是常常报之以深深一个叹息,无法单纯地为被爆地悲伤。

我无非单纯悲哀,因为我身上流的是中国人的血,更因为我来自外界,对那场战争的了解,超过日本政府告诉他们的后代多得多,全面得多。

在广岛和长崎都建有原爆资料馆,馆内处处呈现出原爆对人类的毁灭性伤害,只有小小一个展区略微概括性地介绍了太平洋战争,没有一句日本发起侵略战争,最终导致原爆的因果关系的叙述。在广岛的原爆馆的来客留言簿中,曾经有中国人写下:自作自受。这当然是广岛和长崎万万不能接受的。作为世界上唯一原子弹被爆地,两地把自己定位于向世界呼吁和平的城市。观点是:没有原子弹投下的因果关系的解释,正是因为不能让人产生"自作自受的错觉",使原爆正当化,因为任何情况下,原子弹对人类的使用,都是永远不能认可和绝对不能弘扬的。

每年的原爆日,广岛和长崎会分别搭起大型慰灵台,举行盛大的"平和紀念式典(HeiWaKiNenShiKiTen)"(平和祈念式典)。当地媒体每每做现场直播,除了日本首相,到场的还有各国要人、民间团体等,场面壮观。内容是献花、致辞、声讨战争、歌颂和平。整个式典,口口声声是战争给人类、动物、地球带来的灾难,一概省略对战争起因的交代,倒像是被糊里糊涂卷入了战火。还有一个固定仪式是把本年度去世的被爆者名单载入死难者名册。他们都是当年的幸存者,后来被认定为被染核辐射,虽然都是七八十岁甚至更高的年龄,可以算作自然过世,但仍被视为原爆殉难者,让人不禁感到牵强。

对日本来说,广岛和长崎是他们作为受害者的有力象征。没错,日本人民也是战争的受害者,可是如果以此来遮掩加害者的史实和暴行,自己的受害者意识如果不建立在全面认识和反省的基础上是得不到共鸣的。

德国,二战后把罪行归列于纳粹,与当时的纳粹政府一刀两断。而日本历史上一直上演着"挟天子以令诸侯"的局面,当年打着效忠天皇的旗号奔赴战场,那位天皇正是当今天皇的父亲,而当今天皇仍然是象征性的最高统治者,情理上也阻碍了一些日本人彻底反省。

让我们扼腕痛惜的是经常听到某政要参拜靖国神社,原首相小泉纯一郎就强调他是去祭奠他战死的堂兄。其理念是:即使那场战争是错误的,战争中死亡的同胞都是为国捐躯的,表达敬意理所当然,无可厚非。承认那场战争给亚洲各国人民带来了巨大的灾难,但那是战争的实质问题,和祭奠战争中失去的生命没有直接冲突。

靖国神社里也安置着一级战犯的亡灵,祭奠为国捐躯的亡灵时顾及亚洲人民的感受了吗? 不得不令人们怀疑,到底有多少日本人客观地反思过那场战争。

8 月 15 日前后,日本媒体都会推出一些有关战争的系列报道。我出生在南京,一个与日本有着深深孽缘的城市。1998 年 7 月,我决定回家乡采访南京大屠杀,想法一形成就迅速拟定了报道计划书,提交上去后即刻得到了台里的同意。匆匆的几天时间里,办理完了所有摄影采访的必需手续,带着摄影师踏上了回乡的路。

7 月的南京,炎热酷暑。我走访了数位南京大屠杀幸存者,拍摄了当年血迹斑斑的多处旧址,采访了白骨堆积的大屠杀纪念馆……回到台里,日夜赶制,按时准点在原爆日前推出。

纪录片播出后,得到了一致好评,也出了预料中的意外。有一通电话打到报道部,接电话的同事很快把电话转给了主编久保。从久保简单的几句对话中,我听出是针对当天的专题片,于是,静静地坐到了主编的旁边,等着他随时把电话交给我。谁知,电话一打就是1个多小时,久保主编铁青着脸,自始至终几乎没有说话,而是在听,在被"教导"。久保是个极其沉稳的人,可他的脸色还是告诉我,他被骂得不轻。

等他终于挂了电话,我问:"是有关今天的专题,为什么不让我接电话?"

他看也不看我一眼,只淡淡地回我一句"不是你的问题",停了一下,又补充一句:"日本是个民主国家,他有说的权利。"

事后才知道,电话是当地最著名的神社的住持打来的。神社全年有很多季节性的活动,我多次去采访,对住持有一定的印象。他温文儒雅,一副学识渊博,虔诚的神职者模样。曾经参加过二战,战友全部阵亡,他本人战后悄然委身神道。那次电话后,我又因采访工作去过神社,不知是否有别家媒体在场的缘故,他对我只字未提专题片的事,仍然那样和颜悦色。只是有一次,在一个与水有关的活动中,他直视着我,说了这样一句话:日本人讲"水に流す(MiZuNiNaGaSu)"(随水冲走),再大的怨恨都可以使之随水而去。

在日本有成千上万的二战老兵,把毕生的精力用于反战上。

他们写回忆录,开演讲会,批判自幼所受的皇权军国主义教育,剖析和反省侵略战争,生动翔实地把一代人从诞生、成长到参战、战败投降的半个世纪切实地呈现给下一代。每年都有友好团体带领年轻人,大学教授带领学生来中国行寻求历史真实之旅。也有更多的日本人帮助《南京! 南京!》这样的影片在日本上映,反对右翼教科书的撰写和使用,致力于和平事业。

回顾昨天的伤痛是为了珍惜和巩固今天与明天的和平。我想,还是弄清楚被水冲走的是什么吧,这样才能不辜负水的纯净,画出完整的句号。

★生动的表达方式,学来就用:

ZenJiWaSuReZaRu　Wa　KouJiNoShi

前事忘れ　ざる　　は　後事の師＝前事不忘,后事之师。

# 47 | 金饭碗

前两天,我托在日本的朋友到我曾经居住的地区的地方政府开一份证明。那是一份按规定需要本人出面才能开出的证明,如若本人因种种原因不能亲自到场,则可以写委托书,请他人代办。因为事情急,我给朋友发了一份电邮委托书,朋友把它打印出来,去了"市役所(ShiYaKuSho)"(市政府)。

我心里打鼓,毕竟电邮的委托书不算是原件,不合要求,不过朋友说规则制定的年头还没有"电邮"这个词呢,行不行,先拿去试一试。

身在南半球的新西兰的我,那天,忽然接到一通来自日本的国际长途,对方自我介绍说是我前居住地的市政府的职员。原来,电邮的委托书的确不合要求,办事的职员面呈难色,对我的朋友解释说:委托书是需要本人亲笔书写的,至少需要亲笔签字,电邮的话,谁都可以做得出来,可信度不够。朋友承认是在预料之中,刚要告

辞,对方却要求她再等一下,说要跟上司商量商量。没过一会儿,他折回来说:如果我的朋友把我的电话号码给他,他通过电话能够"确认事实、验明正身"的话,证明可以开出来。

朋友很吃惊,几分钟后突然接到国际长途的我当然更吃惊了。就这样,通过越洋电话,对方向我核实了姓名、出生年月日,还有原先居住在当地的地址,等等。申请的证明被顺利地开了出来,交到了我的朋友手上。

按说,对方完全可以一开始就以委托书不符合要求把我朋友拒之门外，或者婉言请她拿了原件再来。实际上，我当时已经做好了立刻邮寄亲笔委托书的准备，而他却主动提出再作进一步的思量，竟然不顾麻烦以打国际电话的方式，使事情顺利完结。日本社会相当高的诚信度也由此可见一斑。我由衷地在电话中感谢他的尽职尽责。其实，作为一名普通的公务员，他的行为已经超过尽职尽责，而是全心全意了。

在日本，从首相、各级议会议员，到行政、司法工作者，国家和地方机关的职员、教师、医生、警察、消防员等等都是"公務員（Kou-MuYin）"。一般分国家公务员和地方公务员两大类，前者供职于国家机关，后者供职于地方自治体。

要成为公务员是必须通过考核的，这在中国、日本都一样。日本的公务员考试分不同等级：有针对高中毕业生的普通地方事务的公务员考试，合格率大约 10%，竞争激烈。最高层的，要数面对东京大学等一流大学精英的考核，选拔未来各政府部门的干部，俗称"公务员中的公务员"，也就是通常所说的"高级官僚"，合格率大约在 3%左右。

日本的官僚文化根深蒂固，既存在各部门间缺乏协调的问题，又具备政局混沌中行政不瘫痪的实力。人气首相小泉纯一郎等都曾高调扬言要"脱官僚（DaTsuKanRyo）"（脱离官僚体制），到头来，还是拿这个顽固的机制毫无办法。

有人说大学生的就业倾向是产业发展的"晴雨表"。20 世纪50 年代，是日本战后经济恢复时期，也是农业的黄金期，公务员虽有人气,但在大力提倡粮食自足的大氛围中,投身农业的年轻人层出不穷;六七十年代,日本经济腾飞,丰田、索尼等民间企业如雨后春笋,不断成长壮大,是年轻人向往的就业对象;到了80年代,就业率奇佳,且人手不足,往往是大学生还没毕业,就被企业争抢一空。那时,公务员的收入只相当于一些中小企业水准,离热门职业相差甚远。然而,从90年代初日本经济开始下滑,到20世纪末跌入谷底,在日本的失业率一度创下5%的纪录时,报考公务员的毕业生逐渐趋之若鹜。

2011年,史无前例的"3·11"东日本大震灾之后,为了应对灾后工作,日本政府一改多年来控制开支、不断减少公务员规模之举,临时增加征招人数,扩充了队伍。同年4月,这个不久的过去还居身就业人气排行榜前50位之外的公务员,居然一跃到了第一位。

僧多粥少,为挤入公务员之窄门,进专门学校、参加辅导班,完全又一副临阵"高考"的架势。类似的现象也出现在中国。我的一个朋友的女儿,北京名牌大学的应届毕业生,报考上海台湾事务室的公务员职位,居然连第一轮笔试都没通过。原来,5个职位,报考的人数竟高达2000多人。

这还不算惊人,媒体预计2013年的国考最热职位将逼近"万里挑一"。

这些年,无论在中国还是在日本,公务员越来越受青睐,原因很简单,这是一只"铁饭碗"。经济不景气的日本,特别是经历了国际金融危机后,企业倒闭、公司裁员,动荡频出。中国经济虽然还在成长,但随着社会竞争的愈演愈烈,商海沉浮的大起大落,更多的人对未来的变数感到不安,越来越多的人重视稳定。因此,公务员的人气居高不下。

中文的"铁饭碗"很有寓意,日语中这个词也非常生动,叫"社长は日の丸(ShaChou Wa HiNoMaRu)"(老板是日之丸)。"日の丸"是日本国旗,泛指国家。既然老板是国家,和民企职员不同,即使经济不景气,只要国家存在,公务员就没有失业的后顾之忧。公务员不仅工作稳定,而且在购房贷款等时审核宽松,各种保险、福利制度完善,只要不犯大错,工作到退休,较为丰厚的养老金和社会保险收入囊中。单从谋生的手段来看,称得上是个理想的职业。

每年的4月,作为公务员中职位最高的日本首相,会向全国的新任公务员致辞。鼓励后继者:站在国家的立场,做事客观公正,始终保持一颗为国民服务的心。近年,政府也和企业一样引进了"能力制",职位提升或薪级,取决于工作业绩,为优先于同期的同僚晋升,必须勤奋工作,突显实力。

我曾经因工作接触到不少各个部门的政府职员,他们大都是照章办事,严于律己。因为公务员惩罚严谨,一不小心,后果不堪设想。曾有一名交通警察,拦下一超速行驶的妇女,发现是同一个警察署警务部科长的妻子。这位妻子正好是赶着去接下班的丈夫。交通警察动了恻隐之心,在和其丈夫通了电话后,网开了一面。谁知事发4个月后,事情暴露,被上报到检察院。结果,那名交通警察以"违章隐瞒嫌疑"罪,违章者丈夫、警务部科长则以"教唆嫌疑"罪,分别被惩处停职一个月。期间,两人都因舆论所迫,自动提出了辞职表。一张小小的超速罚单,葬送了他们的职业和前途。此外,还有6名相关者,因涉嫌知情不报也受到相应处分。

不久前,日本实施政改,高级官僚退休后靠从前的政府关系到民间公司里去兼职,拿报酬,俗称"天下り(AMaKuDaRi)"(官老爷下凡)的甜汁没有了,一流人才宁愿去外资的剧增。普通公务员,除了福利、奖金稍好外,工资收入上和公司职员不相上下。又因经济、灾害等原因遭政府数次减薪,职业魅力不比从前。而且工作不清闲,加班加点是家常便饭。同时,公务员是公家的人,要承担更沉重的社会责任,接受更严格的监督。工作做好了是理所当然,出现差错或滥用职权,难逃社会舆论的穷追猛打,"老板是国旗"也不灵了。

有一年母亲来日本探亲,我带她去市政府办事。日本政府机关,往往四五十人工作在同一个空间里,宽敞的大厅是一个没有任何分隔的大办公室,柜台相互连接。各部门的名称被高高悬挂在上方,一目了然。"大办公室制度"有利于客观地评价每个人的工作能力和工作态度,加强相互之间的协作和监督,也能提高行政效率和员工的工作水平,更便于市民在同一个大厅解决一连串的事宜。母亲感叹说比国内每个部门都有自己的办公室合理多了。从一个部门到另一个部门有时要爬楼梯,上上下下,更糟糕的是还可能转来转去,找不到相关部门的门。

　　硬件上的建成只须简单效仿,在很多中国的新兴城市已经采取类似的"大办公室体制",甚至更豪华、更壮观。相对应的是软件方面,服务能否跟得上。

　　我和母亲坐在大厅的椅子上边聊天边等结果,一会儿,市政府职员满面笑容地站在柜台里招呼我们,已经办好了。对方一边道歉"对不起,让您久等了",一边递上办好的材料。日本的服务是:只有你想不到的,没有服务上想不到的,一句话说得不得体,都可能遭指责,习惯了这种一流服务的日本人不会因为你是公务员就降低要求,公务员同样是服务行业,赔着笑脸小心翼翼。

　　我对一路感叹的母亲说:"中国的'铁饭碗'也该改一改了。"母亲纠正我:"哪里是铁饭碗,都叫'金饭碗'呢。"

---

**＊生动的表达方式,学来就用:**

MiNoRu　HoDo　A TaMa　No　SaGaRu

実 る　ほど　頭　の　下がる

YiNaHoKaNa

稲 穂 かな ＝ 成熟的稻穗会弯腰。

# 48 | 选举比战争好

2008 年移居新西兰时，正赶上这里的政权大选，3 年后，在日渐熟悉的这片土地上，我第一次在大选中投出了自己的一票。

对我来说选举并不陌生，在日本生活这么多年，目睹、经历的选举不计其数。除了中央级的全国性大型选举——国会大选，还有各地方的省、市、区长以及议会选举。

同样是民主国家，新西兰的选举氛围与日本大相径庭。在这里，如果没有路边的选举广告牌和媒体的宣扬，日常生活中几乎感觉不到大选在即，一切按部就

班,依然如故。

日本的"選挙運動(SenKyoUnDou)"有"旋风"之称,完全可以用铺天盖地来形容。

首先是携带高音喇叭的选举宣传车一辆接一辆地扫街拜票,低速行驶中,车内的候选人和选举运动员恨不得探出大开的车窗来,向两旁的行人、车辆挥手呼喊。

再就是大大小小的一场场街头演说,有时各霸一街角,此起彼伏。商业街上,步行拜票的候选人沿街与店主、路人握手,发放传单,高声重复着:"宜しくお願いします(YoRoShiKu O-NeGaYiShiMaSu)"(请多关照)。

日本的选民也不是被动的,知名度高的候选人的演讲台前总是人山人海。最典型的是当年小泉纯一郎为同党候选人的助阵演讲,每场都被选民们挤得水泄不通,大有追星架势。

媒体,不说是纵火者,起码也是抬高火焰的拾柴者。记得当年,每逢大选日将近,我们每天要跑好几个现场,新闻主题围绕选举打转,挖掘一切可挖掘的细节。开票日,家家媒体派出数个现场直播组,驻扎有望的选举事务所。媒体的触角是灵敏的,当家主播入驻的事务所当选率最高,以致有些选举事务所在开票前,只看来候结果的媒体面孔就显得欢欣鼓舞或忐忑不安起来。

其次,除了候选人本身,选举期间最忙的要数运动员了。"運動員(UnDouYin)"一词在日文中不是指体育项目的选手,而泛指参与选举运动的人。他们有的是候选人的追崇者,更多的则是被雇佣来的临时打工者。日本从中央大选到地方上的各种小选,其结果最终都会影响到中央政权,所以选举地无论大小都是各个政党不可忽视的战场,自然要铆足全力,招兵买马,厮杀到底。

国会,是日本的国家最高权力机关和唯一立法机关,至今沿袭着二院制,由众、参两院组成。众议院定员为 480 名,任期 4 年,任期内可能因为议会解散而终止任期。参议院定员 242 名,任期 6 年,不能被解散,每 3 年改选二分之一成员。国会的选举有总选举、定期选举、再选举和补缺选举四种。众议院的权力大于参议院,在法律制定等重大事宜上,众议院的决裁占优势。草案,两院都可以提出,但如果两院意见不同,众议院以三分之二的多数通过就优先于参议院。两院的权力悬殊同时意味着,任何一个政党获得了众议院选举就获得了大选的胜利。

作为亚洲率先建立西方体制,最早完成向国民国家体制的近代国家转换的日本,明治维新的最大成果之一就是于 1889 年制定的"大日本帝国宪法"。

在中国清朝的光绪年间,日本国民已取得了有史以来的第一次选举权。当时的选举制度存在很多现在看来近乎荒唐的条条框框,其中包括:选举人和被选举人都有明确的财产限制;选举人必须是满 25 周岁以上、缴纳国税 15 日元以上的男子;候选人必须先缴纳 2000 日元的保证金,若得不到法定的票数,保证金将被没收。如此严格的财产和性别限制,使得当时实际拥有选举权的人数只占总人数的 1.1%。

1889 年,世界上正逢第 4 届巴黎世界博览会召开、法国革命 100 周年。许多立宪君主国拒绝前往参加,正式表示接受法国政府邀请的只有日本、美国、墨西哥、希腊等 29 个国家,而英国、俄国等则公开表示抗议。然而,民间的参加相当踊跃,最终这届世博被誉为"民众的世博",成为世界近代史上民主运动的一个成功体现。著名的埃菲尔铁塔也在这一年作为新时代的象征出现在了世人面前。

从此,日本历经了不断的选举制度的改革。在国会大选上,包括:1925 年,废除财产限制;1945 年二战投降后,选民和被选人的年龄下调,妇女获得同等权益;1946 年,戏称"贵族养老院"的参议院人选,从原来的直接由天皇任命改为选举产生,等等。

经过百余年的漫长历程,日本今天实行的选举制度是 1994 年通过的:单一选区与比例代表并立制。选民在一次选举中同时投两张选票,一张投给小选举区的某个候选人,另一张填写某个政党名。众议院的候选人可以在小选区与比例代表同时候选,参议院候选人则不能,最终选票得数关联到国会议席,决定出政权是大党体系还是小党参政。而执政党和在野党分别控制众、参二院的"扭曲国会"现象,即是日本的选举制度至今仍在争议中的原因之一。

2008 年,富士电视台推出了一部年度大戏《CHANGE》(变革),是一部以政治为题材的剧目。讲述一位年轻的小学老师因为搞政治的父兄在突发事故中丧生,被身不由己地推上政治舞台,从而参政的过程。当年,正逢民主党在大选中击败执政半个多世纪的自民党,电视剧以其扣人心弦的剧情和老牌明星,SMAP 的木村拓哉的主演,取得了巨大成功,在日本周边国家也造成轰动。

剧中有一幕,木村拓哉于街头立起一杆印有自己名字的旗帜,进行街头演说。现实中,日本选民对此情景司空见惯。尽管日本的选举劲若旋风,却有严格的规范。从选举事务所的规模,到选举用的器材、海报文宣、可以活动的范围、时间地点都有制度规范,以控制开销、有所节制,候选人无论贫富,基本上可以在相同的基准上运行,不至于铺张浪费到哗众取宠的地步。

日本民族是一个没有安全感的民族,这一点,不仅体现在对天灾的镇定、对死亡的淡然上,也体现在政治理念上。经过多年的磨合,日本至今没有在外国人永居者的选举权上松手,哪怕是日本土生土长的外籍住民。日本在政治上既有朝鲜那样的死敌,又有诸多让之防范的周边国家,担心一旦外国人参政,可能出现讨好外国人的政党,以致国家被制约甚至占领。我曾经不止一次和日本人谈到过这个问题,他们大多数赞同政府闭关自守的决定,岛民意识根深蒂固。

目前,在日华人近100万人中,十分之一以上拥有日本国籍,即选举和被选举权,已超过朝鲜裔,荣升在日外国人中"最大力量"。然而,华人参政者寥寥无几,在大选中基本处于旁观者位置。

影响外来民族在日本参政的原因很多,就华人而言,有前辈华侨信奉的"在商言商、不问政治"原则,有日本文化背景的影响、非移民国家对外来政治的排斥,加之中日关系的历史因素,等等。

父亲是台湾商人,母亲是日本人,本人为土生土长的东京人的日本政界明星莲舫,从早年的模特、电视节目主持人,到政府阁僚,

她的成功有海外华人参政值得借鉴的焦点:抛开自己的族裔背景,
打出响亮的政治旗号。政治人物的服务对象应该是国家、全社会,
即使参选时被看好的族裔背景,最终也只会成为政治生涯的枷锁。
莲舫凭着揭开官僚浪费的种种劣迹,引发选民的共鸣,在政海乘风
破浪,一路杀进国会。

　　我住在千叶的家,因为地处一个十字路口的街角,有一年,都
不记得是什么大选了,来了一位某选举事务所的人,又是鞠躬又是
道歉地问我可不可以把海报挂在1米多高的树木院墙上。我想了
想,反正满世界已是选举气氛,多一块也无不可,就答应了。之后,
候选人真当选了,不久,收到他本人签名的感谢信和一份纪念品,
感谢我对选举的理解与支持。坦白而言,恐怕谈不上理解和支持,
更多的是和周围的日本人一样,习惯了而已。

　　我问过我的恩师,读卖电视台的著名制片人杉谷保宪:"平均
每年就有一次或大或小的选举,花费的税金数目庞大,值得吗?"他
回答我:"选举比战争好,免得一党暴走。"是出于孩童时战争记忆
的有感而发,一语道出了花钱比流血好的资本主义民主的真髓吧。

★生动的表达方式,学来就用:

KaNe　Wa　TenKa　No　MaWaRi MoNo

　金　　是　　天下　　の　　回り物 ＝金
钱乃天下回转之物。

# 49 | 不论爱国

回南京时,和儿时朋友聚会。娟忽然没头没脑地问我:"报上说你爱国,你爱国啊?"我瞪大了眼睛,眼前问号缭绕,晕头转向,不知她在哪里看到了什么报道,似乎糊里糊涂地"唉"了一声,好在人多嘈杂,话题横飞,放了我一马。

事后想起来,仍然困惑。正如我是南京人,别人问我喜欢南京吗,回答一定是:喜欢。很少有人不喜欢自己的故乡,哪怕今天的南京我不甚知晓。而爱国则不同,远远不等同于单纯对一片乡土的热爱。

这些年,"爱国"这个词显得非常微妙,不仅仅在中国也在日本。

在日本,它带有强烈的右翼色彩,普通人厌恶使用。中国人大都在战争片里看到过"鬼子"形象,"爱国主义"与"军国主义"不过一字之遥。"爱国"是一个崇高的字眼,也因此容易被利用,被误

导。本能的爱国主义麻痹民众的判断力，培养对政权的盲从，钳制思想和言论自由，是一种轻率的激情，它使人心胸狭窄、冷酷无情。二战前，日本军国主义者就是用"爱国、孝忠天皇"这样的口号，蛊惑人民为他们的野心卖命。狭隘的民族主义狂热，使老百姓在集体亢奋中产生一种错觉，误以为自己是一个强有力的整体的一部分，平常百姓被施术成恶魔，无数的生命灰飞烟灭，家破人亡，留下广岛、长崎这两个人类被原子弹摧毁的惨烈废墟和沉重的历史包袱。

自此，除少数右翼分子外，日本人不论爱国了。

2010 年，中日撞船事件突发，两国间围绕放不放被日方逮捕的中方船长，更围绕钓鱼岛的所属针锋相对。双方媒体大肆炒作，空气中火药味弥漫。而当时正值中国国庆期间，日本商家伸长了脖子盼望着国庆长假的中国游客。商场增设了中文翻译,酒店实施了银联卡的配套使用,旅游景点特设了中文节目,著名的电器一条街——东京秋叶原的电器店,不仅提供中文服务,优惠购物,还在店内挂满喜气洋洋的中文横幅"欢度国庆"。为迎接中国客人,竟有商家发小传单申明:钓鱼岛是中国的。发传单的是不是华裔无从考证,但毕竟是言论自由的国家,只要不违反法律,想表明什么是个人自由。

毫无悬念,这些立刻引起了日本"爱国右翼"的关注。他们开始游行,要"保卫尖阁诸岛、保卫秋叶原"。赶到了秋叶原的人马,一家一家地唤出"卖国电器店"的负责人,开始公开质问。

首先是:请回答,尖阁诸岛是哪个国家的?

答案很有意思,除了"没法回答",就是"不知道"。

不久,中国船长被释放了,他们又追了去问:你们怎么看释放中国船长?

这个回答更统一,几乎一律是:总算完事了,松了口气。

庆幸那些诚实的商家没有被踢翻在地,踏上一万只脚。难道不是吗,对于普通老百姓,最大的愿望莫过于邻里相安无事,平和度日了。

日本历史上虽然是以"万世一系"著称的封建君主国家,但直到 19 世纪中叶的明治维新以后,才真正形成中央集权国家。所以,在日本人的意识里,"国(KuNi)"往往是指"邦(KuNi)"(地方政权)。至今,老一辈的日本人仍然习惯问"お国は何処ですか

(OKuNiWa DoKoDeSuKa)"(家乡是哪里)。

世界上多少国家和地区因种族纠纷导致战火纷飞,日本四面环水的地理因素,自然形成了一个整体国家的概念,国土的孤立、种族的单一,使日本避免了此类冲突与牺牲。独特的地理环境,保护着日本直至近代,免于外来的威胁和侵略,没有能够造就可歌可泣的爱国英雄故事来传颂。

二战后,基于对军国主义的遏制,日本的教育基本法内取消了爱国教育。直到 1999 年,颁布了"国旗国歌法",正式把"日之丸"和"君之代"定为国旗和国歌,重提爱国主义教育。日本教职人员工会当即提出 61 万教师的请愿书,反对修改教育法。包括国会议员在内的反对派,担心在教育中提倡爱国主义会培育出新一代民族主义者。时至今日,拒绝唱国歌和向国旗敬礼的师生与校方间,仍然纷争不断。

两千多年前,我们的孔老夫子就主张"四海之内,皆兄弟也",这是何等宽阔的胸怀。德国诗人、爱国者海涅说:真正的爱国不仅在于爱自己的家邦,这种爱还及于整个文明世界。这是一种使人温暖、使人心胸开阔的爱国主义。

2012 年,中日建交 40 周年之际,被日本右翼代表石原慎太郎的"钓鱼岛购岛"闹剧搅和成了两国外交史上前所未有的多事之秋。针对钓鱼岛,日本著名的历史学家井上清,早在 1972 年,以《"尖阁"列岛——钓鱼诸岛的历史的解明》一书,阐明钓鱼岛历史上属于中国。近年,横滨国立大学教授村田忠禧,也通过对大量史实的分析和研究,得出了相同结论,并以《怎样看待尖阁列岛钓鱼岛问题》等著作公之于世。相信,他们也一样爱着自己的祖国,但在面对自己的国家权益和真理较量的时候,他们毅然选择了后者。真理永远高于团体的利益,哪怕这个团体是以国家或民族的形式存在。反之,如果学术不独立于个人、意识形态、国家与民族的利益之上,蛊惑民众,混淆是非,这个世界将会是何等的混乱与悲哀。不畏强权政治以及可能受到的敌视,尊重事实,展现了两位知识分子的胆略胸襟和人格魅力。

必须承认,爱国主义多少掺有排外因素,日本人的排外是举世闻名的。随处可见:水是日本的甜,大米是日本的香,景色是日本的美,秩序是日本的稳定,服务是日本的周到,汽车是日本的好使,交通是日本的准点……这些发自内心的民族自豪感是爱国心的体现,也是日本社会安定富裕、整洁美观、秩序井然的因素之一。

是的,日本人很少说自己爱国,但在日本女足奋战球场、夺得世界杯桂冠的时候,在大大小小的国际竞技场上,他们口号一致、动作整齐地为日本队呐喊加油的时候,我能感觉到他们平日肃静的外表下强烈的爱国情结。不论爱国,只是不再把国家政权放在代表自己的高度。很难想象,关键时刻,他们不会为保卫自己的家园奋战到底。

在中日两国间游刃有余的日本评论家加藤嘉一,2003 年开始来中国学习生活。短短几年间,他用日、中两种语言出版了 10 多本书,在两国的主流媒体上开设专栏,电视片约不断,各种演讲频繁。他直言,来中国前很讨厌日本,讨厌那个封闭、压抑个性、排斥个体的国家,讨厌那个很多时候不取决于实力,看重年龄和阶层的年功序列的社会。个性突出、学业优异的加藤嘉一,最初是带着一种对日本社会的叛逆心理来到中国的。然而,他借助中国发现了自己的爱国心。他在《爱国贼》一书中,批判那些成天喊着爱国的民族主义者。他直言不讳地说,此生不会中断对中国的观察,和与中国上上下下的沟通,其根本目的是要为日本服务。

有人说:很少说爱国的日本人,以自己生长在日本而自豪;常常把爱国挂在嘴边的中国人,却不乏想为自己插上翅膀,飞往国外的。甚至有人调侃:要以投胎转世会不会依然选择做中国人来检验是否爱国。

我担心的是,只要打起反日旗号、怒骂日本,都被标榜成爱国,容易到不管形式、言行是否得当,都可拥有舆论支持,成了"太岁"不敢被"动土"。曾经偶然读到一篇文章,题为:看小日本是怎样骂我们中国人的。洋洋洒洒的大篇幅,引经据典痛斥中国人的"劣根",文字激昂露骨。后面还亲切地附有"以下是日文原版"。不想,让我大跌眼镜的是,"原版"完全驴唇不对马嘴,竟没有一句读得通的。

狭隘的民粹主义的兴旺,必然导致一个国家具有排他性和攻击性,对外越来越具有敌意,对内以貌似崇高的名义践踏他人的尊严和权益,自己给自己不断制造敌人,然后反过来引证自己的受害妄想属实。社会学家托克维尔把爱国主义分为本能的和富有理智的。理智的,来自真正的理解,在法律帮助下成长,随着权利的运用而发展,坚定持久。本能的,恰恰不过是偏激的自尊和妄自菲薄的民族自卑感。

少年得志的日本人加藤嘉一,人生目标异常明确:一为谋生,二为有朝一日回国从政,服务日本。这是一个日本 80 后精英表现出的爱国。我祈愿我爱的祖国也为未来储备足够多这样的青年。

★生动的表达方式,学来就用:

KunShi　Wa　WaShiTe　DouZeZu

君子　は　和して　同ぜず

ShouJinWa　DoujiTe　WaSeZu

小人は　同じて　和せず＝君子和而不同,小人同而不和。

# 50 | 活生生的"孙子"

很多中国古代人物在日本家喻户晓,从传说中的,到实际存在过的,著过书立过说的。"孙子(SonShi)"便是其一。在日本,没有人不知道《三国》,而《三国》中最著名、最受推崇的是诸葛孔明,就连这个被神化了的诸葛孔明也是熟读过《孙子兵法》的。

传统观念里,只有学者、军界才研究兵法。日本人顶礼膜拜的其实是一个活生生的"孙子",一个最伟大的情报技巧专家。书店的书架上陈列着他的名言录,由《孙子兵法》延伸应用到人生成功立志的方法方针、企业管理的著作比比皆是。

《孙子兵法》是我国现存最早、最杰出的兵法书,历来被称作"兵经"。

中国春秋战国时代,群雄割据。传说,对友情、家族彻底失望的齐国孙武最终远离齐国,去往吴国,在那里完成了他军事知识的集大成,杰作《孙子兵法》。之后,在实践中被兵家证实其不朽的价

值，奉若至宝。作为东西两大兵书之一，比西方克劳塞维茨的《战争论》早了两千多年。除了三国豪杰，后世的拿破仑、毛泽东都视之为战术典范，大量运用，成为造就历史英雄们的奠基石。

《孙子兵法》约于公元8世纪，由遣唐使带回日本。从15、16世纪，日本历史上的战国时代起，开始发挥极大的影响力。赫赫有名的战国时代武将武田信玄及许多名将，均奉《孙子兵法》为作战指南。至今广为人知的是他的"风林火山"军旗，又称"孙子旗"，即来自"孙子"军争篇里的"其疾如风，其徐如林，侵掠如火，不动如山"。武田信玄被称作最早实践《孙子兵法》的日本人。

　　尽管如此,二战前日本人对《孙子兵法》的研究还只浮于皮毛。有资料记载,在二战失败后,昭和天皇曾深深感叹日本发起的那场战争乃兵法研究之不足。以致日本很多军事学者也纷纷追随这一观念,反省如果当初认真学习了《孙子兵法》,断然不会盲目地发动那场注定失败的战争。

　　二战后,宪法规定日本不能拥有军队,《孙子兵法》在这个国家,在另一种实战中被活学活用,发扬光大。

　　相关的研究会、讲习班层出不穷,自成学说的兵法经营学派百家争鸣。顶尖企业融会贯通地把其中的精髓结合到企业管理与商场竞争上。20世纪60年代,随着日本经济的发展,作为生财之道,千古军书变成当今商战法宝。

　　商场如战场,商场中的竞争千变万化,企业为了争夺市场,立足壮大,必须具备高超的战略战术,《孙子兵法》成为高管的必修课也就顺理成章了。在短短的几十年中,日本以商业兴国,取得了巨大的成功。他们随手拈来了企业生存和发展的两大支柱:美国的现代管理制度,《孙子兵法》的谋略战策。

　　采用兵法指导企业经营管理,在日本最有代表性的莫过于被称为"経营の神様(KeiEiNoKaMiSaMa)"经营之神的松下创始人松下幸之助。他奉《孙子兵法》为天下第一神灵,能全篇背诵,也规定公司职员认真背读,灵活应用。

　　以孙子兵法家自称的企业管理顾问长尾一洋,多年来巡回于日本全国的各个企业,分析讲解如何把孙子兵法运用到商业活动中。他最欣赏孙子的"百战百胜,非善之善也;不战而屈人之兵,善之善者也"这段教诲,他是这样传授的:"他社のやらない事をやる(TaSha No YaRaNaiKoTo Wo YaRu)"(做别人不做的事,把对手逼入绝境)。他形象生动地把这段话比喻成进攻对方的城堡,勇往直前地死拼硬打,即使胜利了也不足挂齿,因为那样的胜利一定有牺牲有损失,不战而胜才是兵家的最高境界。只有这样的胜利,才能使对方不得不从心里屈服于自己,既得了城堡、兵士,还没有损伤,乃上上之举。

简而言之,就是在和竞争企业为局部争执时,即使占了上风也没有什么可沾沾自喜,最上等的经营战略是开拓没有竞争的市场,最后迫使竞争对手也委身于自己的阵营。

近年,闻名全球的电子通信业的领先企业日本软银公司的创始人孙正义,就是一个对《孙子兵法》有深刻研究的领导人。他的事业遍布世界各地,每年都在进行着无数的投资、并购行动,几乎是无往而不胜。他会在出阵前大量收集情报,在对局势了如指掌之后,做缜密的计算和模拟推演,最后以最小的代价取得胜利,真正抓住了孙子思想的精髓:不战而胜。

"知己知彼,百战不殆"是很多商家的座右铭。

对企业而言,情报就是金钱,得到情报者赢得战役。

对个人而言,从事推销、经营,意味着收集客户的相关情报,和客人建立起更有利的关系。没有准确的情报就贸然出击、鲁莽行事的注定要大败而归。得出的结论是,销售人员的真正工作不是推销,而是情报间谍。

有学者认为,日本国民生产总值的54%来源于竞争情报。丰田汽车、索尼公司和松下电器等享誉世界的企业,在进入各国市场前,都曾派遣大量的专业人员到实地进行调查、考证,搜集情报。产品上市后,继续在当地设立工作室,专做情报收集。

日本的化妆品品牌资生堂,在全世界化妆品产家中名列前茅。其成功秘诀就在于重视市场情报,善于造势。

著名的日本企业积水集团的"积水"二字即取自《孙子兵法》中"胜者之战民也,若决积水于千仞之溪者,形也"。意思是,打胜仗首先要累积业绩,业绩越高士气越旺,良性循环。当时机成熟时,这种士气将如万丈山涧中决开的积蓄之水,势不可挡。

"孙子"在日本拥有广泛的粉丝群,特别在男人圈里。记得大学四年级时,已经没有什么课程,几乎所有的时间都泡在实验室里。工学部的实验室是男生的天下,因为有我的缘故吧,闲聊时的话题常常出现中国,包括《三国》、《西游记》这些名著,他们侃起来比我头头是道,我不服,跟他们论《红楼梦》,竟回答:不知道,没听说过!连《红楼梦》都不知道,也太孤陋寡闻了,我只得拿日本的古典名著《源氏物语》来抛砖引玉,又觉得并不恰当,总之就是话不投机。

广濑君是个说起话来不急不忙的男生,他慢悠悠地掉转话锋:"其实,比起三国之类半文艺作品,《孙子兵法》才是真正的财富。"一旦进入这个领域,他总是畅谈无阻。从他那里,我第一次得知

1972年山东省发现了一座汉墓,从里面挖出大量竹简,其中就有《孙子兵法》13篇,这一发现为《孙子兵法》是否真的出于孙武之手的争论画上了句号。老实说,他虽慢言慢语,我却听得如雷贯耳,惭愧,之前闻所未闻。

朋友的老公是个大大的"孙子粉丝"。曾经有一段时间,国产电视连续剧《孙子兵法》在日本的卫视播出。朋友透露,她老公在开播前一定先上厕所,做到"准备就绪",然后兴致勃勃地坐下等候,看完一集后,会重重舒出一口气,重复感叹:"好!好!没有和女人的黏黏糊糊,没有浪费时间的场面,45分钟让你一点都不能松懈,好!"

在日本,许多公司老板会以自己熟读《孙子兵法》自豪。我曾服务的电视台的老社长片柳英司,年轻时是报刊《读卖新闻》的大记者,学识渊博,记忆力极好。他有事找下属时,常常不是把人唤到社长室去,而是亲自下到各个楼层。他会突然出现在我的办公桌前,说:"黄莹君,就要过生日了,满20了吧。"感谢他的幽默。

他记得很多部下的生日,闲聊的时候我们会问:您怎么会记住那么多生日呢?

他不无得意地说:卒を視ること愛子の如し(SoTsu Wo MiRuKoTo Aishi No GoToShi)(视卒如爱子)!"孙子"在2500年前就教给我了。

任凭斗转星移,人心依旧,没有视卒如子的上司,就没有追随上司的部下,也就没有成功的团体。《孙子兵法》不仅仅是一部兵

书,更是涉及政治、经济、外交、人文等众多领域的指南。它影响了
日本上千年,至今仍渗透在人们的日常生活中。学之,思之,辨之,
融会有得而见之于行事之间,是经典的价值,经典也因此活着。

★生动的表达方式,学来就用:

KaReWoShiRi　　ONoReWoShiReBa

彼 を知り　　　己 を知れば

HyaKuSenShiTe　AYaU KaRaZu

百戦 して　　　危 からず ＝ 知彼知己,百战

不殆。